PROLO

Sie hatte erwartet, dass er sie beschimpfen würde. Dass er nah an ihr Gesicht rücken und sie mit zornigem Blick ansehen würde. So wie er es immer tat, wenn sie sich stritten.

Doch heute reagierte er anders. Zu ihrer Überraschung wählte er seine Worte mit Bedacht. Das war ungewöhnlich für ihn, und seine Zurückhaltung machte sie stutzig.

Keine Spur von dem Heißsporn, als den sie ihn kannte. Stattdessen saß er ihr gelassen gegenüber und ließ seinen Finger über den Glasrand kreisen. Er wirkte wie ausgewechselt. Vor allem sein Schmunzeln irritierte sie. War etwas passiert, von dem sie nichts wusste?

»Ich verstehe dich nicht«, beendete sie nun die Stille zwischen ihnen. »Mit dem, was du weißt, hast du ihn doch in der Hand.«

Eine Zeit lang erwiderte er nichts, starrte nur unbeirrt auf sein Glas und lächelte vor sich hin, wie benebelt. Verflucht noch mal, was war mit ihm los? Hatte er irgendetwas genommen? Sie kannte diesen Zustand, wenn auch bisher nicht von ihm.

Kurz darauf hob er plötzlich seinen Kopf. Seine Augen funkelten. So kraftvoll, wie sie es noch nie zuvor bei ihm gesehen hatte. Seine Pupillen schienen allerdings normal. Er war weder betrunken, noch hatte er hartes Zeug konsumiert, denn sonst hätten sie entweder auffällig klein oder auffällig groß sein müssen, auf keinen Fall aber so wie jetzt.

»Loyalität«, antwortete er schließlich. Während er sprach, veränderte sich sein Gesichtsausdruck. Bis zu dieser Sekunde hatte sein Lächeln noch zurückhaltend gewirkt, beinahe schüchtern.

Doch sie wusste es besser. Sie kannte ihn. Allzu oft hatte er von einem Moment auf den anderen die Kontrolle verloren. Dann hatte es für ihn kein Halten mehr gegeben. Nichts und niemand war mehr sicher vor ihm. Er wütete einfach drauflos, und dabei verausgabte er sich so sehr, dass er sich hinterher nicht einmal daran erinnerte. Wie ein blinder Fleck in seinem Gedächtnis.

Diesmal wirkte sein Lächeln jedoch überheblich. Arrogant. Als wollte er sagen, dass sie das nicht verstand. Als wäre Loyalität ein Fremdwort für sie, denn schließlich war sie alles andere als aufrichtig ihm gegenüber gewesen. Und ja, damit hatte er einen Punkt.

Nun beugte er sich zu ihr herüber und sah ihr tief in die Augen. »Und komm bloß nicht auf dumme Ideen.« Mit einem Blick über die Schulter vergewisserte er sich, dass ihnen niemand sonst zuhörte. »Glaub mir, du würdest es bereuen.«

Irritiert schüttelte sie den Kopf. Versuchte er gerade, sie einzuschüchtern? Niemals würde ihm das gelingen, das musste er doch wissen. Dafür kannte er sie gut genug. Oder sollte auch das nur eine weitere Provokation sein?

»Sonst *was?*«, hakte sie nach. »Willst du mir etwa drohen?«

Er nippte an seinem Bier, stellte es anschließend wieder auf dem Tisch ab und wischte sich mit dem Unterarm über den Mund. »Das wirst du dann ja sehen«, antwortete er.

TEIL EINS

BIENVENIDO

1

Gut, dass er von hier wegkam.

Felix Faber sah durch die gläserne Fassade nach draußen. Echtes Schmuddelwetter, wie man in Nordhessen sagte. Grauer Himmel, Nieselregen, das Thermometer stoisch bei zwölf Grad. Und das Mitte Juli. Schön war anders.

Bei diesem Anblick wandte Felix sich wieder dem Plastikbecher in seiner Hand zu. Mit einem Stäbchen rührte er verträumt darin herum. Vor lauter Gedanken hatte er glatt vergessen zu trinken, und so war der überteuerte Cappuccino aus dem Automaten inzwischen zu einer cremefarbenen Plörre erkaltet.

Felix probierte einen Schluck. Ekelhaft. Angewidert verzog er das Gesicht. Natürlich hatte er nicht erwartet, dass er so gut schmecken würde wie ein Cappuccino in den Cafés seines Vaters. Aber ein bisschen mehr Geschmack hatte er sich trotzdem erhofft.

Er entsorgte den Becher mitsamt dem restlichen Inhalt und trottete zurück zu seinem Platz. Von hier aus hatte er das Gate gut im Blick. Eine Weile beobachtete er eine Flughafenangestellte, die verzweifelt mit dem Lesegerät für die Tickets kämpfte.

Wie schnell die Dinge sich doch verändern konnten. Hätte ihm jemand vor zwei Monaten gesagt, dass er jetzt hier sitzen und auf den Start in sein neues Leben warten würde, Felix hätte ihm den Puls gefühlt. Doch genau das war passiert. Innerhalb von nur wenigen Wochen hatten sich die Ereignisse überschlagen. Seine Zukunftspläne waren auf den Kopf gestellt worden.

»Wir würden uns freuen, wenn du zu uns an Bord kämst.« Mit diesen Worten hatte Gabriel Castillo sich am Ende ihres letzten Zoom-Meetings von ihm verabschiedet. Im ersten Moment hatte Felix es gar nicht glauben können. Er, der Chefredakteur der Zeitung LA VIDA, hatte ihm tatsächlich ein Angebot gemacht, und ein verdammt gutes noch dazu: zwei Riesen netto, mietfreies Wohnen im ersten Jahr und zur Unterstützung eine Mentorin, die Felix während seiner Eingewöhnungsphase zur Seite stehen würde. Er hatte nicht lange überlegt und sofort zugeschlagen.

Dabei waren die Vorstellungsgespräche gar nicht so berauschend verlaufen. Felix hatte sich deshalb auch keine großen Hoffnungen gemacht. Aber sei's drum, dieser Castillo wusste schon, was er tat. Auch wenn er auf Felix wie ein Instinkttyp wirkte. Wie einer, der Entscheidungen aus dem Bauch heraus fällte. Angeblich taten das viele Spanier – behauptete zumindest Señora Alvarez, seine Lehrerin aus dem Sprachkurs.

Der Kurs war Castillos einzige Bedingung gewesen. Felix hatte diese Forderung eingeleuchtet. Sich viertausend Kilometer von Zuhause entfernt in der Landessprache verständigen zu können, hatte für ihn nach einer guten Idee geklungen. Auch wenn das Lernen ihm ziemlich viel abverlangt hatte. Unter diesem zeitlichen Druck das Level B2 zu erreichen, was erweiterte fortgeschrittene Kenntnisse bedeutete, war alles andere als ein Zuckerschlecken gewesen. Zwei Wochen vor der Prüfung hatte er angefangen, sich die Nächte mit Konjugationstabellen, Zeitformen und Vokabellisten um die Ohren zu schlagen und dabei

stundenlang spanisches Radio zu hören. Am Ende hatte
es immerhin für eine Zwei gereicht. Damit war Castillo
zufrieden gewesen.

Felix mochte die spontane Art seines neuen Chefs. In
diesem Punkt waren sie sich nämlich ähnlich. Weitere
Gemeinsamkeiten mit dem langhaarigen, braun gebrann-
ten und ständig grinsenden Enddreißiger waren Felix bisher jedoch nicht aufgefallen. Er hatte sich bereits gefragt,
ob mit diesem Mann alles in Ordnung war oder ob es für
seine gute Laune eine medizinische oder gar eine pharma-
kologische Begründung gab. Vielleicht hatte er aber auch
nur eines dieser Managementseminare besucht, bei dem
ihm eingetrichtert worden war, dass Lächeln der Schlüssel zum Erfolg sei. Tschakka!

Erneut sah Felix nach draußen. Dieses elendige Grau.
Das würde er mit Sicherheit nicht vermissen. Er konnte
es kaum erwarten, dieses nasskalte Wetter hinter sich zu
lassen. Meteorologisch weinte er Deutschland jedenfalls
keine Träne nach. Seinen Bedarf an Sommern, die keine
richtigen Sommer waren, sondern nur etwas weniger reg-
nerische Herbste, hatten die vergangenen Jahre gestillt. In
diesem Punkt hielt es Felix wie Napoleon: In Deutschland gab es neun Monate lang Winter – und drei Monate
keinen Sommer.

Wie es sich wohl anfühlte, jeden Morgen unter einem
wolkenlosen Himmel zur Arbeit zu fahren? Felix erwar-
tete nichts Geringeres als ein verändertes Lebensgefühl.
Interessiert hatte er in den letzten Wochen die Wetterbe-
richte studiert. Während für Kassel konstant Regen und
niedrige zweistellige Temperaturen vorausgesagt wurden,
lasen sich die Prognosen für Gran Canaria so, als wären sie
per Copy-and-paste erstellt worden: jeden Tag siebenund-

zwanzig Grad, Sonnenschein, schwacher Wind aus Nordosten. Das hörte sich wahrlich traumhaft an.

Felix seufzte. Trotz seiner Vorfreude verspürte er zum ersten Mal auch ein bisschen Wehmut. Bis heute hatte er tatsächlich nichts dergleichen empfunden. Warum auch. Dass er nicht sein ganzes Leben in Deutschland verbringen würde, war ihm schon lange bewusst gewesen. Außerdem konnte es für ihn keinen geeigneteren Zeitpunkt zum Auswandern geben. Schließlich ließ er nichts und niemanden zurück.

Die Trennung von Luisa war nun ein halbes Jahr her, und inzwischen hatte Felix sie auch vollständig überwunden. Ohnehin war es nur eine Frage der Zeit gewesen, bis einer von ihnen einen Schlussstrich zog. Luisa und er hatten einander nicht gutgetan, und insbesondere während der letzten Monate hatten sie sich nur noch angeschrien. Es waren Worte gefallen, von denen beide sich hinterher gewünscht hatten, sie wären niemals ausgesprochen worden. Manchmal entwickelte man sich in einer Partnerschaft in sehr unterschiedliche Richtungen – und manchmal wurden Seiten in einem hervorgekehrt, die man gern im Dunkeln gelassen hätte. Leider hatte dies sowohl auf Luisa als auch auf Felix zugetroffen.

Dass seine Familie seinen Umzug gut verkraften würde, daran hegte er keinen Zweifel. Als seine Eltern von seiner Bewerbung erfahren hatten, waren sie sofort Feuer und Flamme gewesen. »Das ist ja großartig!«, hatte seine Mutter gesagt und war ihm um den Hals gefallen. Mit einem breiten Grinsen im Gesicht hatte sein Vater ihm bestätigend auf die Schulter geklopft. »Buch uns schon mal ein, Junge. Wir kommen dich so oft wie möglich besuchen.«

Die Ankündigung seiner beiden besten Freunde hatte ähnlich geklungen. Auch Darian und Dennis wollten nicht ihr ganzes Leben in Kassel versauern. Nun war Felix also der Erste, der ihr Trio auflöste, und bis zuletzt hatte er befürchtet, dass das ihre Freundschaft belasten würde. Doch er hatte sich zu viele Sorgen gemacht. Beide zeigten Verständnis und freuten sich mit ihm.

Felix' Abschied vor einer Woche war ein feuchtfröhlicher Abend geworden. Bei dem Gedanken daran, was er alles getrunken hatte, spürte er umgehend ein Brummen in seinem Schädel. Den ganzen darauffolgenden Tag hatte er in Essig gelegen, wie Dennis immer sagte. Er, der im Ruhrpott aufgewachsen und erst zum Studium nach Nordhessen gezogen war, war stets ein Garant für neue Sprüche.

Aus dem Augenwinkel nahm Felix eine Bewegung wahr. Er sah wieder hinüber zum Gate. Offensichtlich war es der Angestellten gelungen, das Lesegerät betriebsbereit zu bekommen. Erleichtert krallte sie sich das Tischmikrofon, und kurz darauf drang ihre Durchsage aus dem Lautsprecher: »Achtung, an alle Passagiere des Flugs LH 1184 nach Las Palmas: Das Gate ist jetzt geöffnet. Wir beginnen mit dem Boarding. Bitte halten Sie Ihre Tickets und Personalausweise bereit.«

Als Felix aufstand, fing sein Herz an zu pochen. Er griff nach seinem kleinen Trolley, den er gegen die Bank gelehnt hatte, und zog ihn den kurzen Weg bis zum Schalter hinter sich her.

Da war er also gekommen, der Moment.

Der Start in sein neues Leben.

*

Plötzlich erfüllte eine laute Stimme die Kabine.

»Liebe Fluggäste, wir beginnen in wenigen Minuten mit dem Landeanflug auf Las Palmas.« Dem Piloten, der sich kurz nach dem Start mit dem treffenden Namen Christoph Steuer vorgestellt hatte, war die Freude über seinen bevorstehenden Feierabend deutlich anzuhören. »Denken Sie bitte daran, Ihre Uhren eine Stunde zurückzustellen. Die Ortszeit auf Gran Canaria ist neunzehn Uhr zwölf. Die Temperatur beträgt sechsundzwanzig Grad. Wir hoffen, dass Sie eine angenehme an Zeit an Bord verbracht haben und wünschen Ihnen einen erholsamen Aufenthalt.«

Felix fuhr sich mit einer Hand durchs Gesicht. Die letzten viereinhalb Stunden waren sprichwörtlich wie im Flug vergangen. Zunächst hatte er mehrere Folgen seiner Lieblingsserie geschaut, dabei hin und wieder einen flüchtigen Blick aus dem Fenster gewagt, um sich zu vergewissern, ob sie noch übers Festland flogen, und dazwischen hatte er sich mit seinen Sitznachbarinnen unterhalten, die wegen ihres bevorstehenden Urlaubs ganz aufgeregt waren. Erst als er sich dem Buch gewidmet hatte, durch das er sich seit Kurzem quälte, war er müder und müder geworden. Lesen hatte schon immer eine schlaffördernde Wirkung auf ihn gehabt, und so war es auch diesmal gewesen. Heute hatte er nur eine halbe Seite durchgehalten, danach war er weg gewesen.

Jetzt schüttelte Felix seine Müdigkeit ab und schaute wieder nach draußen. Statt hinter bedrohlich dunklen Wolken verborgen, wie er es aus Deutschland kannte, schien die Sonne aus einem wolkenlosen Himmel herab. Als wollte sie sich von ihrer besten Seite zeigen, erzeugten ihre Strahlen glitzernde Lichtspiele auf den Tragflächen. Felix beobachtete sie staunend. Was für eine Angeberin sie doch war, dachte er und schmunzelte. Aber zugegeben: Das Licht, das auf den Flügeln tanzte, sah wirklich beeindruckend aus.

Trotz der Klimaanlage hatte Felix sich viel zu warm angezogen. Unter seiner Jeans und dem Longsleeve schwitzte er. Warum hatte er nur auf den Ratschlag seiner Eltern gehört? Sie hatten ihm empfohlen, an Bord bloß keine kurzen Sachen zu tragen, weil er sich sonst erkälten würde.

Dann, als Felix sich noch ein Stück weiter zum Fenster beugte, tauchte sie mit einem Mal auf: seine neue Wahlheimat. Dort, wo er bis eben nur das unendliche Meeresblau gesehen hatte, schob sie sich wie aus dem Nichts in sein Blickfeld. Als hätte sie auf den richtigen Moment gewartet, um sich bestmöglich in Szene zu setzen.

Trocken. Felsig. Unwirtlich.

Das waren die ersten Eindrücke, die ihm durch den Kopf schossen. Und das sollte Gran Canaria sein? Die Insel, die für viele Menschen ein Sehnsuchtsort war?

Felix hatte sie sich anders vorgestellt. Fruchtbarer vor allem. Die wenigen Grünflächen, die er von hier aus erkannte, schienen ausschließlich Golfplätze zu sein. Nichts zu sehen von Feldern, Sportplätzen oder privaten Gärten. Trotz der Fotos, die er sich vorher angeschaut hatte, schockierte ihn diese Aussicht.

Er schüttelte sich und sah noch einmal genauer hin. Vielleicht brauchte die Insel ja eine zweite Chance? Manchmal täuschte der erste Eindruck schließlich. Musste Felix also nur länger hinsehen, um die Schönheit zu erkennen? Irgendetwas musste ja dran sein, dass so viele Menschen hier sogar ihren Lebensabend verbrachten.

Doch selbst auf den zweiten Blick wirkte Gran Canaria für ihn immer noch wie eingeschlossen. Umgeben von einem Ozean, der wie ein gigantischer dunkelblauer Teppich unter ihnen lag.

Dann verlor das Flugzeug an Höhe. Felix spürte den Unterdruck im Ohr, und kurz darauf gingen sie in den Endanflug über. Durch sein Fenster beobachtete er das Ausfahren der Landeklappen.

Ein Hoch auf die Luftfahrtdokus, die er sich seit Jahren anschaute. Durch sie hatte er eine Menge über die Technik der Maschinen gelernt. Sogar so viel, dass ein Pilot, mit dem er sich bei einer zufälligen Begegnung in einer Bar unterhalten hatte, über sein Wissen erstaunt war.

Mit einem Mal erfassten böige Seitenwinde die Maschine. In Felix' Magen breitete sich ein flaues Gefühl aus. Hatte sich Christoph Steuer nicht wie ein unerfahrener Pilot angehört? Wenn das mal gut ging. Felix fischte ein Bonbon aus seiner Hosentasche und befreite es mit zittrigen Händen aus seiner Folie.

Unruhig sank die Maschine weiter dem Boden entgegen. Felix beschloss, nicht mehr aus dem Fenster zu sehen. Stattdessen fixierte er einen Punkt am Vordersitz, lutschte sein Bonbon und umklammerte seine Armlehnen. Zwar hatten seine Hände aufgehört zu zittern, dafür waren sie jedoch so feucht, als stünde er kurz vor einer Prüfung. Felix spürte das kräftige Pochen seines Herzens.

Was war das? Sein Puls beschleunigte sich, als plötzlich ein lautes Donnern aus dem unteren Teil der Maschine drang. In der Kabine war es schlagartig mucksmäuschenstill. Hoffentlich nur das Fahrwerk, versuchte Felix sich zu beruhigen. Durch die Dokus wusste er, dass die Landung die kritischste Phase eines jeden Fluges war. Manchmal, dachte er, war es besser, weniger zu wissen.

Dann setzte die Maschine mit einem Rumms auf dem

Boden auf. Offensichtlich war der Pilot beim Anflug zu schnell gewesen. Jetzt trat er kräftig auf die Bremse, und die Fliehkraft schob Felix mit allem, was sie hatte, nach vorn. So stark, dass der Sicherheitsgurt in seinen Bauch schnitt und ihm kurz die Luft abschnürte. Felix ließ die Armlehnen los und drückte sich an dem Vordersitz ab.

Offenbar hatte dieser Steuer es eiliger als gedacht. Denn obwohl sie noch immer rasch unterwegs waren, nahm er bereits die erste Ausfahrt. Mit der maximal zulässigen Geschwindigkeit rollten sie über das Vorfeld. Als sie ihre Parkposition erreicht hatten, atmete Felix tief durch und die Anspannung löste sich langsam. Er schaute sich im Flugzeug um. Das Manöver hatte auch den übrigen Passagieren den Atem verschlagen. Statt der gewöhnlichen Hektik herrschte nun seltene Ruhe in der Kabine. Noch immer verharrten alle angeschnallt auf ihren Sitzen. Niemand erhob sich von seinem Platz oder kramte in der Gepäckablage nach seiner Tasche oder seinem Koffer. In diesem Moment schienen alle an Bord in ihren Gedanken vereint zu sein.

Da sein Herz sich wieder beruhigt hatte, drehte Felix sich zu seinen Sitznachbarinnen. »Geht's euch gut?«, fragte er.

Die beiden wandten sich ihm zeitgleich zu und nickten. Ihre Gesichtsfarbe verriet jedoch etwas anderes. Die letzte Viertelstunde schien sie mehr mitgenommen zu haben als ihn. Während des Fluges war es nur so aus den beiden jungen Frauen herausgesprudelt, doch jetzt waren sie mit einem Mal verstummt. Es würde noch eine Weile dauern, bis wieder Leben in sie zurückkehrte.

Nach und nach begannen sie auszusteigen. Auf Bitten der Flugbegleiterin verließen die Passagiere Reihe für

Reihe die Maschine, was dazu führte, dass die Kabine sich nur etappenweise leerte. Felix und seine Nachbarinnen saßen im hinteren Drittel, und so dauerte es eine Weile, bis sie dran waren. Felix holte zunächst die Taschen der beiden jungen Frauen aus der Ablage und erst danach seinen kleinen Trolley. Gemeinsam liefen sie auf wackeligen Beinen dem Ausgang entgegen. Die Flugbegleiterinnen lächelten noch ein letztes Mal zum Abschied. Zwischen ihnen stand Christoph Steuer, wie Felix an seinem Namensschild erkannte.

»Interessante Landung«, murmelte er im Vorbeigehen. Dann strömte Felix mitsamt den anderen durch die Fluggastbrücke in Richtung Gate. An einer breiten Glasfront vorbei, durch die man auf das Rollfeld und die Startbahn blickte, gelangten sie zur Ankunftshalle. Während Felix sich anschließend einen Überblick verschaffte, drängten mehrere spanische Durchsagen an sein Ohr.

Aber was war das? Sah er das gerade richtig? Felix kniff die Augen zusammen.

Tatsächlich. Zwischen all den Menschen, die durch die Halle wuselten, entdeckte er über dem Kopf einer Frau ein Schild mit seinem Namen.

Felix schmunzelte. Was für ein netter Empfang, dachte er.

2

Als sie die letzte Seite zu Ende gelesen hatte, schlug sie
das Buch zu und steckte sich eine Zigarette an. Sie saß auf
der obersten Stufe der Treppe, die zum Bolzplatz hinauf-
führte, und stützte sich nun mit den Ellbogen auf ihren
Knien ab. Mit ernster Miene schaute sie auf den Wohn-
block gegenüber.

Eigentlich war sie ja echt cool, diese Farbe. Obwohl sie
bereits zu großen Teilen abgebröckelt war. Trotzdem: Dieses Himmelblau – oder zumindest das, was davon noch
übrig war – sah immer noch schön aus. Vor allem, weil es
über alles, was in dieser Straße geschah, hinwegtäuschte.
Weil es irgendwie Frieden vorgaukelte. Eine intakte, heile
Welt.

Doch all das, was in diesem Viertel passierte, war nicht
friedlich. Und heil war schon gar nichts. Davon war das
Leben hier so weit entfernt wie Gran Canaria vom spanischen Festland. Alles, womit man es zu tun hatte, war
Scheiße. Scheiße in verschiedenen Formen. Kleine Scheiße,
große Scheiße, aber auf jeden Fall immer Scheiße. Wer in
diesem Viertel wohnte, wusste, was das bedeutete. Wusste,
dass man nicht nur am Rande der Stadt lebte, sondern auch
am Rande aller Hoffnungen.

Warum das so war, konnte sie jeden Tag mit eigenen
Augen verfolgen. Dort hinten, etwa hundert Meter entfernt, befand sich die Bar San Alfonso. Direkt neben dem
kleinen Supermercado, in dem sie einkaufte, wenn aus-
nahmsweise mal wieder etwas Geld im Haus war. Tags-

über schien dort alles ganz normal. Gäste tummelten sich unter Sonnenschirmen, tranken Cortados con leche und aßen belegte Bocadillos.

Sobald es dunkel wurde und die Nacht einzog, veränderte sich jedoch das Bild. Statt rostiger Schrottlauben, die normalerweise vor der Bar parkten, rollten nun im schummrigen Licht der Straßenlaternen funkelnde Luxuskarren heran. Autos mit getönten Scheiben, aus denen Männer in dunklen Anzügen stiegen. Sie nahmen an den Tischen unter dem Vordach Platz, tranken eine Caña nach der anderen und debattierten miteinander.

Worüber genau, das konnte sie aufgrund der Entfernung nicht verstehen. Ein einziges Mal hatte sie es bisher gewagt, sich näher an die Bar heranzuschleichen – trotz des strikten Verbots ihrer Mutter. Das sei zu gefährlich, hatte sie gewarnt. Sie solle sich unbedingt von diesen Leuten fernhalten. Und sie hatte recht gehabt: Als sie nur wenige Meter vor der Bar gestanden hatte, war sofort ein grimmiger Typ auf sie zugestürmt. »Was zum Teufel hast du hier zu suchen?«, hatte er sie mit gepresster Stimme gefragt. »Bist du lebensmüde? Verschwinde, oder ich mache dir Beine!«

Bei dem Gedanken daran nahm sie einen weiteren Zug. Den Rauch ließ sie langsam durch die Nase ausströmen. Wenn ihre Mutter jemals herausbekäme, dass sie rauchte, würde sie sich warm anziehen müssen.

Dabei war sie es doch, die sich Schlimmeres reinzog. Ihr Körper war übersät von vernarbten Einstichstellen, sodass sie sich aus Verzweiflung das Zeug zwischen die Zehen spritzte. Sie musste keine Hellseherin sein, denn es war klar, worauf das hinauslief: Wenn sich nichts änderte, würde ihre Mutter dieses Jahr nicht überleben. Dann würde sie endgültig auf sich allein gestellt sein. Obwohl, eigentlich war sie das ja schon immer. Auf ihre Mutter konnte sie schon lange nicht mehr zählen.

Sie zog ein letztes Mal an ihrer Zigarette und drückte sie anschließend an der Treppenstufe aus. Währenddessen ließ sie die Fenster ihrer gemeinsamen Wohnung nicht aus den Augen. Vor allem nicht das, das zum Schlafzimmer ihrer Mutter gehörte.

Warum musste sie es eigentlich immer offen lassen? Schon klar, bei dem, was sie tat, kam sie auch ins Schwitzen. Außerdem brauchte sie ständig frische Luft. Irgendwie musste sie den Gestank dieser Typen ja loswerden. Aber ein geöffnetes Fenster bedeutete eben auch, dass jeder in der Straße hören konnte, was in der Wohnung geschah. Mit den Jahren hatten sich die Bewohner daran gewöhnt. Hier belästigte das niemanden mehr. Die Leute überspielten es, sie wussten ja, dass es hierhergehörte. Stattdessen verbarrikadierten sie sich hinter ihren Fenstern, saßen den ganzen Tag vor ihrem Fernseher, dessen flackerndes Licht selbst die zugezogenen Gardinen nicht verstecken konnten.

Doch sie hatte davon ein für alle Mal genug. Dieses Elend musste endlich aufhören. Sogar die Bücher, die sie seit Jahren verschlang, halfen ihr nicht mehr, abzuschalten. So konnten sie nicht weiterleben – weder ihre Mutter noch sie selbst.

Nicht noch ein Jahr in diesem Loch, das hatte sie sich letztes Silvester geschworen. Auch wenn sie bisher nie den Hauch einer Ahnung gehabt hatte, wie um alles in der Welt sie von hier weggekommen sollten. Aus diesem Viertel, aus dieser Straße, kam man nicht einfach so wieder hinaus. Man wurde hier geboren, ging hier zur Schule,

lebte sein Leben auf der vergeblichen Suche nach einem
Ausweg, und am Ende, wenn man nicht zu denen gehörte,
die für einen dieser Männer in der Bar San Alfonso arbei-
teten, starb man auch hier. So waren die Regeln. Sie hatte
sie nicht gemacht, aber bisher war ihrer Mutter und ihr
nichts anderes übrig geblieben. Oben blieb oben und unten
blieb unten.

Seit gestern schöpfte sie allerdings Hoffnung. Seit sie
wusste, wer hinter all dem steckte. Sie kannte seine Iden-
tität, und diese Tatsache würde ihr das Tor zu einer anderen Welt aufstoßen.

Dass er da nicht mitspielen wollte, war sein Problem.
Auch seine Drohungen beeindruckten sie nicht, sie konnte
es genauso gut ohne ihn durchziehen. Gleich morgen
Abend würde sie dieses Stück Scheiße anrufen und ihm
ein Angebot unterbreiten. Würde ihm sagen, wie viel sie
für ihr Schweigen verlangte. Skrupel empfand sie dabei
nicht. Wieso auch? Es konnte nun mal nicht nur Gewin-
ner geben. Und ihr Wissen war die Fahrkarte in ein besseres Leben. Jetzt, nach sechzehn Jahren, in denen ihre Mutter und sie immer zu den Verlierern gehört hatten, schien
sie zum ersten Mal die Seite zu wechseln. Das fühlte sich
verdammt gut an!

Sie schlenderte gemächlich nach Hause. Das Stöhnen
hatte aufgehört. Der ekelhafte Kerl, der sich vor einer halben Stunde an ihr vorbei in die Wohnung gedrängt hatte,
kam ihr mit einem widerlichen Grinsen auf den Lippen
entgegen. Demonstrativ zog er den Reißverschluss seines
Hosenstalls hoch und zwinkerte ihr zu.

Sie hingegen reagierte wie immer nicht. Strafte ihn stattdessen mit Ignoranz. Das hatte sich als die beste Strategie
erwiesen. Und als die gesündeste.

Bald würde das alles ein Ende haben. Sie musste nur noch ein bisschen durchhalten. In Kürze würde ihr Leben endlich den Weg einschlagen, den sie verdient hatte.

Schon jetzt konnte sie den morgigen Tag kaum noch erwarten.

3

»¡Hola, chacho! Ich bin Candela«, sagte sie und hauchte ihm ein Küsschen auf jede Wange. »¡Bienvenido a Gran Canaria! Du musst unser Neuer sein.«

Felix starrte der jungen Frau verdutzt ins Gesicht. Und das nicht nur wegen der typisch spanischen Begrüßung, mit der sie ihn empfangen hatte. Vielmehr fühlte es sich so an, als hätte diese Frau ihn augenblicklich in ihren Bann gezogen.

Sollte tatsächlich sie seine Mentorin sein? Das versprach eine spannende Zusammenarbeit zu werden. Felix hatte sich eine ältere, vor allem aber nicht annähernd so attraktive Frau vorgestellt. Normalerweise mochte er keine unerwarteten Überraschungen. Doch gegen diese hatte er nichts einzuwenden.

»Sí, das bbbin ich«, stotterte er. Na toll, jetzt klang er auch noch wie ein Trottel. Eigentlich wollte er seiner knappen Antwort ein paar Wörter hinzufügen, aber sein Gehirn verfolgte offensichtlich einen anderen Plan. Dabei war ihm das Sprechen in dem Kurs immer leichtgefallen. Mit Señora Alvarez hatte er sich bestens unterhalten. Ausgerechnet in diesem Moment verweigerte sein Verstand ihm den Dienst. Wie war das doch gleich mit dem ersten Eindruck?

Zum Glück lächelte Candela gekonnt über die Situation hinweg. »Dann werden wir das hier wohl nicht mehr brauchen, was?« Sie zwinkerte und nahm das Namensschild herunter, das sie über ihrem Kopf gehalten hatte. Sie faltete es zusammen und klemmte es sich unter den Arm.

Nun musste auch Felix schmunzeln. Für ihn glich Candela einer Spanierin aus dem Bilderbuch. Klein und quirlig, mit kinnlangen schwarzen Haaren und einer Haut so braun wie ein Kamelhaarmantel. Sowohl ihr einnehmendes Lächeln als auch ihre dunklen Augen strahlten eine wohlige Wärme aus. Wie alt Candela wohl war? Besonders groß schien der Unterschied zwischen ihnen jedenfalls nicht zu sein. Felix schätzte sie auf Ende zwanzig. Außerdem versprühte seine Mentorin eine unglaubliche Energie. Wahrscheinlich die Sonne, dachte Felix. Ob er in ein paar Monaten auch so auf andere wirken würde? Oder würde es länger dauern? Egal, wie lange, alles war jetzt nur noch eine Frage der Zeit.

»Hattest du einen guten Flug?«, fragte Candela weiter. Entschlossen schnappte sie sich den Trolley und deutete mit ihrem Kinn zum Ausgang. »Mein Auto steht draußen auf dem Parkplatz. Du bist bestimmt erschöpft von der Reise. Am besten fahre ich dich direkt zu deinem Bungalow.«

Felix nickte. »Das ist sehr nett von dir.«

»De nada«, antwortete Candela.

Ohne ein weiteres Wort preschte sie voran. Ihre kürzere Reichweite glich sie mit einer hohen Schrittfrequenz aus, und Felix hatte Mühe, ihr zu folgen. Eigentlich wollte er sie ja zu ein paar Dingen befragen. Zum Beispiel zu dem Bungalow, den sie für ihn ausgesucht hatten, zu dem Ort, in dem er wohnen würde, oder zur Arbeit in der Redaktion, auf die er sich nun – seitdem er wusste, wer seine Mentorin war – noch mehr freute. Aber wie es aussah, musste er diese Fragen wohl während der Autofahrt stellen.

Sie verließen den Flughafen, und schon bei seinem ersten Schritt außerhalb des Gebäudes spürte Felix die wärmenden Sonnenstrahlen in seinem Gesicht. Interessiert schaute er auf seine Smartwatch: Jetzt, um zehn nach acht, waren es immer noch fünfundzwanzig Grad! Damit war es mehr als doppelt so warm wie in Kassel. Hierfür würde er sicherlich keine lange Eingewöhnungszeit brauchen. Trotzdem freute er sich darauf, so bald wie möglich aus seinen verschwitzten Sachen herauszukommen. Netterweise hatte Felix' neuer Arbeitgeber dafür gesorgt, dass seine übrigen Koffer bereits nach Gran Canaria transportiert worden waren.

»Ich stehe da drüben«, rief Candela ihm über die Schulter zu. Sie zückte einen Schlüssel, streckte ihn in die Luft und drückte auf einen Knopf. An einem dunkelroten Tourer leuchteten die Blinker auf. Felix steuerte direkt auf das Auto zu, das sich nicht nur wegen seiner strahlenden Farbe, sondern auch wegen seines noch unbeschädigten Lacks von den anderen abhob.

Candela verstaute den Trolley im Kofferraum. Mit einem Schnipsen bedeutete sie Felix, dass er auf der Beifahrerseite einsteigen sollte.

»Setz dich neben mich«, befahl sie, »wir müssen ein paar Dinge besprechen.« Sie startete den Motor, und erst nachdem sie auf die Autobahn aufgefahren waren, legte sie den Sicherheitsgurt an. Dann tippte sie auf dem Touchscreen in der Mittelkonsole eine Adresse ein. Für die Geschehnisse auf der Straße interessierte sie sich nur geringfügig.

Frau Alvarez hatte tatsächlich recht gehabt! Sie hatte öfter von der sportlichen Fahrweise ihrer Landsleute erzählt. Demnach galten Geschwindigkeitsbegrenzungen in Spanien eher als nett gemeinte Empfehlungen, und schon nach wenigen Minuten als Beifahrer konnte Felix bestätigen, dass die berühmte spanische Spontanität sich auch auf die Verkehrsregeln bezog. Die Hupe wurde nicht als Warnsignal, sondern zum Reklamieren der Vorfahrt oder zum Wutablassen genutzt. Von dem vorgeschriebenen Sicherheitsabstand schien Candela nicht sonderlich viel zu halten, und so zog sie beim Überholen so dicht an den Autos vorbei, dass Felix den anderen Fahrern durch die Fenster die Hände hätte schütteln können. Stattdessen klammerte er sich ängstlich an den Haltegriff. Hoffentlich würde er heil ankommen – wie lange auch immer die Fahrt dauerte.

»Wie heißt noch mal der Ort?«, versuchte er sich deshalb abzulenken.

»Du meinst, wo du wohnst?«, fragte Candela zurück. Felix nickte. »Der Ort heißt Playa del Águila. Er liegt zwischen Bahía Feliz und San Agustín.«

»Aha«, kommentierte Felix.

Viel anfangen konnte er mit dieser Information allerdings nicht. Alles, was er in Erfahrung gebracht hatte, war, dass er fürs Erste im Süden der Insel unterkommen würde. Mehr war Castillo nicht zu entlocken gewesen. Vermutlich

hatten sie bis vor wenigen Tagen selbst noch nicht gewusst,
wo Felix wohnen sollte. Möglicherweise ein Ergebnis der
angespannten Wohnungssituation auf der Insel, von der
er gelesen hatte.

Candela drehte sich zu ihm herum und winkte lässig
ab. »No te preocupes. Ist ein gemütlicher Ort. Beschau-
lich, mit kleinen Buchten. Da kann man fantastisch ent-
spannen und das Leben genießen.«

»Das hört sich gut an.«

»Und eine kleine Berühmtheit sieht man dort auch ab
und zu.«

»Ach wirklich? Wen denn?«

Candela lächelte. »Das verrate ich dir nicht. Vielleicht
findest du es ja schon bald selbst heraus.«

Während seine Mentorin sich nun wieder fluchend dem
Verkehr widmete, schaute Felix nach draußen. Das Bild,
das sich ihm vom Flugzeug aus gezeigt hatte, setzte sich
auch hier am Boden fort. Er sah jede Menge Palmen an
den zahlreichen Stränden, die zum Atlantik hin abfielen,
und entlang der Autobahn als Begrenzung der Fahrstrei-
fen. Doch da waren auch viel Schutt und Geröll. Eine
steppenähnliche, wasserdurstige Landschaft, dazwischen
Windkraftwerke und Gemüseplantagen. Einige von ihnen
schienen jedoch nicht mehr genutzt zu werden, denn die
Plastikplanen waren löchrig und flatterten im Wind. Ein
Bild des Niedergangs, dachte Felix. In Teilen erinnerte ihn
der Anblick an einen alten Western. Passend dazu verlief
zu seiner Rechten in der Ferne eine lange Bergkette, mys-
tisch und bedrohlich zugleich.

Die Städte, an denen sie vorbeifuhren, kannte Felix bisher nur von Google Maps: Carrizal, Arinaga, Vecindario,
El Doctoral. Bei Letzterer verließ Candela die Autobahn

und wechselte auf eine weniger befahrene Schnellstraße, die noch dichter an der Küste entlangführte. Doch auch jetzt blieben die Orte nur befremdlich klingende Namen auf den Straßenschildern.

Wohn- und Gewerbegebiete sausten an Felix' Fenster vorbei. Ihm fiel auf, dass die Häuser anders aussahen als in Deutschland. So gab es weder Schräg-, geschweige denn überhaupt geziegelte Dächer. Die Gebäude wirkten wie abgeschnitten, als hätten die Bauarbeiter nach dem obersten Stockwerk beschlossen, die Arbeit einzustellen. Zweifellos ein Ergebnis des trockenen Klimas auf der Insel, dachte Felix. In einem Reiseführer hatte er sogar von einer Sonnengarantie gelesen, mit höchstens zwanzig Regentagen im Jahr.

»Wir sind da«, sagte Candela plötzlich und holte ihn aus seinen Gedanken. Sie setzte den Blinker und verließ die Schnellstraße an der nächsten Ausfahrt. Ein Schild mit der Aufschrift »Playa del Águila« begrüßte sie an ihrem Ziel. Sie durchquerten einen Kreisel und fuhren einen kleinen Berg hinauf, vorbei an weinroten und himmelblauen Apartmenthäusern, in deren Innenhöfen kristallklares Wasser in gut besuchten Poolanlagen glitzerte. Wie ein Bewacher stach zwischen ihnen ein kleiner, strahlend weißer Leuchtturm mit einem Oberbau aus dunklem Holz heraus.

»Dann zeig ich dir mal dein neues Zuhause«, sagte Candela.

An der nächsten Kreuzung bog sie nach links in eine Sackgasse ab. Sie parkte den Tourer vor einem Holztor, durch dessen Staketen schemenhaft mehrere Bungalows und ein Palmengarten schimmerten. Sie stiegen aus, Felix hob seinen Trolley aus dem Kofferraum, und Candela strebte unmittelbar auf das Tor zu. Sie öffnete eine Klappe, die direkt neben dem Eingang in die Mauer eingelassen war. Auf dem nun zum Vorschein kommenden Tastenfeld tippte sie einen Code ein. Wenige Augenblicke später piepte es, und schon offenbarte sich eine Sammlung von Schlüsselbunden. Candela nahm einen von ihnen vom Haken, verriegelte anschließend wieder ordnungsgemäß den Safe und schloss die Klappe.

»¡Vamonos!«, sagte sie. Sie winkte Felix zu sich, drückte das Tor auf und ging voran in den dahinterliegenden Palmengarten. Felix traute seinen Augen nicht, als er das Gelände betrat. So in etwa stellte er sich das Paradies vor.

Im Zentrum befand sich ein kleiner Pool mit Sonnenliegen. Drum herum verteilten sich einstöckige, aus Sandstein gemauerte Bungalows mit wild bewachsenen Runddächern. Ein schmaler, von bunten Pflanzen gesäumter Fußweg führte durch die Anlage. Zu dem Meeresrauschen, das wie ein Grundton über allem lag, mischte sich das Geräusch der Sprinkleranlage. Frischer Knoblauchgeruch drang in Felix' Nase, während aus einem der Häuser ein lauter Fernseher zu hören war. Unter dem Dach eines Pavillons aus dunklem Holz saß ein junges Paar und spielte Schach.

»Está bien, ¿no?«, fragte Candela. Sie zeigte auf einen Bungalow auf der rechten Seite. Er stand nicht wie die anderen in einer Reihe, sondern separat und leicht erhöht. An der Hauswand prangte neben der Tür eine goldene Zehn.

»Sí«, antwortete Felix. »Está muy bien.«

*

Er nippte an seinem Kaffee und lächelte. Was für eine Aussicht!

Felix legte seine Füße auf das Terrassengeländer und schaute staunend von einer Seite zur anderen. Während zu seiner Linken die Sonne aufging, konnte er rechts noch immer den Mond am Himmel erahnen, als eine schwache, verblassende Sichel. Darunter schimmerte der Atlantik in einem silbrigen Licht. Er erstreckte sich fast über den gesamten Horizont.

In der Ferne erkannte Felix ein paar Fischerboote, die gerade aufs Meer hinausfuhren. Jetzt, um zwanzig nach sieben, war der Seegang ruhig, und es wehte lediglich ein laues Lüftchen. Auch das Zentrum von Playa del Águila schlummerte noch vor sich hin. Hier oben auf den Klippen, wo sich die Bungalow-Anlage befand, genoss Felix einen freien Blick auf den Ortskern.

Dann kippte er den Rest seines Kaffees herunter. Den brauchte er, um wach zu werden, denn in seiner ersten Nacht hatte er nur wenig Schlaf gefunden. Wenngleich aus einem angenehmen Grund: Stundenlang hatte er den Klängen gelauscht, die durch die offene Terrassentür an sein Ohr gedrungen waren. Dem Meeresrauschen. Dem Wind, der durch die Palmenblätter wehte. Den Wellen, die an den Klippen zerschellten.

Natürlich hatte Felix gehofft, dass seine neuen Arbeitskollegen ihm eine tolle Unterkunft organisieren würden. Schließlich besaßen auch sie ein Interesse daran, dass er sich hier wohlfühlte. Der Bungalow übertraf seine Erwartungen allerdings um ein Vielfaches. Obwohl er mit fünfzig Quadratmetern und nur zwei Räumen sogar ein bisschen kleiner war als seine frühere Wohnung in Kassel, hatte Felix sich auf den ersten Blick in sein neues Zuhause verliebt. Vor allem in den mit Mosaiksteinen verzierten Marmorfußboden. In die riesige Glasfront, die bis unter das von Holzbalken gestützte Dach reichte und so die Südseite in eine lichtdurchflutete Außenwand verwandelte. Und in die Regendusche mit ihrem Boden aus Natursteinen in verschiedenen Formen und Größen. Felix hatte sie sofort ausprobiert. Hatte seine verschwitzten Klamotten ausgezogen und sich darunter gestellt. Auf dem Steinboden zu stehen, hatte sich wie eine Fußmassage angefühlt. Außerdem hatte ihn das kalte Wasser ungemein erfrischt und ihm neues Leben eingehaucht.

Sein Smartphone klingelte und holte ihn zurück auf die Terrasse. Felix schnappte sich die leere Kaffeetasse, ging über die Treppe nach drinnen und nahm das Gespräch entgegen.

»¡Hola!«, begrüßte ihn Candelas energiegeladene Stimme. Wie konnte sie um diese Uhrzeit schon so fit sein? »Ich hoffe, du erinnerst dich noch an unsere Verabredung?«

»Sí, sí«, beruhigte Felix sie. »Um neun Uhr an der Estación Santa Catalina. Ich mache mich in einer Viertelstunde auf den Weg.«

»Muy bien. Also sehen wir uns gleich. Hier sind alle schon ganz gespannt darauf, dich kennenzulernen.«

Nachdem sie sich verabschiedet hatten, durchsuchte Felix nun den Schrank nach passender Kleidung für seinen ersten Tag. Ob es einen Dresscode in der Redaktion gab? Am liebsten hätte er etwas angezogen, das bei diesen Temperaturen angemessen gewesen wäre. Kurze Hose, Holzgewehr, wie Darian immer sagte. Schließlich versprach die Wetter-App auch für heute wieder knapp unter dreißig Grad.

Vermutlich wäre das bei LA VIDA auch völlig okay gewesen. Mehrmals hatte Castillo während ihrer Zoom-Calls betont, was für ein hipper Arbeitgeber die Zeitung doch sei. Mit flachen Hierarchien, flexiblen Arbeitszeiten und dem Fokus auf eine gesunde Work-Life-Balance. Trotzdem, man konnte ja nie wissen. Der erste Eindruck zählte, das war Felix bei seiner Ankunft erneut vor Augen geführt worden, und gerade an seinem ersten Tag wollte er deshalb alles richtig machen.

Er entschied sich für eine beigefarbene Chino. Darüber zog er ein Jeanshemd, das er an den Unterarmen hochkrempelte, und aus seiner überschaubaren Schuhsammlung wählte er die hellgrauen Business-Schnürer aus Veloursleder aus, eine perfekte Mischung aus elegant und sportlich. Zum Schluss brachte er noch seine Haare mit etwas Gel in die gewünschte Form, warf sich seine Umhängetasche über die Schulter, wappnete sich mit seiner geliebten Pilotenbrille gegen die Sonne und schloss hinter sich den Bungalow ab.

Auf dem Weg zur Bushaltestelle kam Felix an einem kleinen Supermarkt vorbei. Eine Frau, die im Eingang stand und einen kläffenden Chihuahua auf dem Arm trug, begrüßte ihn freundlich. An der Brötchentheke bestellte Felix zwei mit Käse belegte Bocadillos, und an dem Automaten daneben zog er einen Café con leche für den Weg. Hoffentlich hatte dieser mehr zu bieten als der Cappuccino am Flughafen.

Die Haltestelle befand sich nur wenige Meter vom Supermarkt entfernt. Dort prangte in großen Lettern das Wort »guagua«. Sagte man auf Spanisch nicht »autobús«, wie Felix es in dem Kurs gelernt hatte? Vermutlich handelte es sich um eine kanarische Besonderheit.

Davon gab es einige, hatte Señora Alvarez ihm verraten. Eine war Felix bereits bei Candelas Empfang am Flughafen aufgefallen: Im restlichen Spanien war es ungewöhnlich, jemanden mit »chacho«, der Kurzform für »muchacho«, zu begrüßen. Generell verwendete man laut seiner Lehrerin auf den Kanaren liebevollere Wörter füreinander. In einem Fernsehbeitrag hatte Felix gesehen, dass die Spanier den kanarischen Dialekt deshalb sogar für ihren schönsten hielten. Auf dem letzten Platz war das Madrileño gelandet. Das klang aber auch mehr wie eine Salve aus einem Maschinengewehr.

An der Haltestelle angekommen, blendete Felix plötzlich ein gleißendes Licht. Er schaute vorsichtig nach links, wo er die Quelle vermutete. Es musste eine Reflexion vom Dach des seegrünen Busses sein, der gerade von der Schnellstraße abbog und in hohem Tempo die abschüssige Ausfahrt herunterkam.

Bei diesem Anblick schüttelte Felix den Kopf. Offensichtlich besaß Candela ihren Fahrstil nicht exklusiv. Aber gut, schließlich handelte es sich ja auch um einen *Schnell*-Bus, dachte er und schmunzelte. Er leerte zügig seinen Kaffeebecher und warf ihn anschließend in den Mülleimer.

Das konnte ja heiter werden.

4

Er stand vor der Grube und verschränkte die Arme. Mit einem Lächeln auf den Lippen schaute er nach oben. Das Datum auf dem Schild über seinem Kopf erinnerte ihn an die geplante Fertigstellung: »30. August 2024«. Bis dahin würde er noch eine Menge Geduld aufbringen müssen.

Die Bauarbeiten hatten erst vor ein paar Tagen begonnen. Begleitet von poppiger Livemusik hatte er, der Bauherr, den ersten Spatenstich vollzogen, beklatscht von einem Vertreter des Ministeriums und dem Bürgermeister. Den Start des Projekts hatten sie mit einem aufwendigen Festakt gefeiert.

Vor allem für die Leute von der Presse war das ein gefundenes Fressen gewesen. Endlich hatten sie wieder über etwas Positives berichten können. Mit gezückten Kameras waren sie vor den drei Herren in die Hocke gegangen und hatten jede Menge Fotos geschossen.

Normalerweise konnte er diese Aasgeier nicht ausstehen. Schließlich erinnerte er sich noch lebhaft daran, wie sie Arturo Noriega, seinen ärgsten Kontrahenten, in den Ruin geschrieben hatten. Natürlich profitierte er selbst bis heute davon. Aber sein Beispiel zeigte eben auch, wie schnell alles vorbei sein konnte. Nur wegen ein paar Artikeln. Aus, Ende, von heute auf morgen. Auch für ihn.

Die Berichte über Noriega waren eine einzige Märchenstunde gewesen. Nichts darin hatte der Wahrheit entsprochen. Selbst die Zeugen mussten gekauft gewesen sein. Doch das interessierte auf dieser Insel niemanden. Wichtig waren nur die Schlagzeilen. Sie galt es zu kontrollieren.

Mit denen, die er dank dieses Projekts erzeugte, befand er sich auf einem guten Weg. Für den Rest sorgten die Schmiergelder. Und für die Unbestechlichen würden seine Berater sich etwas anderes überlegen. Er würde nicht zulassen, dass etwas oder jemand dem Bauvorhaben in die Quere kam.

Denn hier, direkt vor seinen Augen, entstand sein bisher wichtigstes Projekt. In zwei Jahren – so Gott wollte – würde es fertig sein. Sein Baby. Ein Vergnügungspark, der alle anderen auf den Kanarischen Inseln in den Schatten stellen würde. Mit ihm würde er seinem Ziel ein entscheidendes Stück näherkommen.

Plötzlich vibrierte sein Handy. Wie war das möglich? Diese Nummer kannten doch nur seine Berater und wenige ausgewählte Handlanger. Nicht mal seine Frau gehörte dazu. Wer zum Teufel konnte das also sein? Etwa ein geschäftlicher Notfall?

Nervös fischte er das Gerät aus der Hosentasche. Er schaute auf das Display. Unterdrückte Nummer. Irritiert startete er den Stimmenverzerrer und drückte anschließend auf das Symbol mit dem grünen Hörer.

»Wer ist da?«, fragte er genervt.

Keine Reaktion. Stattdessen nur Rauschen und Knacken im Hintergrund. Die Sekunden verstrichen wie in Zeitlupe.

»Wie ich sehe, begutachten Sie gerade Ihr neues Projekt«, sagte plötzlich eine Frauenstimme. Sie klang jung und zart. Zweifellos eine Teenagerin. Was wollte bloß eine Minderjährige von ihm?

Er spürte, wie sein Puls anstieg. Hektisch drehte er sich zu allen Seiten herum. War er etwa nicht allein auf der Bau-

37

stelle? Wurde er von jemandem beobachtet? Die Worte der jungen Frau ließen nur diesen Rückschluss zu. Aber hier war weit und breit niemand zu sehen. Woher wusste sie also, wo er sich gerade befand?

Er versuchte, so kühl wie möglich zu klingen. Darin war er als Geschäftsmann geübt. Ohne diese Fähigkeit wäre sein Erfolg niemals denkbar gewesen. Gerade in schwierigen Verhandlungen kam es darauf an, sich nichts anmerken zu lassen.

»Wer bist du?«, fragte er. »Du hast den Falschen an der Strippe, Schätzchen.«

»Das habe ich keinesfalls«, antwortete sie.

»Woher hast du diese Nummer?«

»Sie stellen die falschen Fragen, Señor …«

»Wag es nicht, meinen Namen auszusprechen!«

»Was ich tue und was nicht, hängt ganz allein von Ihnen ab.«

Das verschlug ihm für einen Moment die Sprache. Was wollte ihm diese Göre damit sagen? Dass es sich nur um einen Zufall handelte, schloss er instinktiv aus. Dieser Anruf konnte ernst für ihn werden, das spürte er.

»Hör auf, in Rätseln zu sprechen, und komm zum Punkt«, sagte er deshalb. Er musste versuchen, die Hoheit über dieses Gespräch zu erlangen. Denn bisher hatte diese bei ihr gelegen, und solange er nicht wusste, was genau sie von ihm wollte, würde sich nichts an dieser Hierarchie ändern.

»Sie haben recht«, antwortete sie. Ein erster Punkt für ihn. Auch wenn er nicht wusste, ob sie diesen nicht sogar eingeplant hatte, denn für ihr Alter wirkte sie erstaunlich abgezockt. »Dann will ich Sie mal nicht länger auf die Folter spannen.« Sie räusperte sich. »Ich besitze … Informationen.«

»Informationen«, echote er spöttisch. »Was du nicht sagst.«

»Es sind Informationen über Sie.«

»Und was erhoffst du dir von denen?«

»Sagen Sie es mir.«

»Nun, da ich nicht weiß, welcher Art diese Informationen sind …«

»Es geht um Ihre Einkünfte.«

»Ich werde mich für meine erfolgreichen Geschäfte nicht entschuldigen.«

»Stimmt, Sie sind ein engagierter Mensch. Und sozial sind Sie auch noch. Wirklich vorbildlich, wie Sie sich für diese Menschen in Not einsetzen …«

Er schluckte. Wieder nahm die Anruferin eine kurze Auszeit. Wahrscheinlich, um sich ihre nächsten Worte genau zurechtzulegen. Schon kurz darauf sprach sie weiter: »Hoffen wir mal für Sie, dass dieses Bild keine Risse bekommt.«

Es klickte, und als er ein Tuten in der Leitung hörte, nahm er das Handy vom Ohr. Streckte es weit von sich und starrte ratlos aufs Display.

Ihn beschlich eine dunkle Ahnung, wovon sie gesprochen hatte. Aber wie hatte sie bloß davon erfahren? Hatte womöglich einer seiner Handlanger ihn verraten?

Unverzüglich würde er dem auf den Grund gehen.

Denn wer auch immer diese Göre war, sie musste zum Schweigen gebracht werden.

5

Die Bezeichnung »Schnell-Bus« bewahrheitete sich gleich mehrfach. Erstens fuhren sie auf dem direkten Weg nach Las Palmas, zweitens nahmen sie dafür die Autobahn, und drittens entpuppte sich der Fahrer als echter Bleifuß. Zum Glück führte die Route nach Norden in die Hauptstadt überwiegend geradeaus. Auf einer kurvenreicheren Strecke wäre Felix bei diesem Fahrstil sicherlich übel geworden.

Obwohl es noch recht früh am Morgen war, stiegen an den wenigen Haltestellen, für die sie die Autobahn verließen, schon bald immer mehr Leute zu. So entstand in dem Bus mit der Zeit eine beachtliche Geräuschkulisse. Eine Melange aus lebhaften Gesprächen, Musik aus knarzenden Handy-Lautsprechern und lautstarken Flüchen des Fahrers. Zudem zeigte sich in dem prall gefüllten Fahrzeug ein amüsantes Bild: Zahllose Handy-Kabel steckten in der Konsole über den Köpfen der Fahrgäste, sodass es aussah, als würden sie an Tröpfen hängen. Und gewissermaßen stimmte das auch, denn wie die meisten Menschen heutzutage waren auch sie ohne ihr Smartphone kaum noch überlebensfähig.

Vierzig Minuten später erreichten sie die Außenbezirke von Las Palmas. Felix nutzte seinen Fensterplatz und rückte dicht an die Scheibe heran. Er staunte, als er zwei Kriegsschiffe entdeckte, die in geringer Entfernung an den Klippen entlang schipperten. Waren das etwa Fregatten? Im Gegensatz zu Dennis kannte er sich in militärischen Dingen nicht sonderlich gut aus. Sein bester Freund hingegen besaß ein Buch, in dem sämtliche Uniformen aller Armeen der Welt abgebildet waren. Felix erinnerte sich nur zu gut an ihre Gespräche darüber. Vielleicht wusste Candela, was es mit den Schiffen auf sich hatte. Allzu oft bekam man solche schließlich nicht zu sehen.

Ansonsten zeigte sich Felix das Bild einer typischen Großstadt. Er sah eine Vielzahl von Einkaufszentren – *centros comerciales*, wie man auf Spanisch sagte –, eingerahmt von mehrstöckigen anonymen Wohnblöcken, zwischen denen reger Verkehr herrschte. Auf digitalen Werbetafeln flimmerten verheißungsvolle Botschaften.

Trotzdem, mit seinen von Palmen gesäumten Straßen, den bunten, typisch kanarischen Flachdachhäusern sowie seiner Lage am Meer versprühte Las Palmas ein maritimes Flair, das Felix spontan an Hamburg erinnerte. Wenngleich es hier dramatisch seltener regnete. Und sich die Hansestadt an einem Fluss und nicht unmittelbar am Meer befand. Dafür standen sich die beiden Städte in ihrer kulturellen Vielfalt in nichts nach, wie Felix in einer Dokumentation erfahren hatte. Im Schnittpunkt zwischen Afrika, Europa und Amerika gelegen, fungierte Gran Canaria wie eine Art Miniatur-Kontinent. Wie ein Fixpunkt der ständigen Migration und Fluktuation mit Las Palmas als seinem Zentrum. Kein Wunder, war die Stadt doch von Einwanderern gegründet und aufgebaut worden.

»Próxima parada: Santa Catalina« lautete plötzlich die nächste und letzte Haltestelle auf dem Bildschirm. Auf der digitalen Karte darunter näherte sich der Bus dem Ende einer roten Linie. Während sie deshalb von der Autobahn abfuhren und in eine Unterführung kamen, überprüfte Felix noch einmal den Sitz seiner Kleidung.

Dass er gut aussehen wollte, hatte nicht nur mit seinem ersten Tag zu tun. Ob Candela auch sich selbst gemeint hatte, als sie vorhin am Telefon verraten hatte, dass alle in der Redaktion gespannt darauf seien, ihn kennenzulernen?

Der Bus steuerte die Endhaltestelle an. Durch sein Fenster sah Felix sich in dem unterirdischen Bahnhof um. An dem einzigen freien Steig erkannte er Candela. Flüchtig trafen sich ihre Blicke, und als seine Mentorin nun auch ihn wahrnahm, schenkte sie ihm wieder ein bezauberndes Lächeln.

Bisher hatte Felix seine Entscheidung, nach Gran Canaria auszuwandern, noch nicht eine Sekunde lang bereut. Im Gegenteil: Sie schien eine der besten zu sein, die er jemals getroffen hatte.

Nachdem er ausgestiegen war, begrüßte Candela ihn erneut mit den obligatorischen zwei angedeuteten Küsschen. Erst jetzt erkannte Felix, dass ihre Lippen die Form eines Herzens hatten. Wenn das kein Wink des Schicksals war.

So unauffällig wie möglich schaute Felix an ihr herunter. Sie trug ein Sommerkleid mit bunten Längsstreifen, das mit »freizügig« noch schmeichelnd beschrieben war. Seine Sorge, er hätte sich für die Redaktion zu casual angezogen, stellte sich damit als unbegründet heraus.

Dann fiel sein Blick auf die goldene Kette um ihren Hals. Hatte sie diese gestern am Flughafen auch schon getragen? Dort war sie ihm allerdings nicht aufgefallen, aber das konnte auch an seiner Erschöpfung gelegen haben. Oder war er von Candelas Lächeln einfach zu abgelenkt gewesen?

Als Felix die Kette nun erblickte, musterte er sie aus dem Augenwinkel. Eine liegende Acht. Das mathematische Symbol für Unendlichkeit.

Es handelte sich also um eine sogenannte Infinity-Kette. Das wusste Felix nicht etwa deswegen, weil Schmuck ihm etwas bedeutete. Sondern weil Luisa sich zu Weihnachten mal eine solche von ihm gewünscht und ihm deshalb wochenlang einen Katalog unter die Nase gerieben hatte. Ob Candelas Kette auch ein Geschenk ihres Freundes war?

Felix sah genauer hin. In den Zahlenbögen erkannte er eine Gravur. Er verkniff die Augen und versuchte die drei Wörter zu entziffern. »Nunca te dejaré« glaubte er zu lesen. »Ich werde dich niemals verlassen«. Was es damit wohl auf sich hatte? War die Kette etwa ein kitschiger Liebesbeweis gewesen? Der bloße Gedanke daran verhagelte Felix von jetzt auf gleich die Stimmung.

Plötzlich schien Candela zu bemerken, dass ihr Schmuckstück begutachtet wurde. Als wollte sie sie vor den neugierigen Blicken schützen, bedeckte sie die Kette mit der Hand. Felix fühlte sich ertappt und zuckte. Mit einer stillen Bitte um Entschuldigung in den Augen suchte er Blickkontakt.

Doch zu seiner Enttäuschung reagierte seine Mentorin ausgesprochen kühl. Mit einem Mal war ihr strahlendes Lächeln weg. Mit Zornesfalten auf der Stirn nippte sie an dem winzigen Pappbecher in ihrer Hand und schaute anschließend auf die Digitalanzeige über ihren Köpfen.

»Vale. Dann lass uns mal losgehen«, sagte sie. »In einer Stunde beginnt die Morgenkonferenz.« Sie drehte sich schwungvoll herum und entsorgte ihren leeren Becher mit einem gezielten Wurf in den Mülleimer.

Was die so unter »losgehen« verstand, dachte Felix. Denn wie gestern am Flughafen sauste Candela auch heute wieder davon. Erneut bemühte er sich, Schritt zu halten. Sie durchquerten eine große helle Eingangshalle und streb-

43

ten auf eine Rolltreppe zu. Sogar auf ihr konnte Candela nicht einfach nur stehen. Sie nahm zwei Stufen auf einmal, und so erreichten sie in Windeseile den Ausgang.

Oben angekommen, begrüßte sie ein »Las Palmas«-Schriftzug aus riesigen bunten Buchstaben. »Das ist der Plaza de Canarias«, erklärte Candela über ihre Schulter. »Die Redaktion ist nicht weit von hier.«

Sie eilten über den Platz, kreuzten dann die Schnellstraße, kamen an einem Park sowie der Filiale einer großen spanischen Bank vorbei und folgten der Calle Nicolás Estévanez bis zur nächsten Kreuzung. Dort bogen sie nach links ab. Ihr Weg führte sie durch eine Häuserschlucht, wie Felix sie hier nicht erwartet hätte. Aus irgendeinem Grund hatte er sich im Vorfeld von der kanarischen Hauptstadt ein anderes Bild gemacht, und das deckte sich nicht mit dem, was er nun zu sehen bekam. Verblüfft schaute er an den glänzenden Glasfassaden der mehrstöckigen Bürogebäude hinauf, die sich zu beiden Seiten der Straße auftürmten. Von dem wolkenlosen Himmel war nur noch ein schmaler blauer Streifen zu sehen.

Drei Kreuzungen später bogen sie diesmal nach rechts in die Calle Isla de Cuba ab. Beim Anblick des Straßenschilds erinnerte Felix sich an die Adresse, die er in den Kopf seines Bewerbungsanschreibens gesetzt hatte: LA VIDA – Semanario, C. Isla de Cuba 7, 35007 Las Palmas de Gran Canaria.

»Wir sind da«, sagte Candela und strebte auf den Eingang zu. Sie klingelte mehrmals hintereinander. In einem speziellen Rhythmus, sodass Felix vermutete, dass es sich um einen Code handelte.

Das Haus, in dem sich sein neuer Arbeitsplatz befand, war ein unscheinbares graues Gebäude. Mit verhangenen und in den unteren Etagen sogar vergitterten Fenstern, halbherzig beseitigten Graffiti-Spuren an den Wänden sowie einem unauffälligen Schild neben dem Treppenaufgang, auf dem eine verblichene Sieben auf die Hausnummer hinwies. Von außen hätte Felix nicht vermutet, dass hier die Redaktion eines der aktuell spannendsten Zeitungsprojekte in ganz Europa beheimatet war.

Sah eher aus wie eine Junkie-Höhle, dachte er. Da war er wieder, der erste Eindruck.

»Was hat es damit auf sich?«, fragte Felix. Als Candela sich zu ihm herumdrehte, deutete er mit dem Kinn auf die Schmierereien.

Schlagartig verfinsterte sich ihr Blick. Weil sie immer noch niemand hereingelassen hatte, stellte sie sich wieder neben ihn auf den schmalen Bürgersteig. Mit ausgestrecktem Arm zeigte sie die gesamte Fassade bis zur nächsten Kreuzung entlang.

»¡Cabrones!«, fluchte sie und schüttelte den Kopf. »Das waren diese Pisser von RAZÓN.«

»Ah, davon hat meine Spanischlehrerin mir erzählt. Diese neu gegründete konservative Partei, richtig?«

Candela zischte durch die Zähne. »Pah, konservativ. Sieht das für dich nach dem Werk von Konservativen aus?« Felix zuckte mit den Schultern. »Das sind neu gegründete rechte Arschlöcher, wenn du mich fragst.«

»Und warum besprühen die unsere Redaktion?«

Candela verschränkte die Arme und schnaufte. Schweigend starrte sie auf die beschmutzte Hauswand. Als hätte diese Frage etwas in ihr wachgerufen, das sie noch immer schwer zu beschäftigen schien.

»Das soll Gabriel dir erklären«, sagte sie schließlich. Am Unterarm zog sie Felix zu sich und führte ihn nun

45

die Stufen hinauf vor die Eingangstür. Erneut klingelte sie in dem speziellen Rhythmus, und während sie darauf warteten, dass sie endlich jemand hereinließ, versuchte Felix sich den Code einzuprägen, indem er ihn leise vor sich hin summte.

Aus der Gegensprechanlage knisterte es. Ob sie überhaupt noch richtig funktionierte? Irgendwie passte dieses alte Ding so gar nicht zu dem hippen Anspruch, mit dem LA VIDA nach außen hin auftrat. Dass er enttäuscht war, wäre zu viel gesagt gewesen, aber Felix konnte nicht leugnen, dass er sich – vor allem nach seinen Vorstellungsgesprächen – etwas anderes ausgemalt hatte.

»¿Sí?«, drang es schließlich leise aus dem Lautsprecher.

»Wir sind's«, antwortete Candela. »Ich hab den Neuen dabei.«

Als der Summer ertönte, lehnte sie sich mit ihrer Schulter gegen die Tür. Sie sprang auf, und noch bevor Felix den Hausflur betreten hatte, war Candela bereits die ersten Stufen im Treppenhaus hinaufgesprintet.

»¡Vamonos!«, trieb sie ihn erneut an. »Oder willst du da unten Wurzeln schlagen?«

6

»Und es war sicher keine von Ihren … *Bekannten,* Jefe?«

Diese unverschämte Frage brachte sein Blut zum Kochen. Was erlaubte er sich eigentlich? Wie konnte er es wagen, diese Vermutung überhaupt auszusprechen? Ausgerechnet Gonzo, den er erst vor wenigen Wochen zu seiner rechten Hand befördert hatte. Stellte sich nun etwa heraus, dass er die falsche Wahl getroffen hatte?

Doch das war nicht der einzige Grund für seine Wut. Denn insgeheim hatte Gonzo recht. Auch er hatte sich schon dasselbe gefragt. Nämlich, ob er der Anruferin bereits begegnet war. Ja, er hatte eine Vorliebe für junge, sogar sehr junge Frauen, und ja, Gonzo hatte ihn stets davor gewarnt, dass diese Neigung ihm irgendwann das Genick brechen könnte. Trotzdem, woher hatte dieses Miststück nur seine Nummer? Und wofür hatte er überhaupt eine rechte Hand, wenn sie ihn nicht vor Gefahren wie diesen beschützte?

Er atmete tief durch und sagte: »Hör zu, Gonzo, die Sache ist ganz einfach: Einer von deinen Leuten hat geredet.«

»Vielleicht hat sie auch nur geblufft?«

»Woher zum Teufel hat sie dann meine Nummer?«

Gonzo schien darauf keine Antwort einzufallen.

»Eben«, redete er daher weiter. »Sie klang nicht wie eine, die nur was abzocken will.«

»Also weiß sie wirklich von der Sache?«

»Mhm-mhm«, brummte er zustimmend, »scheint so, als würde sie es verdammt ernst meinen.«

»Sie könnte dem Projekt gefährlich werden.«

»Wenn du sie nicht vorher zur Vernunft bringst.«

Eine Zeit lang herrschte Stille in der Leitung. Wenig später hörte er ein leises, entferntes Klicken und kurz darauf Gonzos Ausatmen. Das sah ihm ähnlich: Jedes Mal, wenn er über ihre weitere Strategie nachdachte, genehmigte er sich eine Zigarre. Das half ihm beim Grübeln. So kam er stets auf die besten Ideen.

Wie gern er selbst noch rauchen würde. Dann hätte er sich schon längst eine Zigarette angezündet, wahrscheinlich sogar unmittelbar nachdem dieses Miststück ihn angerufen hatte. Und obwohl er seit drei Jahren nikotinfrei lebte, bewahrte sein Fahrer für den Fall der Fälle immer eine Schachtel im Handschuhfach auf. Von dieser Notreserve durfte Carmen, seine Frau, nie etwas erfahren. Schließlich war sie es gewesen, die seinen Entzug angestoßen und strengstens überwacht hatte.

Er wandte sich wieder an Gonzo: »Wie genau wirst du vorgehen?«

Seine rechte Hand ließ sich mit seiner Antwort Zeit. »Ich werde meinen Männern auf den Zahn fühlen. Mal sehen, ob einer von ihnen etwas weiß.«

»Und dann?«

»Machen Sie sich keine Sorgen, Jefe.« Gonzo inhalierte in aller Seelenruhe. »Ich finde das Mädchen.«

Er beendete das Gespräch und stopfte sein Smartphone zurück in die Hosentasche. Zum letzten Mal für heute ließ er seinen Blick über die Baustelle gleiten.

Dieses Projekt war sein Schätzchen. Mit ihm hatte er endlich den perfekten Weg gefunden, die Geldströme zu verschleiern. Von seinem Gelingen hing nichts Geringeres als seine Existenz ab, denn die verfluchten Maderos hingen ihm schon viel zu dicht im Nacken. Zumindest die, die noch nicht auf seiner Gehaltsliste standen, und das waren für seinen Geschmack nach wie vor zu viele. Manche von ihnen erwiesen sich als wirklich harte Brocken. Als Polizisten, die selbst bei den großzügigsten Offerten nicht mal mit der Wimper zuckten und daher mit anderen Mitteln überzeugt werden mussten. Oder noch schlimmer: Idealisten waren. Gegen die war nur ein einziges Kraut gewachsen.

Er drehte der Baustelle den Rücken zu und ging durch das Geröll hinüber zu seinem Wagen. Enrique, sein Fahrer mit dem Blick eines Matadors, lehnte an der Motorhaube. Gelangweilt blätterte er in einer Sportzeitschrift. Auf der Titelseite war ein Foto von Jesé, dem Star-Stürmer von UD Las Palmas, abgebildet.

»Alles klar, Jefe?« Er faltete die Zeitschrift und warf sie durch das geöffnete Fenster auf den Beifahrersitz. »Wo soll's jetzt hingehen?«

»Zum Club«, befahl er ihm, den er nur »Quique« nannte, »so schnell wie möglich.«

7

Als sie die Redaktion betraten, musste er schmunzeln. Das sah schon eher nach den Räumlichkeiten einer angesagten Zeitung aus.

Sie standen in einem großen, hellen Raum, der den minimalistischen Charme einer Fabrikhalle versprühte. Mit hohen und unverputzten Wänden, einem frisch polierten Dielenfußboden sowie Büromöbeln aus dunklem Holz. Felix mochte diesen Stil, denn so stellte er sich die Räume eines jungen Start-ups vor. Vor allem, als er einen Sitzbereich mit schwarzen Ledersofas und daneben eine Tischtennisplatte erspähte. Ob die Redakteure hier ab und zu die eine oder andere Partie spielten?

»¡Venga, chacho!«, zischte Candela nun über ihre Schulter. »Da vorn ist dein Arbeitsplatz.« Sie zeigte auf die gegenüberliegende Seite und ging zielstrebig auf ihn zu. Felix versuchte erneut, ihr zu folgen.

Bei ihren Zoom-Calls hatte er immer nur das Büro von Castillo zu sehen bekommen. Während er jetzt durch die Redaktion ging, fühlte es sich an, als würde er durch ein Spalier aus Schreibtischen schreiten, hinter denen seine neuen Kollegen saßen und ihn neugierig musterten. Sie lächelten und nickten ihm zu. Felix setzte sein freundlichstes Gesicht auf und grüßte schüchtern zurück.

Dann erreichten sie seinen Arbeitsplatz. Schwungvoll drückte Candela sich am Rand der Platte ab und setzte sich mit gekreuzten Beinen obendrauf. »Aquí está«, sagte sie und klopfte auf den Tisch, »gefällt's dir?«

»Ziemlich cool«, antwortete Felix, »vor allem der hier.«
Erstaunt glitt seine Hand über den Rahmen des gigantischen Bildschirms. Das mussten mindestens fünfunddreißig Zoll sein. Mit so einem riesigen Monitor hatte er bisher nicht gearbeitet.

Candela schmunzelte. »Nun, wir lassen uns nicht lumpen.« Sie sprang wieder herunter und zog Felix erneut am Unterarm hinter sich her. »Komm, wir machen mal mit unserer Führung weiter. Es geht sowieso in ein paar Minuten los.«

Der Raum, in dem sie laut Candela mehrere Konferenzen pro Tag abhielten, befand sich im Stockwerk über der Redaktion. Sie erreichten ihn über eine Wendeltreppe, die Felix auf den ersten Blick entgangen war. Daneben lag die Teeküche, die mit modernsten Küchengeräten ausgestattet war, sowie ein Massage-Zimmer. Das war ein weiteres überzeugendes Argument von Castillo gewesen, denn hier konnten die Mitarbeitenden von LA VIDA sich kostenlos durchkneten lassen. Darauf freute Felix sich besonders. Da es ihm jedoch zu forsch erschienen wäre, gleich an seinem ersten Tag danach zu fragen, hob er sich das für die nächsten Wochen auf.

Als Candela nun die Tür mit dem elektronischen Schlüssel an ihrem Handgelenk öffnete, sprang ihnen ein gut gelaunter Chefredakteur entgegen.

»Hombre, da bist du ja!«, rief Castillo. Er breitete seine Arme aus, zog seinen neuen Angestellten zu sich heran und umarmte ihn herzlich. Die Hand, die Felix ihm zur förmlichen Begrüßung hingehalten hatte, ignorierte er eisern. »Komm rein, setz dich.«

Felix sah sich um und nahm schließlich auf dem Stuhl Platz, auf den Castillo zeigte.

Der Konferenzraum war in demselben Look gehalten wie die Redaktion. Mit dem einzigen Unterschied, dass an den Wänden diverse Smartboards hingen. Auf einem Rollwagen, den Castillo sich gerade griffbereit heranschob, stand ein fabrikneuer Kaffeevollautomat.

»Magst du einen Cortado?«, fragte er.

»Sí«, antwortete Felix, »sehr gerne. Ich könnte einen Koffeinschub gut gebrauchen.«

Castillo nickte und tippte eine Weile auf dem Display herum. Während die Maschine anschließend vor sich hin blubberte, lehnte er sich zurück und faltete die Hände hinter dem Kopf. Jetzt, als Felix ihn leibhaftig vor sich hatte, sah er sogar noch mehr wie der Idealtyp eines Surfers aus. Vor allem, weil sein neuer Boss seine schulterlangen lockigen Haare offen trug. Zudem schien er sich unfassbar viel in der Sonne aufzuhalten. Aus dem Kragen seines weißen Leinenhemds wuchsen ungebändigte Brusthaare heraus, und sein Gesicht wurde von seinem fülligen Mund dominiert. Um seine Handgelenke wickelten sich farbenfrohe Armbänder. Fehlte nur noch ein Surfbrett unter dem Arm, dachte Felix, dann würde er das perfekte Motiv für ein Werbefoto abgeben.

»Ah, da kommen sie ja schon alle«, bemerkte Castillo nun und richtete Felix' Aufmerksamkeit auf die Tür. Durch sie strömten seine neuen Kollegen in den Raum und setzten sich zu ihnen an den Tisch. Nacheinander bauten sie kleine Namensschilder an ihren Plätzen auf.

Castillo schob Felix seinen Cortado zu und legte anschließend eine Hand auf seine Schulter. Dann sagte er: »Wie du siehst, haben wir etwas vereinbart, um dir deinen Einstieg zu erleichtern. Die Vornamen dürften reichen, anders sprechen wir uns hier sowieso nicht an.«

»Muy amable«, erwiderte Felix. »Muchas gracias.«

»De nada«, kam es wie aus einem Mund zurück, und plötzlich fingen alle im Raum gleichzeitig an zu lachen. Nachdem sie sich beruhigt hatten, begannen seine neuen Kollegen mit einer schnellen Vorstellungsrunde.

Ganz links am Tisch saß Guillermo. Er war spindeldürr und trug eine Hornbrille, mit Gläsern so dick wie Flaschenböden. Durch ihr Gewicht rutschte sie ihm ständig von der Nase, sodass er gezwungen war, sie laufend zurückzuschieben. Mit flüsterleiser Stimme erklärte er, dass er für den Politikteil verantwortlich war. Felix ging unweigerlich das Wort »Nerd« durch den Kopf.

Neben Guillermo saß Vega. Unruhig rutschte sie auf ihrem Stuhl herum. »Ich bin die Sport-Redaktion«, erklärte sie mit einem selbstbewussten Grinsen im Gesicht, und schon jetzt ahnte Felix, dass es kein passenderes Ressort für sie geben konnte. Sie strotzte nur so vor Energie, als würde sie sich morgens Duracell-Batterien ins Müsli schneiden. Für Konferenzen, geschweige denn dafür, länger als fünf Minuten am Stück zu sitzen, schien Vega hingegen nicht gemacht zu sein.

»Ich bin Lola«, stellte sich die Kollegin vor, die für den Wirtschaftsteil schrieb. Sie hatte kurze kupferfarbene Haare, womit sie unter Spanierinnen eine echte Rarität war. Um jeden Preis aufzufallen, schien dabei auch ihr Hauptanliegen zu sein. Denn an ihren dünnen, langen Fingern trug sie noch längere, künstliche Fingernägel, mit denen sie auf dem Display ihres Smartphones herumkratzte, und während sie sprach, kaute sie auf einem pinkfarbenen Kaugummi, das mehrmals beinahe aus ihrem Mund purzelte.

Zum Schluss kam Ines an die Reihe. Nach dem Chefredakteur war die frisch gewordene Vierzigjährige die

Zweitälteste bei LA VIDA, und obwohl Felix noch nicht viel über sie wusste, hinterließ sie bei ihm von allen neuen Kollegen den sympathischsten Eindruck – abgesehen von Candela natürlich. Wegen ihrer Körperfülle schätzte Felix, dass sie den kulinarischen Freuden des Lebens gegenüber durchaus nicht abgeneigt war, und als er ihr ins Gesicht blickte, entdeckte er dunkle Flecken in ihren Mundwinkeln. Das mussten die Reste eines schokoladigen Snacks sein.

»Ich widme mich dem Bereich Wohnen, Gesundheit und Lifestyle«, erklärte Ines und grinste ertappt.

Kaum hatte sie ihre kurze Vorstellung beendet, warf Lola ihr von der Seite einen verächtlichen Blick zu. Offensichtlich kam man trotz der flachen Hierarchien auch hier nicht um Eifersüchteleien herum.

»Deine Mentorin kennst du ja schon«, schloss Castillo die Runde ab. Er zeigte auf Candela, die mit verschränkten Armen im Türrahmen lehnte. »Sie ist die stellvertretende Chefredakteurin und meine engste Beraterin.«

»Wir alle freuen uns sehr, dass du bei uns bist«, meldete auch sie sich nun zu Wort. »Dann kannst du uns ja jetzt mal zeigen, ob wir dich zurecht auf die Insel gelockt haben …«

*

Drei Stunden später saßen sie an einem Tisch im Außenbereich der Bar Antonio. Dorthin, nur einen kurzen Spaziergang von der Redaktion entfernt, hatten Candela und Castillo ihn entführt.

»Ein kleines Willkommensgeschenk«, hatte Candela gesagt und ihm dabei zugezwinkert. »Aber gewöhn dich nicht dran. Das nächste Mal bist du an der Reihe, uns einzuladen.«

Jetzt, als er die Bestellung hörte, schüttelte Felix irritiert den Kopf. Die Glocken der nahe gelegenen Kirche hatten gerade erst zwölf Uhr geschlagen, da orderten seine Mentorin und sein Chef bereits Rotwein. Außerdem entschied Candela sich für eine Portion Papas arugadas con mojo – kleine, in Salzlauge gekochte Runzkartoffeln mit scharfer roter Soße – und dazu ein paar Scheiben Manchego. Castillo nahm in Öl eingelegte Sardellen, dazu Brot und hauchdünn geschnittenen Serranoschinken. La Dolce Vita existierte offenkundig nicht nur in Italien. Die beiden wussten, wie man ein gewöhnliches Mittagessen in etwas Besonderes verwandelte. Felix überkam ein flüchtiges Schamgefühl, als er Penne Arrabiata bestellte.

Nachdem sie ihre Bestellung aufgegeben hatten, schaute Felix sich um. Ungläubig sprang sein Blick von einem Tisch zum nächsten. Tatsächlich schien es bei den Canarios gang und gäbe zu sein, bereits mittags Alkohol zu trinken. Auf den umliegenden Tischen tummelten sich leere Bier- und Weingläser. Ein Bild, das Felix eher befremdlich vorkam. Aber auch daran würde er sich bald gewöhnen. Ein kleiner Schwips hatte noch niemandem geschadet, und vielleicht regte der ja sogar seine Kreativität an?

Dann stach Felix plötzlich ein Plakat ins Auge, das an einer Hauswand hing. Jemand hatte es mit mehreren Stickern beklebt, sodass der Text darunter nur noch zu erahnen war. Felix verkniff die Augen und sah genauer hin. Kurz darauf war er sich sicher: Ein Teil der Überschrift lautete – in großen Lettern geschrieben – »RAZÓN«. »Vernunft« – zunächst mal kein schlechter Name für eine Partei. Wenn sich dahinter keine strammen Nationalisten und hartgesottenen Franco-Nostalgiker verborgen hätten, wie Señora Alvarez berichtet hatte. Allesamt Menschen, die mit Vernunft so viel am Hut hatten wie die katholische Kirche mit dem Christopher Street Day.

Als Candela bemerkte, wovon Felix' Blick gefangen war, seufzte sie laut.

»Sind das die Jungs, die unsere Redaktion angreifen?«, fragte Felix. Er zeigte auf das Plakat, und nun drehte auch Castillo sich herum. Wie schockgefroren verharrte der Chefredakteur reglos in einer unbequemen Haltung. Erst als Felix bereits fragen wollte, ob alles in Ordnung sei, wandte er sich ihnen wieder zu. Das Lächeln, das er normalerweise wie ein persönliches Accessoire trug, war wie weggespült.

»Mhm-mhm«, brummte Castillo zustimmend. »Das sind die Jungs.«

»Woher wisst ihr das? Habt ihr sie mal dabei erwischt?«

»Nein, direkt mitbekommen haben wir es noch nicht«, schaltete Candela sich ein. »Aber es liegt auf der Hand, dass sie es sind.«

»Warum? Was hat RAZÓN denn gegen uns?«

»Nun, wir sind eine liberale, weltoffene Zeitung. Das schmeckt diesen *hijos de puta* nicht.«

»Nur deswegen?«

»Nicht nur«, gestand Castillo. »Wir vermuten, es ist wegen der Geflüchteten.«

»Geflüchtete? Welche Geflüchtete?«

Candela legte einen Zeigefinger auf ihre Lippen. Ein Zeichen, dass Felix leiser sprechen sollte. Aber was war denn das Problem? Gab es auf der Insel etwa ein Tabuthema? Etwas, über das man sich nicht in der Öffentlichkeit unterhalten durfte?

Irritiert schaute Felix den beiden abwechselnd ins Gesicht. Worüber auch immer sie sprachen, zweifellos belastete sie irgendetwas, das spürte er. Bei keinem ihrer bisherigen Gespräche war Castillo so wortkarg gewesen wie jetzt.

»Es gibt etwas, das du wissen musst«, sagte der Chefredakteur schließlich und beugte sich zu Felix herüber. Mit jedem weiteren Wort, das er ihm ins Ohr flüsterte, vergrößerten sich Felix' Augen.

8

Coño, wo steckte dieser Kerl schon wieder?

Was für eine miese Entscheidung, hierherzukommen. Warum hatte sie diesem Treffen nur zugestimmt? Das passte mal wieder zu ihm. Sie hasste es, wenn er zu spät kam.

Wütend drückte sie ihre Zigarette an dem Kotflügel aus und schnippte den Stummel hinter die Steinmauer. Dann verschränkte sie die Arme und schaute sich um. Sie war immer noch allein. Weit und breit war niemand zu sehen. Bereits vor einer Stunde war das letzte Auto davongefahren, und seitdem war niemand vorbeigekommen. Einsamkeit hoch über den Wolken. Zu viel Zeit, um über alles nachzudenken. Und die eigenen Entscheidungen zu bereuen.

»Komm zu unserem Parkplatz«, hatte er am Telefon gesagt, »wir müssen reden.«

Seine Stimme hatte gezittert. Dadurch hatte sie völlig anders geklungen als sonst, ängstlich und verstört. Nichts war mehr zu hören gewesen von seinem Selbstbewusstsein.

Und außerdem dieses merkwürdige Geräusch im Hintergrund. Ein wildes, verspieltes Klingeln. Wie von einem ... Spielautomaten?

Resigniert schüttelte sie den Kopf. Hatte er tatsächlich wieder mit dieser Scheiße angefangen? Dabei hatte er es ihr doch versprochen. Hatte geschworen, sein Geld nicht mehr zu verzocken.

Aber sie kannte das. So war es nun mal mit Süchtigen, sie erzählten einem das Blaue vom Himmel. Das, was man hören wollte. Mit ihrer Mutter war es dasselbe. Ohne Aussicht darauf, dass sich jemals etwas änderte.

Trotzdem hatte sie dem Treffen zugestimmt. Hatte ihrer Mutter die Schlüssel für ihre Schrottkarre abgeluchst und war damit hierhergefahren. Zum Aparcamiento Roque Nublo – dem Parkplatz, von dem aus mehrere Wanderwege direkt zum Wolkenfels führten.

Sie nannten ihn *ihren* Parkplatz. Denn hier hatten sie zum ersten Mal miteinander geschlafen. Oben auf der Mauer, nur mit einer dünnen Decke als Unterlage. Sogar heute, fast zwei Jahre später, erinnerte sie sich noch an die Schmerzen: Ein Stein hatte sich bei jedem seiner Stöße in ihren Rücken gebohrt. Dennoch hatte sie es genossen, ihm so nah wie möglich zu sein. Doch seitdem sie ständig stritten, lief kaum noch was zwischen ihnen. An das letzte Mal erinnerte sie sich nicht mehr. Es musste Wochen her sein.

Plötzlich tauchte in ihrem Augenwinkel ein heller Punkt auf. Er kam von gegenüber, aus der Richtung des Felsens. Ruhig und geradlinig näherte er sich ihr und wurde mit jeder Sekunde größer. War das eine Taschenlampe?

Sie verkniff die Augen. Rutschte schließlich von der Motorhaube herunter und ging dem Licht über den Parkplatz entgegen.

Aus dieser Richtung hatte sie ihn nicht erwartet. Sie hatte damit gerechnet, dass er das Auto seines Vaters nehmen würde, doch weder hier noch auf dem anderen Parkplatz etwas weiter die Straße runter hatte sie ein Fahrzeug entdeckt. Wie war er also hierhergekommen? Hatte ihn jemand abgesetzt? Das würde bedeuten, dass sie ihn mit ins Tal nehmen musste nach ihrem Gespräch, worüber auch immer er mit ihr reden wollte. Vielleicht hatte er ja seine Meinung zu ihrem Plan geändert und wollte nun doch mitmachen?

Sie erreichte die gegenüberliegende Mauer. Vom Straßenrand schaute sie zu ihm hinüber. Inzwischen war er nur noch wenige Meter von ihr entfernt. Sie konnte seine Schritte auf dem Schotter hören. Bedächtig und schwer, ganz anders als die hektischen Trippelschritte, mit denen er sich normalerweise fortbewegte.

Komisch, dachte sie. Doch wahrscheinlich wollte auch er sich nur an ihren Treffpunkt heranpirschen. Vermutlich, weil er sie trotz seiner Taschenlampe immer noch nicht deutlich genug sehen konnte. Anscheinend wollte er auf Nummer sicher gehen, auch wenn das ansonsten so gar nicht seine Art war.

»Du kannst das Ding ruhig ausmachen«, rief sie ihm entgegen. Sie hoffte, dass ihn dies besänftigen würde. »Außer uns ist niemand hier.«

Plötzlich verschwand der helle Punkt. Kurz glühte die Birne nach, doch wenige Sekunden später war ihr Licht erloschen.

Sie brauchte einen Augenblick, um sich an die Dunkelheit zu gewöhnen. Währenddessen näherte er sich ihr beständig, und auch sie ging weiter auf ihn zu. Bald würden sie unmittelbar voreinander stehen. Dann würde sie endlich erfahren, worüber er mit ihr …

Ruckartig hielt sie an. Diese Silhouette, diese Proportionen, dieser Gang … Das war nicht er! Sie hatte keinen blassen Schimmer, um wen es sich bei dieser Person handelte. Irgendein Fremder kam auf sie zu.

Wer zum Teufel war das? Warum hatte er nichts gesagt, als sie ihn angesprochen hatte? Hatte er etwa gewusst, dass sie hier am Parkplatz auf ihn wartete?

Als er zwei weitere Schritte auf sie zumachte, erkannte sie es: Der Mann trug eine Maske! Von jetzt auf gleich pumpte ihr Herz heißes Blut durch ihren Körper. Sie erstarrte. War unfähig zu schreien. Oder auch nur Luft zu holen. Als würden sich unsichtbare Hände um ihren Hals legen und ihr die Luft abschnüren.

Dann stand der Fremde direkt vor ihr.

TEIL ZWEI

WOLKENFELS

9

Ein schrilles Klingeln bohrte sich in ihre Träume.

Trotzdem ließ sie ihre Augen geschlossen. Wenn sie das Geräusch nur lange genug ignorierte, würde es hoffentlich von selbst verschwinden und sie könnte vielleicht doch noch eine Mütze Schlaf abbekommen.

Den hatte sie bitter nötig. Auch gestern hatte Ana Montero wieder bis tief in die Nacht recherchiert. Leider mit demselben Ergebnis wie immer. Nämlich, dass sie nichts gegen ihn in der Hand hatte. An »Señor Teflón«, wie er intern hieß, blieb einfach nichts haften.

Wegen ihrer zahllosen Nachtschichten hatte sie sich für ihren zweiwöchigen Urlaub daher vor allem eins vorgenommen: zu schlafen. Als das Telefon nun tatsächlich verstummte, grinste sie zufrieden und kuschelte sich in ihr Kissen.

Doch plötzlich war es wieder da. Das Geräusch hallte aus dem Wohnzimmer zu ihr herüber, und mit jedem weiteren Klingeln wurde sie rasender. Wenn es sich um denselben Anrufer handelte, schien es ihm ziemlich wichtig zu sein. Wahrscheinlich würde er es so lange versuchen, bis er sie endlich an der Strippe hatte. Sie musste entweder das Kabel ziehen oder drangehen.

»Puta madre«, fluchte sie deshalb und warf die Decke wütend zur Seite. Nackt torkelte sie durch ihre Wohnung. Griff sich das Telefon und drückte auf das grüne Symbol. So fest, als wollte sie den Anrufer dafür bestrafen, dass er sie um ihre Erholung brachte.

63

»Sie müssen einen verdammt guten Grund haben«, schnauzte sie in den Hörer.

»Ana?«, fragte die Frauenstimme am anderen Ende schüchtern. »Disculpa, ich ... ich wollte dich nicht stören.«

Alma, dachte sie und stöhnte kaum vernehmlich. Die gute Seele, wie Alma Mendoza auf der Polizeistation wegen ihres Vornamens treffenderweise hieß, stand als *Inspectora alumna de segundo año* kurz vor dem Abschluss ihrer Ausbildung. Leider hatte sie während dieser nicht gelernt, Nein zu sagen, und so wurde die junge Frau nur allzu gern bei allen möglichen ungeliebten Tätigkeiten vorgeschickt. Nun also hatte sie die Aufgabe, Ana während ihres Urlaubs auf ihrer Privatnummer anzurufen. Ein kluger Schachzug von ihren Kollegen, denn Alma konnte sie einfach nicht böse sein. Auch weil sie damals während ihrer eigenen Ausbildung mit demselben chauvinistischen Dreck zu kämpfen gehabt hatte. Mehr als genug Gründe also, sich mit ihr zu solidarisieren.

»Ich hab's zunächst auf deinem Diensthandy versucht«, erklärte Alma. »Aber das –«

»Ist ausgeschaltet«, fuhr Ana ihr ins Wort. Sie klemmte sich das Telefon zwischen Ohr und Schulter und tapste zu ihrem Wohnzimmertisch. Bückte sich, fischte den angefangenen Joint von gestern Abend aus dem Aschenbecher und ließ sich anschließend auf die Couch fallen. »Wer hat dir gesagt, dass du mich anrufen sollst?«

»Hidalgo«, antwortete Alma. »Inspector Jefe Reyes hat sich krankgemeldet. Also hat Comisario principal Hidalgo mich beauftragt, dich zu informieren.«

»Was für eine Überraschung«, bemerkte Ana. Sie kramte ein Feuerzeug zwischen zwei Sitzkissen hervor und steckte sich den Joint wieder an. War ja klar, dass diese Idioten dahintersteckten. »Der Simulant« und »der Ehrenmann«. Ein beispielloses Duo geballter Inkompetenz.

Jorge Reyes, seit Anbeginn seiner Polizeikarriere ein passionierter Speichellecker, war kurz vor Anas Versetzung auf die Insel befördert worden. Als einfache Inspectora, ohne Jefa, stand sie in der Hierarchie eine Stufe unter ihm, und Reyes nutzte jede Gelegenheit, ihr dies vor Augen zu führen.

Dass Comisario principal Hidalgo sich für ihn entschieden hatte, war ohnehin ein schlechter Witz gewesen. Denn mit Arbeitsleistung hatte das nicht das Geringste zu tun gehabt, wie Ana von ihren Kollegen erfahren hatte. Auch hatte Reyes keinen spektakulären Fall gelöst oder auch nur zu den Ermittlungen bei einem solchen beigetragen. Wo er sich hingegen regelmäßig hervortat, war beim Blaumachen. Sehr praktisch, wenn Doc Hollywood zur eigenen Familie gehörte. Laut den übrigen Inspectores auf ihrer Dienststelle, der Comisaría der Policía Nacional in Playa del Inglés, hatte sein Aufstieg nur einen Grund gehabt: nämlich, dass Reyes und ihr Chef zusammen ihre Golfschläger schwangen.

Dabei hatte Hidalgo bei seiner Antrittsrede noch davon gesprochen, der Korruption auf der Kanareninsel den Kampf anzusagen. Das sei eine Frage der Ehre für ihn, hatte er gesagt. Und dass er sich ebendieser schon allein aufgrund seines Namens, der so viel wie Gentleman bedeutete, verpflichtet fühle. Deshalb hatten die Kollegen ihm den ironischen Titel »der Ehrenmann« verpasst, und fraglos betrachtete Hidalgo sich auch als solchen. Ana vertrat in dieser Frage allerdings eine gegenteilige Auffassung.

»Dann schieß mal los, mi niña«, sagte sie nun und blies den Rauch des ersten Zugs aus. Hoffentlich würde sich schon bald dieses wohlige, beruhigende Gefühl in ihrem Körper ausbreiten. Der Grund, warum sie so gern Marihuana rauchte, trotz der Gefahr, bei einem zufälligen Drogentest aufzufliegen. Doch ohne diesen regelmäßigen Ausbruch wäre sie in ihrem Job schon längst durchgedreht. Außerdem hatte sie ihren Konsum unter Kontrolle.

»Eine Wandergruppe ist oben am Roque Nublo auf eine Leiche gestoßen«, erklärte Alma den Grund ihres Anrufs. »Hidalgo will, dass du dir die Sache ansiehst.«

»Wo genau?«

»Soweit ich weiß, unter einem kleinen Felsvorsprung, in der Nähe vom Parkplatz.«

»Lass mich raten: verunglückter Nachtwanderer?«

Es wäre nicht der erste Fall dieser Art. Obwohl Ana erst seit einem Jahr auf Gran Canaria lebte – was mindestens ein Jahr zu viel war, wenn es nach ihr ging –, hatte sie bereits in zwei Todesfällen ermittelt, die sich in der Nähe des Wolkenfels ereignet hatten. Beide Male hatte es sich um betrunkene Touristen gehandelt, die im Dunkeln herumgeklettert und abgestürzt waren. Keine Fälle, mit denen man sich einen Orden verdiente.

»Diesmal scheint es etwas anderes zu sein«, antwortete Alma. »Es ... es sieht wohl ganz nach einem ... Mord aus.«

Ana runzelte die Stirn. »Wie kommst du darauf?«

»Sagen zumindest die Kollegen von der Policía Canaria.«

Das durfte nicht wahr sein, dachte Ana. Zu allem Überfluss hatten nun auch noch diese Dilettanten ihre Griffel im Spiel. Damit war das Kompetenzgerangel vorprogrammiert. Der Katastrophentisch war bereits gedeckt. Nur zu gut erinnerte Ana sich an die letzte Auseinandersetzung zwischen den beiden Behörden. Diese war derart eskaliert, dass schlussendlich sogar der Innenminister hatte eingreifen müssen.

Aber *no pasa nada*, falls es erneut zu einem innerpolizeilichen Schwanzvergleich kommen würde, sollte Hidalgo sich damit herumschlagen. Denn diesmal würde Ana sich zurückhalten. In ihrem Leben existierten genug Probleme, da brauchte sie sich nicht mit solchem Kinderkram zu belasten.

»Alles klar«, sagte sie. »Ich mache mich sofort auf den Weg.«

»¡Estupendo! Dann informiere ich Hidalgo«, sagte die gute Seele hörbar erlöst. »Und gib Bescheid, wenn du Unterstützung brauchst.«

Ana beendete das Gespräch und starrte noch eine Zeit lang auf das Display. Was für ein beschissener Start in ihren Urlaub. Wer auch immer da irgendwen abgemurkst hatte, hätte er oder sie sich das nicht für einen der seltenen Tage aufheben können, an dem Reyes nicht auf Gelb machte? Ana seufzte und gönnte sich noch einen letzten Zug. Den Rest vom Joint hob sie sich für später auf.

Wann auch immer das sein würde.

10

Er stand in dem kleinen Zimmer im obersten Stock des Redaktionsgebäudes. Fassungslos starrte er auf das Häufchen Elend, das vor seinen Augen auf einer dünnen Matratze kauerte. Felix konnte es nicht glauben. Castillo hatte tatsächlich die Wahrheit gesagt. Das, was er ihm erst vor wenigen Minuten in der Bar Antonio gestanden hatte, war nicht seiner lebhaften Fantasie entsprungen. Wenn der Rest der Geschichte auch noch stimmte, hatten sie ein echtes Problem, und zwar ein gewaltiges.

Vor ihm hockte ein dunkelhäutiger Mann, etwa in seinem Alter. Sein Gesicht sah abgemagert und müde aus, als hätte er tagelang weder gegessen noch geschlafen. An seiner Stirn und seinen Wangen klebten Pflaster. Er trug einen zerschlissenen Sportanzug, keine Schuhe an den Füßen, und auf dem Boden lagen weitere Kleidungsstücke verstreut herum.

Doch was war das? Lugte unter dem Kopfkissen ein Foto hervor? Felix beugte seinen Kopf zur Seite und schaute es sich genauer an. Er erkannte eindeutig denselben jungen Mann darauf, der gerade mit hängendem Kopf vor ihm saß. Daneben, in seinem Arm, eine ebenfalls dunkelhäutige Frau, die in die Kamera strahlte. Auf seinem Schoß saßen zwei Mädchen, beide fünf oder sechs Jahre alt. War das etwa seine Familie?

»Das ist Bayu«, sagte Candela und beendete das unangenehme Schweigen. Sie setzte sich auf die Matratze und stieß den jungen Mann neckisch mit der Schulter an. Er hob seinen Kopf, und obwohl er nun zaghaft lächelte, hatte Felix noch nie in solch traurige Augen geblickt. Als würden sie in Verzweiflung ertrinken.

Castillo drückte sich von der Wand ab, gegen die er bis eben gelehnt hatte, und stellte sich neben ihn. »Bayu kommt aus Mali. Er ist über Mauretanien und die Westsahara geflohen.«

Als der junge Mann seinen Namen hörte, sah er schüchtern zu Felix herüber.

»Hola«, sagte er.

»Hola«, antwortete Felix.

Dann schaute er stumm dabei zu, wie Candela und Bayu sich mit Händen und Füßen verständigten. Nach einer Weile schien seine Mentorin zu begreifen, dass er Hunger hatte und frisches Wasser brauchte. Und dass seine Klamotten gewaschen werden mussten.

Felix verschluckte sich und musste husten.

»Alles okay?«, fragte Castillo.

Felix schüttelte den Kopf. Als sein Husten sich wieder gelegt hatte, drehte er sich zu seinem Chef herum. Diesmal war er es, der ihm ins Ohr flüsterte: »Können wir uns kurz irgendwo ungestört unterhalten?«

Castillo nickte. Er gab Candela ein Zeichen, dass sie bei Bayu bleiben sollte, und schob Felix anschließend sanft nach draußen auf den Flur. Leise schloss er hinter sich die Tür, an der ein »Eintritt verboten!«-Schild hing.

»Seid ihr von allen guten Geistern verlassen?«, platzte es jetzt aus Felix heraus. »Wisst ihr eigentlich, was ihr da tut?«

»Psst«, zischte Castillo. Mit einer Geste, bei der er mit seiner Hand etwas nach unten drückte, bat er ihn, leiser zu sprechen. »Du hast keinen blassen Schimmer, was dieser arme Kerl durchgemacht hat.«

Felix verschränkte die Arme. »Das stimmt natürlich, und ich bin mir sicher, dass seine Geschichte ganz furchtbar ist.« Er zeigte auf die Zimmertür. »Aber was ihr da macht, ist gegen das Gesetz!«

»Pah, das Gesetz.« Castillo rollte mit den Augen. »Was bedeutet das schon, wenn es sich gegen Menschen richtet?«

»Wie genau ist er eigentlich hierhergekommen?«

»Du meinst in diesen Raum?«

»Zunächst mal auf diese Insel.«

»Nun, Bayu und seine Familie sind von Schleppern bis an die Küste der Westsahara gebracht worden. Dort hat man sie in klapprige Boote verfrachtet und anschließend sich selbst überlassen.« Castillo schüttelte ungläubig den Kopf. »Ein Wunder, dass sie nicht ertrunken sind.«

»Seine Familie?«, hakte Felix nach. »Die auf dem Foto?«

Castillo brummte zustimmend.

»Und wo ist sie jetzt?«

»Die verfluchte Guardia Civil hat sie«, schimpfte der Chefredakteur mit hasserfüllten Augen. »Spielt sich immer als heroischer Retter auf. In Wahrheit haben diese Faschos sie aber nur mitten in der Nacht an irgendeinem Strand aufgegriffen und sie danach sofort weggesperrt. Wo genau, wissen wir leider nicht.«

»Warum Faschos?«

»Eine Polizeieinheit, bei der das Rutenbündel mit dem Beil sogar im Emblem steckt?«

Sofort hatte Felix das Symbol vor Augen, das vor allem durch die italienischen Faschisten traurige Bekanntheit erlangt hatte.

»Außerdem kennst du die Geschichte dieser Truppe nicht.«

»Was haben sie mit Bayus Familie gemacht?«

»Auch darüber haben wir keine genauen Informationen. Wir vermuten, dass sie seine Frau und seine beiden Töchter bereits wieder nach Afrika abgeschoben haben. Dasselbe Schicksal würde ihm wohl auch bald drohen.«

»Und wie ist er in diesen Raum gekommen?«

Schulterzucken. »Irgendwie ist es ihm in dieser Nacht gelungen, der Guardia Civil zu entwischen. Frag mich nicht, wie er das angestellt hat. Auf jeden Fall muss er einiges eingesteckt haben.«

»Deshalb die Pflaster?«

Castillo nickte. »Danach ist er tagelang quer über die Insel geflohen. Bis Candela ihn zufällig gefunden hat. Unten, an der Schnellstraße bei Balito. Da lag er am Berghang im Geröll, halb verhungert und völlig ausgetrocknet.«

»Wie grausam«, entfuhr es Felix.

Bayus Fluchtgeschichte traf ihn mitten ins Herz. Natürlich hatte er auch in Deutschland mitbekommen, dass unzählige Geflüchtete versuchten, ihrem Leben in ihrem Heimatland zu entkommen. Dazu benutzten viele von ihnen die Kanarischen Inseln als Sprungbrett nach Europa. Auch wenn es ein verdammt weiter Sprung war und außerdem ein sehr riskanter, denn nicht wenige bezahlten den höchsten aller Preise dafür. Wie hoffnungslos ihr Dasein in ihrer Heimat ausgesehen haben musste, dass sie eine derart lebensgefährliche Flucht über den Atlantik in Kauf nahmen? Felix schüttelte sich und wandte sich wieder seinem neuen Chef zu. »Was ist, wenn jemand davon Wind bekommt? Ich meine, du hast es selbst gesagt: Bayu ist illegal hier.«

»Illegal, illegal«, wiederholte Castillo genervt. »Ich kann dieses Wort nicht mehr hören. Kein Mensch ist illegal.«

»Natürlich nicht. Aber trotzdem: Was ist, wenn die Polizei herausfindet, dass ihr die Räume der Zeitung nutzt, um jemanden zu verstecken?«

»Das interessiert mich einen Scheiß«, fauchte Castillo. Er klang nun so ernst, wie Felix es niemals von ihm erwartet hätte. Nach ihren Vorstellungsgesprächen hatte er seinen Chef als waschechten Sonnyboy abgespeichert. Jedenfalls nicht als jemanden, der so deutlich werden konnte.

»Hör zu, ich brauche dich nicht daran zu erinnern, dass unsere Zeitung LA VIDA heißt. Diesen Namen empfinden wir als Verpflichtung. ¿Comprende?«

»Ich denke schon«, grummelte Felix.

»Alle hier wissen von der Sache«, sprach Castillo weiter. »Wir haben keine Geheimnisse voreinander. Dafür hüten wir jedoch ein gemeinsames. Deswegen haben wir dich auch sofort eingeweiht.«

Ich verstehe, wollte Felix sagen, doch aus seinem Mund kam kein Wort. Das immense Vertrauen, das der Chefredakteur und seine neuen Kollegen ihm entgegenbrachten, machte ihn sprachlos.

Castillo löste seine verschränkten Arme und legte Felix eine Hand auf die Schulter. »Es ist ganz einfach: Entweder du bist dabei, dann ziehst du mit. Oder …« Mit der anderen Hand zeigte er auf ein Schild über der Tür, die vom Flur zurück ins Treppenhaus führte. Auf ihm prangten sechs große rote Buchstaben: SALIDA.

Um zu wissen, dass dies Ausgang bedeutete, hätte Felix keinen Sprachkurs gebraucht.

11

Sie stand vor dem Schrank und betrachtete kritisch ihre Businesskostüme, die auf der Stange hingen. Welches davon sollte sie heute anziehen? Am liebsten hätte sie das dunkelblaue genommen, ihr Lieblingsdress. Aber das befand sich ja seit gestern in der Reinigung. Ein Hoch auf den ungeschickten Kellner in der kleinen Pizzeria auf der Avenida de Moya. In der Mittagspause hatte er Ana Rotwein über den Blazer geschüttet, weshalb sie ihn umgehend nach Dienstschluss in die nächste Reinigung gebracht hatte.

Und das enge rote, überlegte Ana. Das hatte sie sich vor nicht allzu langer Zeit für private Anlässe der *besonderen Art* gekauft. Für erste und zweite Dates zum Beispiel, oder eben für die entscheidenden dritten, bei denen es ihrer Erfahrung nach häufig zur Sache ging. Für dienstliche Zwecke war es jedoch viel zu aufreizend. Es würde eindeutig falsche Signale aussenden. Deshalb entschied sie sich für das schlichte graue und nahm das Kostüm vorsichtig aus dem Schrank, befreite es aus der Folie, hielt es sich an ihren Körper ... und befand es für die richtige Wahl. Blieb ihr nur zu hoffen, dass sie nicht allzu weit den Roque Nublo hochklettern musste. Doch Almas Informationen zufolge war die Leiche nur wenige Meter von dem Parkplatz entfernt gefunden worden.

»*Very superstitious, Writing's on the wall*« schepperte der Anfang von Anas Lieblingssong aus dem Lautsprecher. Sie vergötterte Stevie Wonder für dieses Lied. Wann immer sie es hörte, war ihre schlechte Laune im Nu verflogen. Nur zu gern hätte sie ihn mal live zu Gesicht bekommen.

Nachdem Ana sich das Kostüm angezogen hatte, begutachtete sie sich im Spiegel. Auch wenn sie selbst keinen gesteigerten Wert auf ihre Figur legte, musste sie dem lieben Gott ja eines lassen, er hatte sie mit einem bombastischen Körper gesegnet. »Skinny Bitch«, wie die jungen Leute heute dazu sagten – und das, obwohl Ana nicht hätte weniger auf ihre Ernährung achten können. Was zur Folge hatte, dass einige Frauen sie dafür beneideten. Männer hingegen verloren bei ihrem Anblick häufig die Fassung und fingen an zu stottern. Ana ging das inzwischen gehörig auf die Nerven, denn vernünftige Gespräche waren dadurch nahezu unmöglich. Sie mochte es ganz und gar nicht, auf ihr Äußeres reduziert zu werden, von wem auch immer. Sie wollte durch ihre Kompetenz überzeugen. Sich jedoch deshalb etwas anzuziehen, was sie selbst nicht gerne trug, kam für sie überhaupt nicht infrage. Die einzige Person, der ihr Kleidungsstil gefallen musste, war sie selbst. Also würde nur sie darüber entscheiden, was sie anzog und was nicht. Und in eleganten Kostümen fühlte sie sich nun mal am wohlsten. Wem das nicht schmeckte, der hatte Pech gehabt.

Auch wegen dieser Einstellung waren ihre Beziehungsversuche bisher allesamt gescheitert. Mit einer attraktiven, selbstbewussten Inspectora, die kein Blatt vor den Mund nahm, hatte es kein Kandidat lange ausgehalten. Vor allem kein Spanier. Im Gegenteil, Anas Landsmänner hatten am schnellsten von allen die Segel gestrichen.

Aber dann war das eben das Schicksal, das das Universum für sie vorgesehen hatte. Ständig wechselnde Liebschaften zu haben, schien bei ihrem Job ohnehin nicht das

Schlechteste zu sein. Das Anforderungsprofil einer Polizistin lockte nicht gerade Massen von attraktiven hochzeitswilligen Männern an.

Ana verließ ihre Wohnung und fuhr mit dem Fahrstuhl nach unten in die Tiefgarage. Zielstrebig ging sie auf ihren heiß geliebten BMW zu. Im Vorbeigehen streichelte sie über die Motorhaube. Sie war vernarrt in diese Farbe, Imperialblau mit Brillanteffekt. Zwischen ihr und dem Wagen war es Liebe auf den ersten Blick gewesen. Als hätte nicht sie sich dieses Auto ausgesucht, sondern das Auto sie. Sie setzte sich hinters Steuer und verband ihr Smartphone über Bluetooth mit dem Radio. Sie wählte ihre Stevie-Wonder-Playlist aus, sprang bis »Superstition« vor und ließ auf Knopfdruck die zweihundertfünfzig Pferde unter der Motorhaube aus dem Stall.

Es war schon viel zu lange her, dass sie mit ihnen ausgeritten war. Sie freute sich auf die kurvenreiche Fahrt durch die Berge. Eines der wenigen Dinge, die sie an Gran Canaria mochte. Im Gegensatz zu Madrid, ihrer Heimat, konnte sie ihr Schätzchen hier richtig ausfahren. Wenn auch zu einem hohen Preis, denn für die Überführung mit dem Containerschiff hatte ihr Bankkonto ordentlich Federn gelassen.

An der Ausfahrt der Tiefgarage tippte Ana ihren persönlichen Code auf dem Nummernfeld ein, sodass die Schranke sich öffnete, und mit einem lauten Röhren fuhr die Inspectora auf die Straße. Sie wählte den direkten Weg aus Arinaga heraus, an dem Industriegebiet am Ortsausgang vorbei und schließlich auf die Autobahn. Dort zögerte sie nicht und trat umgehend aufs Gas. Die Beschleunigung presste sie in ihren Sitz, und während sie auf der linken Spur an allen vorbeirauschte, lächelte sie

75

zufrieden. Zwar galt hier einhundertzwanzig, aber das hatte Ana noch nie besonders interessiert.

Natürlich hätte sie bei Vecindario auf die Landstraße wechseln können. Über die Bergdörfer Santa Lucía de Tirajana, Rosiana und San Bartolomé de Tirajana hätte diese sie direkt zu ihrem Ziel geführt. Aber warum sollte sie sich selbst um ihren Spaß bringen? Wenn schon ein Urlaubstag draufging, dann wollte sie wenigstens auf ihre Kosten kommen. Also blieb sie auf der Autobahn und bretterte weiter dem Süden der Insel entgegen.

Bei San Fernando fuhr Ana schließlich ab. Sie durchquerte den nördlichsten Teil von Maspalomas und blieb auf Kurs nach Fataga. Da auf der Landstraße wenig Verkehr herrschte, beschleunigte sie auch hier weit über die erlaubte Höchstgeschwindigkeit. Sie jagte den BMW durch die engen Kurven, um die Wirkung der Fliehkraft auf ihren Körper zu spüren. Für Fahrten wie diese hatte sie extra Sportsitze einbauen lassen. Mit jedem Kilometer näherte sie sich der dichten Wolkendecke, die über den Bergen festzuhängen schien.

Nachdem Ana diverse Fincas, Bananenplantagen sowie die Dörfer Arteara und Fataga hinter sich gelassen hatte, wurde es vor ihrer Windschutzscheibe diesiger. Ana bremste heftig ab und fuhr nur noch mit gedrosseltem Tempo weiter.

Je höher sie kam, desto stärker wurde der Druck in ihren Ohren. Ohne den Blick von der Straße zu nehmen, angelte sie ein Kaugummi aus der Türablage, befreite es mit einer Hand aus der Folie und schob es sich in den Mund. Es war nicht ungefährlich, hier oben bei eingeschränkter Sicht zu fahren. Im Nebel konnte Ana den Straßenverlauf lediglich erahnen. Hinter den Leitplanken ging es steil bergab, das wusste sie. Wann immer sie sich einer Kurve näherte, hupte sie deshalb mehrmals, um entgegenkommende Fahrzeuge zu warnen.

Sie steuerte ihren BMW an einer Kapelle vorbei und bog schließlich auf die GC-600 ab. Diese sogar noch engere und kurvigere Straße führte bis zum Roque Nublo hinauf. Ana befand sich mitten in den Wolken. Erst kurz vor dem Ziel durchstieß sie sie. Als hätte sie damit die Grenze zu einer anderen Welt passiert, klarte der Himmel wieder auf. Ein ungetrübtes Blau strahlte ihr entgegen.

Etwas unterhalb des Parkplatzes hielt Ana vor einer Straßensperre. Sie ließ das Fenster herunter und streckte ihren Kopf heraus. An der Uniform mit dem unverkennbaren rosafarbenen Streifen auf der Schulter machte sie einen Kollegen der Policía Canaria aus. Er stand mit dem Rücken zu ihr und schaute zum Wolkenfels hinüber. Mit einem gellenden Pfiff machte Ana lautstark auf sich aufmerksam, und nachdem der Kollege eine knappe Durchsage in sein Funkgerät gesprochen hatte, schlenderte er in ihre Richtung.

»Perdone, Señora, hier geht es nicht –« Er verstummte, als Ana ihm ihren Dienstausweis entgegenhielt. Offensichtlich perplex, dass eine Polizistin privat ein solches Auto fuhr. »Oh, entschuldigen Sie bitte. Ich wusste nicht, dass Sie –«

»No pasa nada«, unterbrach Ana ihn. Sie drehte den Schlüssel herum, und wie auf Befehl galoppierten die aufgescheuchten Pferdchen zurück in den Stall. »Ist der Arzt schon da?«

Mit ausgestrecktem Arm zeigte der Kollege auf eines der Fahrzeuge auf dem Parkplatz. »Ist kurz vor Ihnen angekommen. Er ist schon bei dem Leichnam.«

»Dann führen Sie mich bitte umgehend zur Fundstelle.«

»Sí, Señora.«

Der Mann hob seine Kelle und deutete mit ihr auf einen Bereich hinter der Absperrung noch ein Stück weiter den Berg hinauf. Dort, am Straßenrand, konnte Ana ihr Fahrzeug abstellen. Sie ließ den Motor wieder an, umfuhr das Hindernis und parkte schließlich so mittig auf der Straße wie möglich. Ihr Schätzchen sollte weder in der Nähe des steilen Abhangs noch in der des Felsens stehen. Bisher hatte ihr BMW keinen Kratzer abbekommen, und das sollte auch so bleiben.

Ana stieg aus und wartete auf den Kollegen. Sein Gesichtsausdruck verriet ihr, dass er seine Überraschung immer noch nicht ganz überwunden hatte.

»Wenn Sie mir bitte folgen würden«, sagte er. »Aber ich muss Sie warnen, Señora. Der Anblick ist nichts für schwache Nerven.«

Ana verdrehte die Augen. Sie brauchte niemanden, der sie vorwarnte. Sie hatte in ihrem Berufsleben sicher schon Übleres gesehen.

12

Sie saßen noch nicht lange am Frühstückstisch in der Wohnküche, als plötzlich eine Melodie auf einer Ukulele ertönte.

»Papa, dein Typ wird verlangt«, bemerkte Carlota. Beiläufig schob seine Tochter sich ein Marmeladenbrötchen in den Mund. Für ihr Smartphone schien sie sich dabei jedoch erheblich mehr zu interessieren. Ein Phänomen, das seine Frau und er schon seit Längerem beobachteten. Vor allem Carmen brachte es regelmäßig zur Weißglut, wenn Carlota auf dem Display herumwischte und sich deshalb nicht auf Gespräche konzentrierte. Er hingegen nahm es gelassener. So waren Teenies nun mal, und auch das würde sich herauswachsen.

Sombra del nublo, Riscales los de Tejeda, Cadena de mis montañas, Montañas las de mi tierra erklang die kraftvolle und zugleich zerbrechliche Stimme von Luis Morera. Wie immer, wenn er diese Zeilen der »Himno de Gran Canaria« hörte, stellten sich ihm überall am Körper die Haare auf. Als waschechter Canario war er diesem Lied von der ersten Sekunde an verfallen gewesen. Wie er wusste, erging es vielen seiner Landsleute so. Als sei diese Hymne ein musikalisches Band, das die Kanaren unsichtbar miteinander verwob. Aus diesem Grund hatte er es auch als Klingelton für sein spezielles Diensthandy ausgesucht, auf dem ihn nur seine engsten Untergebenen anriefen.

Während Luis Morera weiter vom Schatten des Wolkenfels sang, stellte Carmen ihre Kaffeetasse ab und rollte

79

mit den Augen. Mit vielsagendem Blick schaute sie ihn an. »Wir hatten das doch geklärt«, sollte dieser ihm sagen, und damit hatte sie recht. Tatsächlich hatte er ihr versprochen, dass sie zumindest während des Frühstücks nicht gestört werden würden. Dass diese erste gemeinsame Zeit des Tages ausschließlich ihnen gehörte. Aber was sollte er machen. Es waren außergewöhnliche Zeiten, und die verlangten außergewöhnliche Maßnahmen.

»Entschuldigt mich bitte«, sagte er schließlich, »ich bin gleich wieder da.«

Er stand auf und eilte in Richtung seines Arbeitszimmers. Zu jenem schallisolierten Raum, in dem er alle geschäftlichen Telefonate führte und aus dem kein Mucks nach draußen drang. Er konnte so laut in den Hörer brüllen, wie er wollte. Doch genau das war in den letzten Monaten zu seinem Problem geworden. In dem Spiegel neben seinem Schreibtisch hatte er beobachtet, wie sein Kopf bei jedem seiner Gespräche vor Zorn hochrot angelaufen war. Er müsse dringend seine Wutausbrüche kontrollieren, hatte sein Arzt ihm geraten. Sonst würde sein Körper ihn schon bald die Konsequenzen spüren lassen. Welche das sein würden, brauchte er ihm nicht aufzuzählen.

Nachdem er die Tür hinter sich abgeschlossen hatte, nahm er das Gespräch an. Luis Morera und die Ukulele verstummten. Wie üblich sagte er zunächst kein Wort und brummte stattdessen als Erkennungszeichen kurz in den Hörer. Das diente zu seiner Sicherheit, ebenso wie der Stimmenverzerrer. Denn sosehr er diese Nummer auch geheim hielt, musste es zweifellos einen Maulwurf geben. Eine gefährliche Lücke im System, die es so bald wie möglich zu schließen galt. Das hatte ihm der Anruf dieses Miststücks bewiesen.

Jetzt meldete sich die Stimme von Gonzalo Galvez am anderen Ende. »Es tut mir leid, dass ich Sie so früh störe, Jefe.«

»No pasa nada«, antwortete er, »aber es sollte nicht zur Tradition werden.«

Immerhin entschuldigte Gonzo sich. Außerdem wusste er, dass es einen wichtigen Grund geben musste, wenn sein treuester Mitarbeiter um diese Uhrzeit anrief.

»Also, ¿qué tal?«

»Ich habe den Auftrag ausgeführt, Jefe.«

»¡Estupendo! Gute Arbeit.«

Es raschelte. Ein Geräusch, als ob Gonzo das Mikrofon mit seiner Hand bedeckte. Dann schien er das Telefon weit von sich zu strecken, während er mehrmals hörbar in seine Hand hustete.

»Ist alles in Ordnung?«

»Sí, sí. Es ist nur …«

Entgegen seiner gewöhnlichen Art zu sprechen, legte Gonzo eine kurze Pause ein. Als ob er sich für seine folgenden Worte sammeln müsste.

»Es … ist anders gelaufen als geplant, Jefe.«

»Was meinst du damit?«

»Am Anfang hab ich nur versucht, sie einzuschüchtern. So wie Sie es wollten.«

»Vale, und das hat nicht gewirkt?«

»Nein, Jefe. Sie wollte einfach nicht zuhören. Sie hat gedroht, Sie auffliegen zu lassen.«

Süß, dachte er. Was für ein naives junges Ding. Glaubte doch tatsächlich, mit ihm in den Ring steigen zu können, ohne selbst Kratzer abzubekommen. Aber gut. Jeder, der es bisher mit ihm aufgenommen hatte, musste diese Lektion lernen.

Er fragte weiter: »Was ist dann passiert?«

»Jemand ist mir in die Quere gekommen. Ich musste so schnell wie möglich abhauen.«

Er spürte, wie ihm bei diesen Worten plötzlich das Blut in den Kopf schoss. Schon wieder. Dabei hatte er sich doch ein klares Ziel gesetzt. Nämlich, seinen Zorn von nun an besser im Zaum zu halten. Aber dafür brauchte es wahrscheinlich mehr als nur gute Vorsätze. Welche Methode hatte der Arzt ihm doch gleich zur Beruhigung empfohlen?

»Jemand?«, fragte er erregt. »Wer?«

»No lo sé, Jefe. Es könnten eine oder mehrere Personen gewesen sein.«

»Puta mierda. Hat dich jemand gesehen?«

»Nein, Jefe. Ich hab mich sofort aus dem Staub gemacht. Ich hätte es bemerkt, wenn mir jemand gefolgt wäre.«

Nun war er es, der das Handy kurz zur Seite legte.

Vier-Sieben-Elf, fiel es ihm wieder ein. Das war die Technik gewesen: vier Sekunden ein-, sieben Sekunden ausatmen, und das elf Atemzüge lang. Damit würde er seine Wut schnell und effektiv herunterfahren. Er verkürzte auf drei Durchgänge, die mussten fürs Erste reichen. Dann nahm er das Telefon wieder ans Ohr und gab Gonzo seinen nächsten Auftrag durch: »Du behältst das im Auge«, befahl er, »und sobald du etwas Neues weißt, informierst du mich darüber. Verstanden?«

»A sus órdenes«, knurrte Gonzo. »Aber es gibt da noch etwas, das ich Ihnen erzählen muss ...«

13

Wow, dachte er, als der Windsurfer schon zum zweiten Mal an ihm vorbeibretterte. Er hatte ordentlich Speed drauf. Das mussten mindestens vierzig Stundenkilometer sein.

Felix saß an dem kurzen Strandabschnitt, der zu seiner Bungalow-Anlage gehörte, und schaute aufs Meer. Wie konnte dieser Typ beim Surfen nur so entspannt aussehen? Er hatte schulterlange blonde Locken, die er jedes Mal, wenn ihm Wasser ins Gesicht spritzte, lässig nach hinten warf. Trotz seiner etwa fünfundfünfzig Jahre, auf die Felix ihn schätzte, machte er auf dem Brett eine sportliche Figur. Währenddessen lag die ganze Zeit ein vergnügter Ausdruck in seinem Gesicht. So sah jemand aus, der voll in seinem Element war.

Dann verschwand der Surfer hinter dem Felsen. Da er nun außer Sichtweite war, nutzte Felix die Gelegenheit und ließ seinen Blick über den Strand gleiten. Um kurz nach acht Uhr abends war es immer noch angenehm warm und sonnig. Deshalb hielten sich nach wie vor erstaunlich viele Menschen an der gemütlichen Bucht auf. Machten es sich auf ihren Handtüchern oder in ihren Campingstühlen bequem und beobachteten das Geschehen auf dem Meer. Andere wiederum hatten ihre Grills aufgestellt und brieten darauf verschiedene Fisch- und Fleischgerichte. Jugendliche trommelten poppige Rhythmen auf einer Cajón. Ein Bild, das Felix bisher nur aus dem Urlaub kannte – und jetzt arbeitete er an einem solchen Ort! Auf einer Insel, die jedes Jahr rund vier Millionen Touristen anlockte. Was für ein außergewöhnliches Gefühl.

Außergewöhnlich war jedoch auch sein erster Tag bei LA VIDA gewesen. Zunächst hatte er noch vielversprechend angefangen, aber dann, mit seiner Ankunft in der Redaktion, war er zunehmend seltsamer geworden.

Die Angriffe auf das Zeitungsgebäude. Die Plakate von RAZÓN. Felix hatten sie so schockiert, dass sie sich geradezu in seine Netzhaut gebrannt hatten: Bedrohlich wirkende Schriftzüge auf düsteren Hintergründen, die Angst einflößende Botschaften transportierten: »Das Volk hat Hunger. Mach, dass er verschwindet«. Eine Anspielung auf eine mögliche Abwahl des aktuellen Regierungschefs von der PSOE, dem spanischen Gegenstück zur deutschen SPD. »Spanien für immer.«

Die Sache mit Bayu belastete Felix zweifelsohne am meisten. Unglaublich, in welches Dilemma Castillo die Zeitung damit gebracht hatte – und in welche Gefahr! Ob der Verleger – ein gewisser Javier Barra, wie Felix ergoogelt hatte – überhaupt davon wusste? Den Bildern im Internet nach zu urteilen, war das durchaus möglich. Denn trotz des Anzugs, den der erst Anfang Vierzigjährige Barra trug, sah er auf den Fotos dennoch aus, als hätte er sich bis vor Kurzem noch der radikalen linken Szene zugehörig gefühlt: mit großen Flesh Tunnels in den Ohren, einem Septum Piercing, dazu rasierte Schläfen und nur mit einem Gummi gebändigte Haare, die ihm fast bis zum Hintern reichten. Nicht gerade das Ideal eines angepassten Geschäftsmanns. Vorstellbar also, dass er in die Sache eingeweiht war.

Die eigentliche Frage, die Felix beschäftigte, war jedoch eine andere. Nämlich, wie er selbst zu der Aktion stand.

Zu welcher Antwort er kommen würde, war keinesfalls unwichtig, denn sie würde über seine Zukunft bei LA VIDA entscheiden. Indem Castillo auf das Ausgangsschild gezeigt hatte, hatte er Felix zu verstehen gegeben, dass er von ihm eine klare Positionierung verlangte. Und das bis morgen früh. Ob er sich auf diese Art auch die Gefolgschaft der anderen Redakteure gesichert hatte?

Felix hasste es, wenn man ihn zu etwas nötigte. Egal, was es war, denn das empfand er stets als unangemessene Machtausübung. Von den flachen Hierarchien, die Castillo in ihren Vorstellungsgesprächen noch hervorgehoben hatte, war er ein großer Anhänger. Doch in dieser Frage warf der Chefredakteur alle Ideale über Bord und ersetzte sie durch ein einfaches Schwarz-Weiß-Schema. Unterstützer oder Widersacher.

Auch das gefiel Felix nicht. Wo blieb da der Raum für Zwischentöne? Sie müssten sich zusammen eine vernünftige Lösung überlegen. Müssten eine gemeinsame Strategie entwickeln, hinter der sich alle Mitarbeiter von LA VIDA versammeln konnten.

Stattdessen stellte Castillo sie vor eine folgenschwere Wahl. Doch wie frei konnten die Redakteure in dieser Frage überhaupt entscheiden? Auf Gran Canaria waren Jobs nun mal nicht im Überfluss vorhanden. Insbesondere, wenn man nicht in der Tourismusbranche oder in einem der Gewächshäuser arbeiten wollte.

Ein bisschen traf das auch auf Felix zu. Klar, er hätte ohne Weiteres die Segel streichen und mit einem der nächsten Flieger die Heimreise antreten können. Niemand in Kassel hätte ihm dafür einen Vorwurf gemacht, weder seine Familie noch seine Freunde. Im Gegenteil, vermutlich hätten sie sich über seine Rückkehr nach Deutschland gefreut. Das war gut zu wissen und beruhigte ihn. Trotzdem schloss er diese Option kategorisch aus. Er wollte nicht gleich bei der ersten Schwierigkeit das Handtuch werfen. Was er anfing, das brachte er auch zu Ende. Es war nicht seine Art, den Herausforderungen des Lebens aus dem Weg zu gehen. Etwas, das ihm sein Vater immer wieder gepredigt hatte. Nur so sei er zu dem erfolgreichen Unternehmer geworden, der er war, und hatte sich vom Kellner bis zum Besitzer einer eigenen Café-Kette hochgearbeitet. Die »Fabers«-Läden, die allesamt im Stil von Wiener Kaffeehäusern eingerichtet waren, erfreuten sich in Kassel einer außerordentlichen Beliebtheit.

Außerdem besaß Felix ein großes Herz. Das hatte Castillo mit der Fluchtgeschichte von Bayu und seiner Familie zum Erweichen gebracht. Noch immer hatte Felix das Bild dieses niedergeschlagenen Mannes vor Augen, wie er vor ihm auf der Matratze kauerte. Wie belastend die Ungewissheit für ihn doch sein musste. Keine Information darüber zu haben, wo sich seine Frau und vor allem die eigenen Kinder aufhielten, musste ein grässliches Gefühl sein. Eines, von dem Felix hoffte, dass er es niemals am eigenen Leib erfahren würde.

Ja, er würde mitziehen. Trotz der Gefahren, die damit verbunden waren, auch der juristischen. Was auch sonst? Seine Vorstellung von Menschlichkeit ließ nur diese Entscheidung zu. Gleich morgen früh würde er Castillo darüber informieren, und zwar persönlich.

Als Felix sich von den Steinen erhob, tauchte zur selben Zeit wieder der Surfer hinter dem Felsen auf. Immer noch so schnell wie vorhin, aber diesmal in Begleitung einer Foto-Drohne, die neben ihm herflog. Hin und wieder drehte er sich bei voller Fahrt zu ihr herum und lächelte sein Sonnyboy-Lächeln in die Kamera. Für welchen Zweck diese Aufnahmen wohl gerade entstanden?

Surfen, schoss es Felix bei diesem Anblick in den Kopf. Warum eigentlich nicht? Vielleicht würde das ja zu seinem neuen Hobby werden? Er beschloss, den Surfer bei passender Gelegenheit persönlich anzusprechen. Möglicherweise wusste er ja, wo genau auf der Insel Felix das Wellenreiten erlernen konnte.

Doch jetzt würde er sich erst einmal etwas zu essen kochen und sich dazu ein Glas Syrah genehmigen. Es wurde Zeit, diesen verrückten Tag endlich ausklingen zu lassen.

14

Sie drückte das Absperrband hinunter und stieg vorsichtig darüber. Dann folgte sie dem schmalen, abschüssigen Weg und näherte sich so dem Felsvorsprung, unter dem sie bereits von hier aus nackte menschliche Füße erkannte.

Puta mierda, dachte Ana. Der Kollege von der Policía Canaria hatte nicht übertrieben.

Bestürzt schüttelte sie den Kopf. Zwar hatte sie schon viele Opfer von Messerangriffen gesehen, darunter auch einige, die wirklich übel zugerichtet worden waren. Aber das, was sich vor ihren Augen auftat, überstieg alles bisher Dagewesene.

Neben der Toten hockte ein Mann mit dem Rücken zu ihr. Das musste der Rechtsmediziner sein. Er war dafür verantwortlich, den Todeseintritt festzustellen sowie äußere Hinweise auf die mögliche Ursache zu notieren. Weil er gerade einen Zettel auf einem Klemmbrett ausfüllte, bemerkte er Anas Eintreffen nicht. Anhand seines lichten, schütteren Hinterkopfs mutmaßte sie, dass er nicht mehr zu den Jüngsten gehörte. Und auch nicht zu den Schlanksten, worauf seine ausladenden Hüften hindeuteten, die er unter seinem Polo-Shirt erfolglos zu verstecken versuchte. Bei Anas bisherigen beiden Fällen am Roque Nublo waren sie sich noch nicht begegnet. Damals hatte sie es mit einer Frau zu tun gehabt, die etwa in ihrem Alter gewesen war.

Ana räusperte sich. »Inspectora Montero«, sagte sie mit kräftiger Stimme, »Rechtsmedizin, nehme ich an?« Unauffällig streifte sie ihr Kostüm glatt und tat einen Schritt vor, um dem Mann die Hand zu schütteln.

Doch anstatt sich zu erheben, drehte er nur seinen Kopf zu ihr herum. Bewegte seinen Oberkörper dabei kaum und wandte sich ihr gerade so weit zu, dass er einen flüchtigen Eindruck von ihr gewann. Der schien ihm zu genügen, und so widmete er sich umgehend wieder dem Formular.

»Nun, Inspectora, viel habe ich Ihnen nicht zu sagen.« Mit einem beiläufigen Nicken deutete er auf die vor ihm liegende Tote. »Alles, was ich zu diesem Zeitpunkt weiß, können Sie auch mit eigenen Augen sehen.« Seine Stimme klang piepsig und viel höher, als Ana erwartet hatte. In keiner Weise passte sie zu seiner restlichen Erscheinung. Aber er hatte recht. Um den Tod dieser offensichtlich noch sehr jungen Frau festzustellen, hätte es ihn eigentlich nicht gebraucht. Auch war es überflüssig, sich bei der Beurteilung auf unsichere oder sichere Anzeichen wie zum Beispiel keine fühlbare Herztätigkeit, Atemstillstand oder Leichenblässe zu stützen. Was die Todesursache betraf, galt es natürlich, die innere Leichenschau abzuwarten. Trotzdem erlaubte dieser unerträgliche Anblick keine zwei Meinungen.

Die Leiche lag mitten in einer riesigen Lache. Das Blut war bereits getrocknet und dabei in den Boden gesickert. Wer so viel davon verloren hatte, konnte unmöglich noch am Leben sein. Das war eine biologische Gewissheit.

Anas Blick wanderte nun von den Füßen aufwärts den leblosen Körper entlang. Seltsam, dachte sie, als ihr ein merkwürdiges Detail auffiel. Irritiert verzog sie das Gesicht.

»Ist sie in dieser Haltung gefunden worden?«

Der Mediziner ließ sich nicht von seinen Schreibaufgaben abbringen. »Sie meinen, mit ihren Händen um den Hals?«

»Ja. Für mich sieht es beinahe so aus, als hätte sie … sich *selbst* gewürgt?«

»Nun, sie hat sicherlich versucht, die Blutung zu stoppen.«

»Bei diesem tiefen Schnitt?«

»Sie glauben gar nicht, was Menschen im Angesicht des Todes alles versuchen.«

Damit hatte er schon wieder recht.

»Wissen wir schon, wer sie ist?«, fragte Ana weiter.

»Vermutlich handelt es sich um Sara Martí«, klärte er sie auf. »Schülerin, siebzehn Jahre alt, wohnhaft in San Fernando.«

»Wieso *vermutlich?*«

Er zeigte beiläufig auf eine Baumreihe am Abhang, keine hundert Meter entfernt. »Ihre Kollegen haben da drüben ein Portemonnaie gefunden. Ist zwar ausgenommen worden wie 'ne Weihnachtsgans, aber das DNI ist noch drin.«

»Und das Foto passt zum Opfer?«

Er nickte. »Sie ist an der Adresse ihrer Mutter gemeldet. Muss eine sympathische Frau sein. Die ist Ihren Kollegen nämlich schon bekannt. Mehrfach verknackt wegen illegalem Drogenbesitz, wenn ich es richtig aufgeschnappt habe. Ein Streifenwagen ist bereits unterwegs.«

Nun ging auch Ana in die Hocke. Weil sie dem Mediziner dabei offensichtlich zu nahe kam, rückte er kommentarlos ein Stück von ihr weg. Ana quittierte dies mit einem Schmunzeln. Was für ein verschrobener Typ. Aber gut, das musste man vielleicht auch sein, um einen Job wie diesen auszuüben.

Sie löcherte ihn weiter: »Und wie lange liegt die Tote schon hier?«

»Zwischen zwölf und vierundzwanzig Stunden etwa«, antwortete er. »Die Leichenstarre hat alle Muskeln erfasst, kürzer demnach auf keinen Fall. Würde sie länger hier liegen, wäre ihr Körper jedoch schon wieder erschlafft.«

»Vale. Muchas gracias.«

»Das Übrige lesen Sie dann in meinem Bericht.«

Ana schnaufte und hob ihren Kopf. Stützte einen Ellbogen auf ihren Oberschenkel und legte anschließend ihren Kopf nachdenklich in der Handfläche ab.

Weshalb dieses junge Ding sich wohl hier oben am Roque Nublo aufgehalten hatte? Der Wolkenfels war zwar einer der meistbesuchten Orte der Insel, aber als beliebter Treffpunkt für Leute in ihrem Alter galt er nicht gerade.

Was vor allem daran lag, dass er für jemanden ohne eigenes Auto schwer zu erreichen war. Wie also war Sara hierhergekommen? Hatte sie jemand hochgebracht, mutmaßlich sogar ihr Mörder? Hoffentlich hatten die Kollegen der Policía Canaria schnell genug geschaltet und bereits die Kennzeichen der Fahrzeuge auf dem Besucherparkplatz überprüft.

Bei diesem Gedanken ließ Ana ihren Blick umherschweifen.

Doch was war das? Sie kniff die Augen zusammen. Hatte sie dort hinten im Geäst etwas gesehen? Ganz in der Nähe des Ortes, an dem Saras Portemonnaie gefunden worden war? Ana hielt den Atem an und schaute konzentriert in diese Richtung.

Tatsächlich! Eine schmale, zwischen den Bäumen kaum erkennbare menschliche Silhouette. Schüchtern wie ein Reh auf der Flucht, immer wieder lugte der Kopf hervor. Zweifellos das Gesicht einer Person, die sie beobachtete.

Ana schaltete blitzschnell. »¡Policía!«, brüllte sie aus vollem Hals. »¡Quédese quieto!«

Doch die Person tat genau das Gegenteil: Sie nahm die Beine in die Hand und flüchtete. Ana sprang aus der Hocke nach vorn und nahm die Verfolgung auf.

»Holen Sie Verstärkung!«, rief sie dem Mediziner über ihre Schulter zu. »Und informieren Sie Inspector Jefe Hidalgo!«

15

Als er am Morgen in die Redaktion kam, nahm er sofort die bedrückte Stimmung wahr. Bedröppelt sahen seine Kollegen ihn an und tippten lustlos auf ihren Tastaturen herum. Nur Guillermo saß als Einziger nicht an seinem Platz und stand stattdessen in der Kochnische. Felix legte seine Tasche auf seinem Schreibtisch ab und schlenderte anschließend zu ihm hinüber.

»Buenos días«, begrüßte er ihn.

Doch Guillermo schien ihn nicht zu hören. Gedankenverloren starrte er auf die Maschine, aus der Kaffee in seine Tasse tropfte.

»Buenos días«, wiederholte Felix deshalb etwas lauter.

Das zeigte Wirkung. Guillermo zuckte, schoss herum … und sah ihn aus roten Augen an. »Hola, chacho«, antwortete er. Als fühlte er sich ertappt, griff er sich verlegen an seine Hornbrille.

Hier stimmte doch etwas nicht, dachte Felix. Warum verhielten seine Kollegen sich heute Morgen so merkwürdig? Oder war der überschwängliche Empfang gestern nur vorgetäuscht gewesen? Zeigte heute etwa jeder sein wahres Gesicht?

Felix setzte die Fragestunde fort: »Sag mal, was ist eigentlich los?«

»Hm?«

»Na, warum wirkt ihr alle so traurig?«

Wieder nestelte Guillermo an seiner Hornbrille. Sehnsüchtig schaute er auf seine Tasse, als ob er es kaum erwarten könnte, sie aus der Maschine zu nehmen und wieder an seinem Schreibtisch zu sitzen.

»Bayu ist verschwunden«, sagte er schließlich.

Felix schüttelte irritiert den Kopf. »Bayu ist ... was? Was meinst du damit?«

»Er war heute Morgen nicht mehr in seinem Zimmer. Die Tür stand offen, aber von Bayu keine Spur.«

»Ach du meine Güte! Das ist ja krass. Ist er ... entführt worden?«

Guillermo verzog irritiert das Gesicht. »Entführt? Wie kommst du darauf?«

Als Antwort nickte Felix zu dem Fenster, das zur Straße zeigte. »Es würde mich nicht wundern, wenn das auf das Konto der Kerle ginge, die uns ihre Botschaften an der Fassade hinterlassen haben.«

»Dann hätten wir sicherlich Einbruchspuren entdeckt«, erklang plötzlich die Stimme von Castillo.

Erschrocken wich Felix zur Seite. Instinktiv fasste er sich an die Brust. »Puh, hast du mich erschreckt!« Felix spürte, wie sein Herzschlag sich langsam wieder normalisierte. Nach wie vor war es ungewohnt für ihn, seinen Vorgesetzten mit Du anzusprechen.

»Ihr glaubt also nicht, dass er entführt wurde?« Castillo und Guillermo schüttelten synchron den Kopf. »Das verstehe ich nicht. Dann müsste er also –«

»Freiwillig gegangen sein, ja«, kam nun noch Candela hinzu. Auch sie sah ziemlich mitgenommen aus. Ihr Lächeln hatte sie verloren. Stattdessen zeichneten tiefe Sorgenfalten ihr Gesicht.

»Ist das denn schon mal vorgekommen?«, fragte Felix. »Dass er einfach so sein Zimmer verlassen hat?«

Candela schüttelte den Kopf. »Nein. Bisher hat er immer auf unseren Rat gehört.«

»Der da war?«

»Dass er nicht nach draußen gehen soll.«

Castillo hustete in seine Hand und verschränkte anschließend die Arme. »Irgendetwas muss ihn aufgeregt haben«, mutmaßte er.

Wie auf Kommando schauten die drei Felix vielsagend an.

Der begriff sofort. Glaubten sie etwa wirklich, dass er oder vielmehr seine Ankunft einen derartigen Einfluss auf Bayu ausgeübt hatte? Das konnte doch nicht ihr Ernst sein.

»Moment mal«, fing Felix an sich zu verteidigen. »Wieso sollte ich etwas damit zu schaffen haben? Ich meine … kommt schon, Leute!«

»Vielleicht hat er gespürt, dass du etwas gegen ihn hattest«, sagte Castillo. »Mit deiner Ablehnung hast du dich nicht gerade zurückgehalten.«

Felix konnte nicht fassen, was er hörte. Gestern hatte der Chefredakteur ihm noch sein volles Vertrauen ausgesprochen, und heute sollte er auf einmal an Bayus plötzlichem Verschwinden schuld sein? Das musste ein schlechter Scherz sein. Er spürte, wie Wut in ihm hochkochte. »Nur, um das richtigzustellen: Ich hatte nichts *gegen* ihn«, erklärte er sich weiter. »Ich habe lediglich auf die rechtlichen Gefahren hingewiesen.«

Wortlos starrten die drei ihn an. In der Redaktion hätte man eine Stecknadel fallen hören können. Denn das Gespräch hatte sich längst verwandelt. Für Felix fühlte es sich an wie ein Tribunal. Dabei hatte er sich heute Morgen entschlossen auf den Weg zur Arbeit gemacht, hatte

Castillo mitteilen wollen, dass er mit an Bord sei und die Sache trotz seiner Vorbehalte unterstütze. Doch jetzt das.

»Es ist besser, wenn du nach Hause fährst«, brach Castillo nach einer Weile das Schweigen. »Wir werden uns gleich beraten. Danach wirst du erfahren, wie wir uns entschieden haben. Ob du bleiben darfst … oder eben nicht.«

Damit drehten er, Candela und Guillermo ihm den Rücken zu und ließen ihn in der Kochnische allein.

Sein zweiter Tag drohte noch beschissener zu werden als der erste.

16

Sie trug eindeutig die falsche Kleidung. Warum hatte sie sich nicht für etwas Sportlicheres entschieden? Darüber hatte sie ja sogar noch kurz nachgedacht. Das hätte ihr die Verfolgung erheblich vereinfacht. Aber in diesem Rock den Roque Nublo herunterzujagen, kam ihr wie glatter Selbstmord vor.

Auch ihre Dienstwaffe hätte Ana jetzt gut gebrauchen können, zumindest für einen Warnschuss. Vielleicht hätte das den Flüchtenden aus dem Tritt gebracht. Aber nein, ihre USP Compact von Heckler & Koch hatte sie zu Hause in ihrem Safe gelassen. Aus reiner Vorsicht.

Obwohl der Mann nicht schnell war, hatte Ana große Mühe, an ihm dranzubleiben. Eine Bergabverfolgung war nun mal alles andere als alltäglich. Mehrere Male war sie bereits gestolpert und dabei ein Stück den Hang hinuntergerutscht. Trotzdem rappelte sie sich immer wieder auf. Sie hatte nur ein Ziel vor Augen: dem Flüchtigen ihre Handschellen –

Verflucht! Auch die hatte sie vergessen. Nutzlos lagen sie im Handschuhfach ihres BMW herum. Wie sollte sie diesen Kerl überhaupt festnehmen?

Davon konnte bisher jedoch ohnehin keine Rede sein. Vielmehr stand er kurz davor, sie erfolgreich abzuhängen. Denn sowohl Anas Schuhe als auch ihr Rock schienen die Verfolgung nicht mehr lange mitzumachen, und barfuß würde sie die Jagd mit Sicherheit nicht fortsetzen können. Dass sie sich ihr Kostüm zerriss, war das geringere Problem.

»Halt!«, brüllte sie dem Mann immer wieder hinterher. »Bleiben Sie verdammt noch mal stehen!«

Doch er reagierte nicht. Unbeirrt rannte er hinab ins Tal.

Ana jagte schon eine ganze Weile hinter ihm her. Dennoch war sie bisher noch nicht außer Puste gekommen. Obwohl sie nur sehr unregelmäßig zu ihren Yoga-Kursen ging, zahlten diese sich also aus. Vermutlich wären nur wenige ihrer Kollegen fit genug für diese Sporteinlage gewesen. Reyes und Hidalgo gehörten definitiv nicht dazu. Allerdings hätten die wiederum nicht ihre Dienstwaffen und Handschellen vergessen.

Von einer Sekunde auf die andere verlor Ana den Mann plötzlich aus den Augen. Wie konnte das sein? Eben war er noch da gewesen. Er konnte sich doch nicht einfach in Luft aufgelöst haben. Weit und breit war nichts mehr von ihm zu sehen. Als hätten die Berge ihn verschlungen.

Irritiert und abrupt blieb Ana stehen. Sie stemmte ihre Hände in die Hüften und schaute sich um. Suchte nach irgendeinem Hinweis, wohin der Flüchtige verschwunden war.

Sie dachte an ihren letzten Sturz. Vielleicht hatte er da die Chance ergriffen und sich irgendwo versteckt? Wahrscheinlich hatte er geahnt, dass ihm nur diese Möglichkeit blieb, ihr erfolgreich zu entkommen.

Kluges Kerlchen. Ana sah sich ein weiteres Mal um. An welcher Stelle würde sie sich verschanzen? Ihr Blick blieb an einem großen Felsen hängen. Ungefähr dort hatte sie ihn auch das letzte Mal gesehen. Ob er dahinter hockte?

Ana kontrollierte ihren Atem. Saugte so leise wie möglich frische Luft ein und ließ sie beinahe lautlos durch die Nase wieder ausströmen. Schritt für Schritt pirschte sie sich dabei an den Felsen heran. Eine echte Herausforderung, bei den vielen herumliegenden Ästen und Nadeln des dichten Kiefernwaldes.

Während sie sich dem Felsen weiter näherte, ging Ana ein Gedanke durch den Kopf: Wenn sie diesen Mann jetzt nicht fand, hatte sie ihn verloren. Dann würde sie sich nicht nur von Hidalgo ein paar Fragen gefallen lassen müssen.

Sie war nur noch wenige Meter von dem Felsen entfernt. Ohne ihn aus den Augen zu lassen, bückte sie sich und hob einen Stein auf, der in etwa so groß war wie ein Tennisball. Da sie weder eine Waffe noch Handschellen bei sich trug, musste eben dieser Brocken herhalten. Immerhin könnte der Mann sie auch in einen Kampf verwickeln.

Verzweifelte Menschen waren zu allem fähig, das hatte ihr Beruf ihr oft genug bewiesen.

Plötzlich ging alles ganz schnell. Ana durchfuhr es wie ein Blitz. Mit einem Satz sprang der Verfolgte hinter dem Felsen hervor. Sie hatte damit nicht gerechnet und fühlte sich kurzzeitig wie gelähmt. Nicht so der Mann, der sofort wieder weiter den Abhang hinunterrannte. Ana blieb nicht viel Zeit. Und keine Wahl. Dieser Kerl, wer auch immer er war, durfte ihr nicht durch die Lappen gehen. Sie musste ihn unbedingt schnappen und befragen. Wer flüchtete schon vor der Polizei, wenn er nichts zu verbergen hatte? Für sie lag nahe, dass er etwas über die Tote wusste – wenn er das Verbrechen nicht sogar selbst auf dem Gewissen hatte.

Ana hob ihre Hand, in der noch immer der tennisballgroße Stein lag, und zielte auf seine Beine. Nicht gerade eine Präzisionswaffe, mit der sie ihn da zu stoppen versuchte. »Triff nur nicht seinen Kopf«, befahl sie sich deshalb.

Dann holte sie aus.

17

Er öffnete die Tür zu seinem Bungalow und schloss direkt hinter sich wieder ab. Dann ging er umgehend nach nebenan ins Schlafzimmer und ließ sich bäuchlings aufs Bett fallen. Seine Füße baumelten in der Luft. Mit jeder Sekunde sank er tiefer in die Matratze ein. Er fühlte sich wie von einem Bus überfahren.

Eine Weile döste Felix vor sich hin. Wirre Gedanken sausten durch seinen Kopf. In was für einen Schlamassel war er da hineingeraten.

Einen waschechten Fehlstart hatte er in seiner neuen Heimat hingelegt – was auch der Grund dafür war, dass seine neuen Kollegen in diesem Augenblick über seine Zukunft richteten. Würden sie ihn tatsächlich wieder nach Hause schicken? Dann würde er den Preis für den schnellsten Rausschmiss aller Zeiten einheimsen, so viel war klar.

Von draußen drangen verschiedene Geräusche durchs Fenster. Eine Mutter vergnügte sich mit ihren Kindern am Pool. Felix hörte, wie sie trotz ihrer Ermahnungen immer wieder vom Beckenrand sprangen. Das Gespräch, das die Mutter lautstark am Handy führte, schien ihr allerdings erheblich wichtiger zu sein. Hin und wieder, wenn der Wasserball beim Spielen über das Geländer flog, schimpfte sie mit ihren Kindern. Dabei lag in ihrer Stimme ein deutliches Lallen. Stammte das klirrende Geräusch, das Felix hörte, also womöglich von Eiswürfeln in einem Glas?

Als musikalische Untermalung beschallte zudem jemand das Gelände mit Reggaeton-Liedern, und anscheinend störte sich niemand daran. Nur Felix konnte mit dieser ursprünglich aus Puerto Rico stammenden Mischung aus Reggae, Hip-Hop und diversen lateinamerikanischen Rhythmen nichts anfangen. Mit einem genervten Brummen zog er sich deshalb das Kissen unter seinem Kopf hervor und presste es sich auf die Ohren. Erfolgreich schottete er sich damit von der Außenwelt ab. Jetzt war sie nur noch gedämpft zu hören, leise und wie durch Watte.

*

Stunden später schreckte Felix plötzlich hoch. Wie lange hatte er geschlafen? Er rieb sich die Augen und warf einen Blick auf sein Smartphone. Inzwischen war es halb sechs Uhr abends. Er hatte mehr oder weniger den ganzen Tag verpasst. Zu seiner Überraschung hatte er bisher jedoch weder eine Nachricht noch einen Anruf erhalten. Dabei mussten seine Kollegen doch längst ihre Entscheidung gefällt haben?

Felix rollte sich aus dem Bett und torkelte ins Bad. Zwar hatte er bereits heute Morgen geduscht, aber während seiner Siesta hatte er überraschend viel geschwitzt, und so freute er sich nun auf eine Erfrischung. Erneut genoss er den Natursteinboden unter seinen Füßen. Während kaltes Wasser aus der Regendusche über seinen Körper lief, war sein Kopf zum ersten Mal seit Stunden vollkommen leer. Er fühlte sich befreit von den Gedanken, die vorhin durch ihn geirrt waren. Er hatte keine Lust mehr, sich um Dinge zu sorgen, die nicht in seiner Hand lagen. Was auch immer seine Kollegen also für eine Entscheidung trafen, er würde sie akzeptieren.

Nachdem er sich abgetrocknet hatte, zog Felix eine Badeshorts und darüber ein ärmelloses Shirt an und schlüpfte in seine Flip-Flops. Pfeifend verließ er seinen Bungalow, dann das Gelände. An den übrigen Wohnanlagen vorbei schlenderte er in Richtung des kleinen Supermarkts.

Die Inhaberin stand im Eingang vor einem großen Ventilator und trug erneut ihren Chihuahua auf dem Arm. Sie begrüßte Felix mit einem freundlichen Lächeln.

»Da kommt ja mein neuer Lieblingskunde«, sagte sie und zwinkerte. Felix hatte bei seinen bisherigen Besuchen immer ein bisschen Trinkgeld gegeben. »Na, noch schnell fürs Abendbrot einkaufen?«

»Sí, sí«, antwortete Felix.

Dann bummelte er gemütlich durch den Laden. Er legte alles, worauf er auch nur ansatzweise Lust verspürte, in seinen Korb. Manchego, Chorizo, Serranoschinken, grüne und schwarze Oliven, in Öl eingelegten Knoblauch und mit Frischkäse gefüllte Peperoni. Dazu eine neue Flasche Syrah. Heute Abend würde er es sich so richtig gut gehen lassen. Felix bezahlte, zeigte sich erneut spendabel und spazierte anschließend den selben Weg zurück nach Hause.

Dort machte er es sich auf der Terrasse gemütlich. Seine Einkäufe breitete er auf dem Tisch aus und goss sich ein Glas ein. Schnitt das angebliche Vollkorn-Baguette – was auf Gran Canaria eigentlich nur braun gefärbtes Weißmehl bedeutete – in Scheiben und belegte sie mit den erworbenen Köstlichkeiten.

So ließ es sich aushalten. Felix nahm sich für das Essen so viel Zeit wie lange nicht mehr. Auch den Rotwein genoss er in kleinen Schlucken. Währenddessen bewunderte er immer wieder den fantastischen Ausblick.

Palmen. Meer. Die Bucht vom Playa del Besudo zu seiner Rechten. Dahinter der beginnende Fußweg, der sich den Felsen hochschlängelte, sowie die strahlend weißen Hotels und Apartmenthäuser der Nachbargemeinde San Agustín. Das hier war schon ein verdammt schönes Fleckchen Erde. Doch was war das für ein merkwürdiges Geräusch? Felix erstarrte und hielt den Atem an. Mit einem Mal war es verschwunden. Hatte er es sich etwa nur eingebildet? Da war es wieder! Ein ungesund klingendes, jammerndes Krächzen. So etwas hatte er noch nie gehört. Abgehackt und in einem immer gleichen Rhythmus. Es drang von überall an sein Ohr. Aus der Luft, von links und rechts zwischen den Palmen. Wie unheimlich!

Dann plötzlich ein dumpfes Klopfen an seiner Wohnungstür. Kraftvoll, als wollte die Person sichergehen, dass sie auch wirklich gehört wurde. Warum benutzte sie nicht einfach die Klingel? Verärgert darüber, dass ihn jemand störte, verließ Felix die Terrasse und öffnete die Tür.

Vor ihm stand Candela. Auf der obersten Stufe und somit beinahe auf der Schwelle lehnte sie lässig an dem Geländer. In ihrem Gesicht lag immer noch der ernste Blick von heute Morgen.

Sie zeigte auf die Klingel. »Ist kaputt«, erklärte sie.

»Hmh-hmh«, brummte Felix.

»Kann ich reinkommen?«

»Nun, eigentlich bist du ja schon fast drin.«

Sie lächelte. Nicht so unbefangen und frei wie vorgestern am Flughafen, und doch ließ selbst dieser zaghafte Gesichtsausdruck Felix' Herz erneut höherschlagen. Er versuchte, sich nichts anmerken zu lassen. Mit möglichst ernster Miene fragte er: »Ich nehme an, du willst mir eure Entscheidung mitteilen?«

Candela nickte. »Es verdad«, antwortete sie, »und ich würde vorschlagen, wir setzen uns dafür besser irgendwohin ...«

18

Dieser Typ saß ihnen gegenüber wie ein Taubstummer. Er ignorierte sie vollkommen, ganz egal, was Ana und ihr Kollege auch sagten. Stattdessen starrte er auf seine auf dem Tisch gefesselten Hände und atmete leise vor sich hin.

Die Vernehmung hatte sich totgelaufen. Auch ihrem Kollegen, Inspector Hugo Ruiz, fiel nichts mehr ein. Dabei genoss er den Ruf als absoluter Vernehmungsexperte. Bisher hatte er noch jeden Verdächtigen weichgekocht, aber an dem schmächtigen dunkelhäutigen Mann biss selbst er sich die Zähne aus.

Offensichtlich machte ihn das ungeheuer wütend. Immer wieder ballte er eine Faust, während er sein Gegenüber mit finsterem Blick musterte. Das war ungewöhnlich, denn eigentlich war er bekannt dafür, bei seinen Vernehmungen so gelassen zu sein wie ein buddhistischer Mönch. Jetzt wirkte er eher wie ein Kochtopf kurz vorm Überlaufen.

Alles andere als ruhig war auch die Verhaftung des Mannes vonstattengegangen. Da hatte er noch gezeigt, was in ihm steckte, und sich mit Händen und Füßen gegen die Beamten der Policía Canaria gewehrt. Die schienen so viel Widerstand nicht gewohnt zu sein. Erst als Ana sie anbrüllte, sie sollten doch endlich ihren verfluchten Job machen, packten sie richtig zu. Bis dahin hatten sie jedoch schon mehrere Fäuste abbekommen. Menschen konnten körperlich noch so unterlegen sein, in Situationen wie diesen entwickelten sie häufig ungeahnte

Kräfte. In solchen Fällen waren vier Beamte gerade genug für eine Festnahme. Sogar als sie dem Mann Handschellen angelegt und ihn in den Fond des Dienstwagens verfrachtet hatten, gab er noch nicht auf. Was für ein Kontrast zu dem Bild, das er gerade abgab.

Ana zuckte, als es nun plötzlich aus Ruiz herausplatzte: »Sagen Sie uns endlich, wer verdammt noch mal Sie sind!«

Der Mann zeigte keine Reaktion.

Ruiz wartete ein paar quälend lange Sekunden. Dann drehte er sich zu Ana herum. »Der Scheißkerl will uns verarschen.«

Vielleicht verstand dieser *Scheißkerl* sie auch einfach nicht, kam es Ana in den Sinn. Warum war ihnen das nicht vorher eingefallen? Dabei lag die mögliche Lösung doch auf der Hand: Der Mann, aus dem sie seit geschlagenen eineinhalb Stunden versuchten etwas herauszubekommen, war wahrscheinlich illegal auf dieser Insel. Er musste aus Afrika geflüchtet sein. Musste zu den vielen Tausend Menschen gehören, die sich irgendwie übers Meer hierhergerettet hatten.

Dann fiel es Ana wieder ein: Hatte er während seiner Verhaftung nicht sogar auf Französisch geflucht?

Das Adrenalin, dachte Ana. Das musste dafür verantwortlich sein, dass sie sich erst jetzt daran erinnerte. Dafür hatte sie diesen besonderen Klang nun eindeutig im Ohr. Als würde der Mann mit ihr in diesem Augenblick Französisch sprechen. Ana beugte sich zu Ruiz hinüber und flüsterte: »Können wir uns kurz draußen unterhalten?« Sie nickte zur Tür.

Ihr Kollege verdrehte irritiert die Augen. »Na klar«, antwortete er.

Sie standen auf und ließen den Gefesselten allein. Doch selbst das schien er nicht zu registrieren. Wie erstarrt blieb er auf dem Metallstuhl sitzen.

Ruiz fragte: »Also, was ist los?«

»Wir brauchen jemanden, der für uns übersetzt.« Ana verschränkte die Arme. »Ich bin sicher, dass er Französisch spricht.«

»Französisch? Wie kommst du darauf?«

»Vorhin habe ich ihn kurz reden gehört. ›Putain‹, ›Salaud‹ und ›Enculé‹ klingt sehr französisch in meinen Ohren.«

»Und nicht gerade nach Nettigkeiten.« Ruiz kratzte sich nachdenklich an seinem Dreitagebart. »Du glaubst also, dass er –«

»Ein Flüchtling ist, ja. Keine Ahnung, aus welchem Land er kommt. Aber wenn Französisch tatsächlich seine Muttersprache ist, grenzt das die Möglichkeiten zumindest ein bisschen ein.«

Ruiz grummelte unverständliches Zeug vor sich hin. »Wie schnell können wir einen Übersetzer bekommen?«

Ana zuckte mit den Schultern. »Wir müssen erst den Ehrenmann informieren. Danach kann er eine Anfrage –«

»Ich spreche Französisch«, ertönte plötzlich eine leise Stimme in ihrem Rücken. Ana und Ruiz drehten sich zu ihr herum.

Wenige Meter von ihnen entfernt stand Alma Mendoza. Mit erhobenem Finger, wie eine schüchterne Erstklässlerin, und einem verhaltenen Lächeln im Gesicht. Die gute Seele musste sich unbemerkt durchs Treppenhaus in den Flur der Vernehmungsräume geschlichen haben. Wie lange sie wohl schon zuhörte? Offenkundig lange genug, um mitzubekommen, nach wem Ana und Ruiz suchten.

»Alma«, sprach Ana sie an, »was machst du hier?«

»Sie ... Sie hatten mich ... ich sollte ... der Haftbefehl?« Ruiz runzelte wegen ihres Stotterns die Stirn.

»Na klar!«, kommentierte Ana. Symbolisch schlug sie sich mit der flachen Hand an den Kopf. »Ich hatte dich gebeten, beim Richter einen Haftbefehl für unseren Namenlosen hier einzuholen.« Alma nickte. »Und, hast du was erreicht?«

Die zukünftige Inspectora schüttelte den Kopf. »Keine Chance. Der Richter sieht nicht genügend Anhaltspunkte für eine Tatbeteiligung.«

»Cabrón«, zischte Ruiz. Wieder ballte er eine Faust. »Das heißt, wir haben noch maximal zwanzig Stunden. Wenn wir dann nichts in der Hand haben, müssen wir ihn laufen lassen.«

Als Alma nun die erwartungsvollen Blicke bemerkte, mit denen ihre beiden Kollegen sie ansahen, nahm sie ihre Hand wieder herunter. »Sie ... Sie wollen doch nicht etwa, dass ich ...?«

Ana drückte sich von der Wand ab und legte Alma eine Hand auf die Schulter.

»Doch, genau das wollen wir«, sagte Ruiz. Er zeigte mit seinem Daumen auf die verschlossene Tür. »Jetzt können Sie uns mal zeigen, was Sie gelernt haben.«

19

Er ließ sich in seinen Korbstuhl sinken und verschränkte die Arme. »Na, dann schieß mal los.« Erwartungsvoll schaute Felix seiner Mentorin in die Augen. Doch statt zu antworten, griff Candela eigenmächtig nach dem Rotweinglas auf dem Tisch und kippte den Inhalt mit einem Schluck hinunter. Sie wirkte nervös, als ob sie versuchte, ihre Aufregung mit Alkohol wegzuspülen.

Felix kräuselte die Augenbrauen. »Bitte, mi casa es tu casa«, kommentierte er. »Soll ich dir noch etwas nachschenken?«

»No gracias«, antwortete Candela, »später vielleicht.« Offensichtlich war ihr die Ironie entgangen. Während ihr Blick nun zwischen den Leckereien auf dem Tisch hin und her sprang, leckte sie sich die Reste des Rotweins von den Lippen und legte anschließend ihre Hände in den Schoß. »Du musst wissen, wir haben es uns mit der Entscheidung nicht leicht gemacht.«

Felix nickte. Das war auch das Mindeste, das er erwarten konnte. Immerhin ging es hier um seine Zukunft. Eine Kündigung am zweiten Tag sah im Lebenslauf in etwa so gut aus wie ein Kaffeefleck auf einem weißen Tischtuch.

»Es ist wirklich hoch hergegangen«, berichtete Candela weiter. »Am Ende stand es unentschieden. Deshalb ist es auf meine Stimme angekommen.«

»Und, wofür hast du dich ausgesprochen?«

Felix streckte eine Hand aus und zeigte mit dem Daumen abwechselnd nach oben und unten. Candela würde einem römischen Kaiser gleich über sein weiteres Leben bestimmen.

Sie teilte seinen Humor jedoch nicht. Stattdessen sah sie ihn konsterniert an. Wie eine Ehefrau, die über den pubertären Witz ihres Mannes den Kopf schüttelte. »Nun, es ist nicht so, dass ich Gabriel nicht zustimmen würde«, erklärte sie. »Ich kann mir durchaus vorstellen, dass Bayu deine Ablehnung gespürt hat.«

Kommentarlos verfolgte Felix, wie seine Mentorin ihre Entscheidung begründete. Aus dem Augenwinkel registrierte er, dass ihre Hände von ihrem Schoß auf das Knie ihrer übereinandergeschlagenen Beine wanderten.

»Mein Verstand sagt mir also, dass es besser wäre, wenn du uns verlassen würdest.« Candela legte eine Pause ein, in der sie hörbar durchatmete. Als wollte sie Kraft tanken für ihre nächsten Worte. »Mein Herz sagt mir jedoch etwas anderes.«

Felix unterdrückte den Wunsch zu lächeln. »Dein … Herz also.«

»Exacto.« Candela tippte sich auf die Brust. »Das hat bisher noch nie danebengelegen.«

»Und was genau sagt es dir?«

Sie räusperte sich. »Dass es einen Sinn hat, dass du hier bist. Dass du deshalb auch bei uns bleiben solltest.«

Felix pfiff durch die Zähne. »Ganz ehrlich? Nach deiner Einleitung hätte ich nicht mehr damit gerechnet.«

Candela war jedoch mit ihrer Darstellung noch nicht fertig. »Ich meine, natürlich könnte Bayu verschwunden sein, weil er Angst bekommen hat. Allein der zeitliche Zusammenhang legt das nahe.«

»Aber?«

»Ich weiß nicht …« Sie presste die Lippen zusammen

und schüttelte den Kopf. »Ich glaube es einfach nicht. Warum, kann ich dir nicht sagen.«

»Hmh-hmh«, brummte Felix zustimmend. »Meine These ist immer noch, dass die Jungs von RAZÓN dahinterstecken.«

»Aber wie sollen die das angestellt haben? Es gibt keinerlei Anzeichen, dass sich jemand gewaltsam Zugang verschafft hätte. Außerdem sind diese Kerle nicht gerade die hellsten Kerzen im Leuchter. Ich traue es denen einfach nicht zu.«

Felix kratzte sich am Kinn und dachte angestrengt nach. Die ungeklärte Frage nach den Einbruchspuren beschäftigte auch ihn. Zweifellos war es schwer vorstellbar, dass eine oder gar mehrere Personen sich zuerst unbemerkt Zutritt zu dem Gebäude verschafft hatten und dann auch noch in den geheimen Raum eingedrungen waren. Dass Bayu vom kanarischen Vulkanboden verschluckt worden war, konnten sie jedoch genauso ausschließen.

Diese Erkenntnisse ließen nur zwei denkbare Hergänge zu. Erstens: Bayu war tatsächlich ohne erkennbaren Grund aus seinem Zimmer spaziert. Zweitens: Er war gegen seinen Willen mitgenommen worden, ohne dass seine Entführer sich dazu als Einbrecher betätigen hätten müssen. Doch warf diese Möglichkeit nicht die Frage auf, ob –

Bei diesem Gedanken riss Felix die Augen auf.

Es musste einen Verräter bei LA VIDA geben!

20

Ungläubig schaute sie an der Fassade des Hauses hinauf. Das konnte unmöglich die richtige Adresse sein. Sie kramte ihr Diensthandy heraus, öffnete den Browser und klickte sich bis zum Impressum durch.

Tatsächlich. In diesem mit Graffiti beschmierten Gebäude befand sie sich: die Redaktion von LA VIDA. Kopfschüttelnd verstaute Ana das Smartphone wieder im Handschuhfach.

»Was für eine Absteige«, grummelte Ruiz. Er musste folglich ähnliche Gedanken gehabt haben.

Ihr Kollege saß hinterm Steuer ihres Dienstwagens und kaute Kaugummi. Er lehnte sich zu Ana hinüber, um durchs Seitenfenster zu sehen, und dabei roch sie sein Parfum. Ein würzig-orientalischer Duft stieg in ihre Nase. Kletterte sie hinauf, erreichte ihr Gehirn und löste dort –

Nein, schob Ana sich selbst einen Riegel vor. Auf keinen Fall durfte sie sich schon wieder zu einem Kollegen hingezogen fühlen. Schließlich war das der andere Grund gewesen, warum sie hier auf der Insel feststeckte. Schon allein dieser Vorfall hatte ihrer Karriere um ein Haar den Todesstoß versetzt. Einen zweiten dieser Art würde sie nicht überstehen.

Dass Ruiz und Ana hier waren, hatten sie nur Alma zu verdanken. Sie hatte wahre Wunder bewirkt. Zwar hatte der dunkelhäutige Mann zunächst auch sie ignoriert, doch schon ihre ersten Worte auf Französisch hatten alles verändert. Sofort hatte der Verdächtige seinen Kopf gehoben, und als er bemerkt hatte, dass Alma seine Sprache beherrschte, hatte er mit einem Mal taufrisch gewirkt, als hätte man ihm neues Leben eingehaucht.

Satz für Satz erarbeitete die gute Seele sich sein Vertrauen. Währenddessen saßen Ana und Ruiz staunend an ihrer Seite und verfolgten das Gespräch. Sie machte einen verdammt guten Job. Großes Kino, wie sie die Vernehmung leitete. Für Außenstehende sah es eher wie eine lockere Unterhaltung unter Freunden aus. Doch worüber genau sie sprachen, bekam Ana nicht mit. Sie verstand nur hin und wieder ein paar Fetzen. Zuzuhören strengte sie ungeheuer an, und so klinkte sie sich nach einer Weile gedanklich aus. Schon kurz darauf kämpfte sie mit ihrer Müdigkeit.

Und dann, inmitten des französischen Geplappers, hörte Ana auf einmal zwei spanische Wörter: la vida. Sie warf einen prüfenden Blick zu Ruiz, und auch er runzelte die Stirn. Sie richtete sich auf, tippte ihrer jungen Kollegin auf die Schulter und fragte: »Was hat er da gesagt?«

Damit brachte sie Alma aus dem Konzept. Sie war so auf das Gespräch konzentriert gewesen, dass sie eine Zeit lang brauchte, um sich umzustellen. Sie setzte zu einer Erklärung an: »Wir reden darüber, wie er seine ersten Tage –«

»Nein, das ist es nicht«, unterbrach Ana. »Er hat doch gerade zwei spanische Wörter gesagt?«

Ruiz nickte. »Ich habe sie auch gehört«, pflichtete er ihr bei. »La vida?«

Alma zog verblüfft ihren Kopf zurück. »Hat er das?« Ihr Blick wanderte zwischen ihren Kollegen und dem Verdächtigen hin und her. »Hmh, ich weiß nicht. Wahrscheinlich hat er gemeint, dass er noch am Leben ist, weil –«

Ana streckte ihr eine flache Hand entgegen. Ein Zeichen, mit dem sie Alma um Ruhe bat. Die gute Seele nahm auch das klaglos hin. Ohne Murren stoppte sie mitten im Satz und überließ Ana das Feld.

Sie beugte sich über den Tisch. »La vida?«, wiederholte Ana in Richtung des Mannes. Ihre Blicke trafen sich. Lang genug, damit sie in seinem lesen und verstehen konnte: Sie hatte sich nicht verhört. Er hatte es gesagt. Zwei Wörter, die auf der Insel in aller Munde waren. Der Name einer jungen, aufstrebenden Zeitung, die sich besser verkaufte als frisch gebackene Churros.

Ruiz' bärengleiche Stimme holte Ana zurück in ihren Dienstwagen. »Na, dann mal los«, sagte er, »wir wollen die Herrschaften nicht länger warten lassen.« Er öffnete die Fahrertür und schwang sich aus dem Auto. Ana schnallte sich ab und schloss sich ihm an.

Während sie sich dem Gebäude näherte, überkam sie ein mulmiges Gefühl. Sie spürte, dass man sie hier nicht mit Kusshand begrüßen würde. Denn politisch links der Mitte stehende Menschen – und als solche gaben sich die Redakteure von LA VIDA stets zu erkennen – zählten oft nicht gerade zu den glühendsten Anhängern der Polizei. Vielmehr verdächtigten sie sie, ein Haufen machtgeiler Nationalisten zu sein. Ein Auffangbecken für rechtsgerichtete Zivilversager, getarnt als uniformierte Repräsentanten eines repressiven Staates. Allzeit bereit, den Schlagstock zu ziehen, um den Kapitalismus zu verteidigen. Na ja, so unrecht hatten sie bei manch einem Kollegen vielleicht nicht. Aber schwarze Schafe gab es überall. Sicher auch bei LA VIDA.

Am Eingang angekommen, betätigte Ruiz die Klingel. Er zupfte seinen Anzug zurecht, verschränkte die Arme hinter seinem Rücken und drückte ihn durch. Zu allem Überfluss reckte er schließlich sogar noch sein Kinn in die Luft.

Ana schmunzelte. Ruiz war eben Ruiz. Immer Haltung und Form bewahren, darauf legte er großen Wert. Seine Zeit bei der Armee war nicht spurlos an ihm vorübergegangen. Zumindest in diesem Punkt erfüllte er also das Klischee. Außerdem war er bekennender Wähler des Partido Popular. Ein Rechter oder gar ein Nationalist war er jedoch nicht, das wusste sie.

Wenige Sekunden später drangen ein paar unverständliche Wörter aus dem Lautsprecher. Ruiz verzog das Gesicht.

»Hast du etwas verstanden?«, fragte er.

Ana zuckte mit den Schultern.

Dann stellte ihr Kollege sich so dicht wie möglich an die Sprechanlage. »Policía Nacional, Inspectores Montero und Ruiz«, brüllte er in das kleine Mikrofon unter dem Lautsprecher. Wer auch immer auf der anderen Seite stand, musste sich mächtig erschrocken haben. Wäre Ana dieser Jemand gewesen, hätte sie die Anweisungen auf jeden Fall umgehend befolgt. Doch überraschenderweise tat sich gar nichts. Die Calle Isla de Cuba wirkte wie ausgestorben. Außer dem Verkehrslärm von den umliegenden Hauptstraßen war nichts zu hören. Eigentlich ein Bild des Friedens. Eines trügerischen Friedens womöglich, denn wenn Ana und Ruiz mit ihrer Vermutung richtig lägen, würde es hier schon bald nur so wimmeln vor Dienstwagen. Wobei Vermutung etwas zu viel gesagt war. Es war maximal ein Bauchgefühl.

Ruiz wurde nun erkennbar wütend. »Machen Sie sofort die Tür auf«, befahl er. »Oder wir kriegen Sie wegen Behinderung von Polizeihandlungen dran!«

Ana verkniff sich ein Lachen. Sicherheitshalber drehte sie ihren Kopf zur Seite. Es würde ihren Kollegen sicherlich nicht erfreuen, wenn er mitbekäme, dass sein Ärger sie erheiterte.

»Störung einer Amtshandlung« hätte es in ihrem Jargon korrekt heißen müssen. Doch sowohl sie als auch Ruiz wussten genau, dass dieser Tatbestand hier nicht erfüllt war. Ruiz hatte eine leere Drohung ausgesprochen, die jeder Person mit juristischem Sachverstand nur ein müdes Lächeln entlockt hätte. Solange sie keinen Durchsuchungsbeschluss in der Tasche hatten oder eine unmittelbare Gefahr für Leib und Leben drohte, konnte man sie so lange vor der Tür warten lassen, bis sie unter der kanarischen Sonne verdurstet wären.

Ana zuckte, als sie plötzlich das leise Brummen des Türöffners hörte. Offensichtlich hatte die Drohung ihre beabsichtigte Wirkung nicht verfehlt. Sie drehte sich wieder zu Ruiz, und wie auf Knopfdruck entspannten sich seine Gesichtszüge.

»Klappt doch immer wieder«, sagte er und zwinkerte. Sie gingen durch die Glastür und einigten sich darauf, die Treppen dem Fahrstuhl vorzuziehen. Jede Bewegung im Alltag nutzen, oder wie hieß die Devise für ein gesundes Leben?

Zwei Stockwerke höher liefen sie direkt einer jungen Frau in die Arme. Sie machte einen hektischen Eindruck, als könnte sie es nicht mehr erwarten, dass Ana und Ruiz so bald wie möglich wieder verschwanden. Ob sie etwas zu verbergen hatte?

»Inspectores«, begrüßte sie die beiden Polizisten mit verschränkten Armen, »mein Name ist Candela Sánchez. Ich bin die stellvertretende Chefredakteurin. Bitte entschuldigen Sie, dass Sie so lange warten mussten. Wir sind gerade mitten in einer –«

»Polizeilichen Ermittlung, korrekt«, fiel Ruiz ihr ins Wort. Ungefragt hielt er ihr seinen Dienstausweis hin. Die

Frau war mit der Situation sichtlich überfordert. Rücksichtslos ging Ruiz weiter auf sie zu und zwang sie so, die Räume der Redaktion zu betreten.

Er sollte es nicht zu weit treiben, dachte Ana. Ja, man hatte sie ins Gebäude gelassen, und wenn sie schon mal drin waren, konnten sie den Anwesenden auch ein paar Fragen stellen und beobachten, wie diese auf sie reagierten. Aber sie konnten sie auch jederzeit wieder rausschmeißen. Da Ana und Ruiz bisher nichts gegen sie in der Hand hatten, wären sie in diesem Fall gezwungen zu gehen.

»Vielen Dank, dass Sie uns empfangen«, versuchte Ana daher zu beschwichtigen. Es musste ihr gelingen, die Stimmung etwas abzukühlen. »Wir würden gerne mit allen Redakteuren sprechen. Wäre das möglich?«

»Aus welchem Anlass?«, fragte plötzlich eine andere Stimme in ihrem Rücken. Ana und Ruiz schnellten herum. Unbemerkt hatte sich ein großer, breitschultriger Mann angeschlichen.

Ana erkannte sein Gesicht sofort. Auf der Website, auf der sie nach der richtigen Adresse gesucht hatte, war Gabriel Castillo jedoch um einiges freundlicher rübergekommen. Jetzt, als der Chefredakteur vor ihnen stand, trug er hingegen den schwarzen Gürtel in schlechter Laune.

Castillo stemmte seine Hände in die Hüften. Hoffentlich sprang Ruiz nicht auf diese provozierende Haltung an, dachte Ana. Gedankenschnell schob sie sich deshalb zwischen die beiden Alphatiere. Physische Distanz zu schaffen, war immer noch der beste Weg zur Deeskalation.

»Señor Castillo«, sagte sie übermäßig freundlich, »vielen Dank, dass Sie Zeit für uns haben.« Sie überrumpelte den Chefredakteur und zwang ihm zwei Besitos zur Begrüßung auf. Selbst für Spanier, die keine Gelegenheit für engen Körperkontakt ausließen, war das unangemessen. Für eine Polizistin im Dienst erst recht. Aber mit dieser Aktion hatte sie Castillo den Wind aus den Segeln genommen. Sie nutzte seine Verwirrung und sprach weiter: »Señora Sánchez war so freundlich, uns zu empfangen.« Der Angesprochenen entglitten alle Gesichtszüge. »Wie mein Kollege schon sagte, würden wir uns gerne mit Ihren Redakteuren unterhalten.«

»Wir befinden uns mitten in einer Konferenz.«

Ana spürte, wie Ruiz in ihrem Rücken tief Luft holte. »Großartig!«, sagte sie. »Dann sitzt die ganze Redaktion ja beisammen.«

Castillo zeigte sich weniger begeistert und setzte zu einer Antwort an. Doch Ana ließ ihn gar nicht erst zu Wort kommen.

»Es liegt doch sicherlich in Ihrem Interesse, diese …« Sie legte eine Kunstpause ein. »… sehr wahrscheinlich völlig unbedeutende Sache aus der Welt zu schaffen.« Sie wich ein Stück zur Seite und zeigte auf Ruiz. »Mein Kollege hier? Der ist nur so grimmig, weil er noch nichts gefrühstückt hat.« Castillos füllige Lippen verformten sich zu einem Lächeln. »Und ich auch nicht, müssen Sie wissen. Nicht mal einen Kaffee konnten wir auf der Dienststelle trinken, da hat man uns schon wegen dieser Lappalie zu Ihnen geschickt.« Ana verdrehte gekünstelt die Augen. »Wie Sie sehen, wollen Inspector Ruiz und ich eigentlich nur eins: Uns so bald wie möglich in das nächstgelegene Café setzen und uns dort ein Bocadillo und einen Cortadito genehmigen. Je früher Sie uns also mit Ihren Redakteuren sprechen lassen, desto schneller sind Sie uns auch wieder los. Und wir können endlich – endlich! – frühstücken gehen.«

Der Chefredakteur tauschte mit seiner Stellvertreterin Blicke aus. Sie mussten sich verdammt gut kennen, schlussfolgerte Ana, dass sie bereits in den Augen des anderen lesen konnten. Ob sie vielleicht sogar das Kopfkissen teilten? Am liebsten hätte sie der jungen Frau für alle Fälle einen Rat mit auf den Weg gegeben: Finger weg von Vorgesetzten! Aber diese Lektion musste sie selbst lernen. So wie Ana einst.

»De acuerdo«, willigte Castillo schließlich ein und deutete auf eine geöffnete Tür. »Candela, zeigst du unseren Freunden und Helfern bitte den Weg?«

Seine Stellvertreterin nickte.

»Sehr großzügig«, sagte Ana und zog ihren imaginären Hut. Die ironische Äußerung des Chefredakteurs ließ sie unkommentiert. Dann klemmte sie sich an Ruiz' Rücken und folgte ihm in den Konferenzraum.

Als sie ihn betraten, sprang sie die angsterfüllte Stimmung förmlich an. Obwohl sie in jedem der ausgesprochen jungen Gesichter ein Lächeln erkannte, wirkten diese aufgesetzt. Wie Masken, unter denen sich gegensätzliche Gefühle verbargen. Ana hatte schon immer eine Antenne dafür gehabt. Sie spürte meist sofort, was sich gerade in ihrem Gegenüber abspielte. Eine Fähigkeit, von der sie im Laufe ihrer Karriere schon einige Male profitiert hatte.

Castillo drängte sich an Ruiz und ihr vorbei. »Chicos, darf ich vorstellen: die Inspectores ...« Er drehte sich zu ihnen herum und sah sie mit gespielt ratlosem Blick an. Anscheinend brauchte er seine Show, dachte Ana. Fürs Ego.

»Ruiz und Montero«, stellte Ana sich und ihren Kollegen vor. Der stand zwar neben ihr, sagte jedoch kein Wort. Als kämpfte er um seine Beherrschung, um diesem selbstverliebten Castillo nicht an den Hals zu springen.

Wieder schob Ana sich vor ihn. So konnte sie ihn wenigstens ein bisschen abschirmen. Und im Fall der Fälle eingreifen, sollte ihr Kollege tatsächlich die Contenance verlieren. Dann schraubte auch sie sich ein Lächeln ins Gesicht und wandte sich den Redakteuren zu. »Señoras y Señores, wir wollen Sie gar nicht lange von der Arbeit abhalten. Ich möchte Ihnen dennoch gerne erläutern, aus welchem Anlass wir heute zu Ihnen gekommen sind.« Sie stellte sich etwas breitbeiniger hin und sprach langsam und deutlich weiter: »Gestern, am frühen Abend, wurde am Roque Nublo die Leiche einer jungen Frau entdeckt.« Bei diesem Satz zeigten sich erste Regungen in den Gesichtern. »Wie Sie sicherlich verstehen, kann ich Ihnen keine weiteren Details zu den laufenden Ermittlungen mitteilen. Nur so viel: Es handelt sich um ein weibliches Opfer aus San Fernando.« Ana spürte förmlich die skeptischen Blicke ihres Kollegen. Sie fühlten sich an wie ein stumpfes Messer, das sich durch ihren Rücken bohrte. Sie ahnte, was sie ihr sagen sollten: *Was zum Teufel tust du da? Warum erzählst du diesen linken Spinnern so viel?*

Doch genau das war ihre Strategie. Das Interesse der Leute zu wecken, vielleicht sogar ihr Vertrauen zu gewinnen, indem sie sie mit auf ihre Seite zog. Immerhin befanden sie sich hier in der Redaktion einer der angesagtesten Zeitungen in ganz Spanien. Womit konnte man deren Mitarbeiter besser ködern als mit Informationen über einen brandneuen Fall?

»Wieso kommen Sie damit zu uns?«, kam es plötzlich aus der Runde.

Suchend hüpfte Anas Blick von Gesicht zu Gesicht. Bis der Fragesteller sich mit erhobener Hand zu erkennen gab.

»Ich sitze hier drüben.«

Schon an diesen wenigen Worten bemerkte Ana, dass er kein Nativo war. Vielleicht ein Deutscher? Sein Akzent sprach dafür. Genauso wie seine steife Körperhaltung, die Ana von den deutschen Guidis an den Stränden kannte. Das beste Indiz waren jedoch seine rötlichen Haare auf dem Kopf sowie der gleichfarbige Bartschimmer in seinem Gesicht.

»Eine sehr gute Frage, Señor …?

»Faber. Felix Faber.«

Auf jeden Fall ein Deutscher. Was er wohl für eine Rolle bei LA VIDA spielte? Gehörte er etwa auch zur Redaktion?

Ana bedankte sich mit einem Kopfnicken und erklärte weiter. »Wie gesagt, eine sehr gute Frage, Señor Faber.« Sie schnippte in die Luft, und Ruiz verstand zum Glück sofort. Obwohl er noch immer mit sich zu kämpfen hatte, zückte er nun den Ausdruck des Fotos, das die Kollegen bei der erkennungsdienstlichen Behandlung von dem Verhafteten geschossen hatten. Ana faltete es auseinander und hielt es über ihren Kopf.

Bingo, dachte sie. Sie lächelte in die Runde. Wie auf Knopfdruck bedeckten die Redakteure ihre Münder und sahen Ana aus weit geöffneten Augen an. Ihre Intuition hatte sie also nicht enttäuscht. Die Inspectora faltete das Foto wieder zusammen und reichte es nach hinten zu Ruiz zurück.

»Muy bien«, sagte ihr Kollege, »dann können wir das Schauspiel ja jetzt beenden.«

21

»Das wird Ihnen gefallen, Jefe.«

Mit diesen Worten begrüßte Gonzo ihn. Seine rechte Hand ließ sich von Quique die Tür aufhalten, sank auf den Beifahrersitz und drehte sich zu ihm herum. Neben sich, auf der Rückbank, ließ er nie jemanden sitzen. Das war und blieb sein Revier. Er hatte sich diese Position schwer erarbeitet, und deshalb genoss er sie in vollen Zügen.

Sie standen nur wenige Hundert Meter von der Baustelle entfernt. Er blickte auf die Grube und beobachtete die Männer bei der Arbeit. Es hatte ein Problem gegeben. Quique hatte ihn direkt nach dem Frühstück und dem Gottesdienst hierhergefahren, damit er es regeln konnte. Einer der Bauleiter bezweifelte, ob das Fundament tragfähig genug sei. Als Gonzo ihn nun ansah, wich sein Grinsen schlagartig aus seinem Gesicht.

»Jefe, was ist passiert?« Er zeigte auf die dunkelroten Spritzer auf seiner Stirn. »Ist das etwa Ihr –«

»Mach dir keine Sorgen um mich«, antwortete er. Er zückte ein Taschentuch und tupfte sich damit ab. Natürlich war das nicht sein Blut. Es war das des Bauleiters. An seiner Faust, mit der er auf ihn eingeschlagen hatte, hatte noch viel mehr davon geklebt. Doch seine Hände hatte er bereits in dem kleinen Bad des Bauwagens gewaschen, und der Rest sollte nicht seine Sorge sein. Darum kümmerte sich Quique, der Mann fürs Reinemachen.

Dann setzte er das Gespräch fort. »Du hast eben gesagt, etwas würde mir gefallen?« Er knüllte das Taschentuch zusammen, ließ das Fenster herunter und warf es nach draußen.

Gonzo schluckte. Er selbst hatte schon erfahren müssen, wie hart seine Faust war. Damals, als er noch ein Anfänger und besonders aufmüpfig gewesen war. Er hatte sich für außergewöhnlich schlau gehalten. Das war er auch, und deshalb hatte er ihm frühzeitig die Grenzen aufgezeigt. Seitdem hatte er nie wieder aufbegehrt und sich stattdessen gehorsam und ergeben die Leiter Sprosse für Sprosse nach oben gearbeitet.

»Ja, ich …«, suchte Gonzo nach den richtigen Worten. »Ich hab gute Neuigkeiten, Jefe.«

»Ich liebe gute Neuigkeiten.«

»Sie stammen von unserem Informanten. Halten Sie sich fest: Es hat eine Durchsuchung gegeben.«

»Eine Durchsuchung? Wo?«

»In der Redaktion.« Gonzo hatte wieder seine Betriebstemperatur erreicht. »Zunächst sind dort wohl zwei Inspectores aufgetaucht.«

»Wer sind die beiden?«

Gonzo zückte sein Smartphone und tippte auf dem Display herum. Offenbar hatte er wie so oft in einer App ein paar Notizen festgehalten, denn im Gegensatz zu ihm setzte seine rechte Hand voll auf Digitalisierung. Er hingegen hatte sich von der analogen Welt noch nicht verabschiedet.

»Inspector Hugo Ruiz und Inspectora Ana Montero«, las Gonzo schließlich vor. Er drehte den Bildschirm zu ihm herum und zeigte ihm mehrere Fotos.

»Stehen sie auf der Liste?«

»Nein, Jefe. Ich wollte mir zuerst Ihr Okay holen.«

»Ist hiermit erteilt.«

»De acuerdo.«

»Was wissen wir sonst noch über sie? Familie, Hobbys, Geheimnisse?«

Gonzo schürzte die Lippen und pendelte mit dem Kopf. »Leider nicht viel. Dieser Ruiz ist ein zurückgezogener Bursche, über den wissen wir noch gar nichts. Aber wir sind dran, Jefe.«

»Und diese Montero?«

»Die ist wohl erst seit einem Jahr hier auf der Insel. Kommt ursprünglich aus Madrid.«

»Sie hat sich versetzen lassen? Warum?«

»Auch dazu haben wir noch keine genauen Infos. Aber ganz freiwillig ist es wohl nicht abgelaufen.«

»Zwangsversetzung?«

Gonzo nickte. Sein Lächeln verriet, dass ihm in diesem Moment dieselben Gedanken durch den Kopf gingen wie ihm. Das klang interessant. Auf jeden Fall nach einer Schwachstelle. Nach einem wunden Punkt, an dem man die Inspectora angreifen konnte, falls sie seine Avancen ablehnen sollte. In der Regel war das nicht nötig. Die Vorteile, die es mit sich brachte, auf seiner Gehaltsliste zu stehen, waren für die meisten überzeugend genug. Doch hin und wieder brauchte es etwas mehr Überzeugungskraft. Dann waren solche Details, wie Gonzo sie ermittelt hatte, von entscheidender Bedeutung.

Nun breitete er zufrieden seine Arme aus und legte sie hinter den Kopfstützen ab. Eine Haltung, die Überlegenheit ausdrückte, wie seine Frau Carmen ihm erklärt hatte. Als Psychologin kannte sie sich mit Körpersprache aus, und weil sie ihr Wissen mit ihm teilte, hatte er sich dieses oft zunutze gemacht. Inzwischen achtete er bereits auf kleinste mimische Regungen. Wenn ihn jemand belog, bemerkte er das sofort. Verdächtig war, wer häufig nach oben schaute, viel Blickkontakt suchte, weniger Körpersprache als gewöhnlich einsetzte oder seine Geschichte mit vielen Details ausschmückte.

»Vale«, sagte er, »erzähl mir mehr von der Durchsuchung.«

Gonzo beugte sich zwischen den Vordersitzen hindurch. »Etwa eine Stunde nachdem die Inspectores aufgetaucht sind, sind mehrere Dienstwagen angerückt. Die Bullen sind ausgeschwärmt und haben die ganze Redaktion auf den Kopf gestellt. Haben etliche Ordner, Computer und Telefonanlagen rausgeschleppt und sind erst am Nachmittag wieder abgerauscht.«

»Klingt nach 'ner großen Hafenrundfahrt.«

»Hmh-hmh.«

»Mit welchem Ergebnis?«

»Dafür ist es noch zu früh. Aber sobald unsere Männer und Frauen von der Liste etwas wissen, werde auch ich es erfahren.« Dann drehte Gonzo sich wieder nach vorn. Sein Blick streifte suchend um das Auto herum. Bis er Quique erspähte, der mit gebührendem Abstand zum Wagen und hinter dem Rücken verschränkten Armen dastand und ihn durch die Frontscheibe beäugte.

Zu behaupten, dass die beiden sich nicht mochten, hätte nicht ansatzweise der Wahrheit entsprochen. Quique und seine rechte Hand hassten sich. Bis aufs Blut. Und das, obwohl oder vielleicht sogar gerade weil sie sich verdammt ähnlich waren.

Konkurrenz belebte das Geschäft, dachte er. Wenn es irgendwann zu einer Auseinandersetzung zwischen den beiden kommen sollte, würde sich diese Frage von ganz allein klären. Bis es so weit war, brauchte er sich nur weiter zurückzulehnen und abzuwarten.

123

Gonzo rümpfte angewidert die Nase. »Die schönste Neuigkeit habe ich Ihnen aber noch gar nicht verraten, Jefe.«

Augenblicklich kehrte sein Lächeln zurück.

22

Wieder war die Bar Antonio restlos belegt. Nur mit Glück hatten sie den letzten freien Tisch ergattert.

Vor ihnen standen drei Gläser Weißwein. Nach so viel Action brauchte heute sogar Felix ein wenig Alkohol zur Mittagszeit. Passend zur bedrohlichen Stimmung bedeckten dichte Wolken den sonnenverwöhnten kanarischen Himmel. Sie hingen so tief, dass man meinen konnte, man müsse sich hinlegen, um sie nicht zu berühren. Felix, Candela und Castillo saßen sich mit hängenden Köpfen gegenüber und schwiegen.

Das Foto von Bayu hatte sie völlig aus der Bahn geworfen. Die Inspectores, die ohne Vorwarnung in der Redaktion aufgetaucht waren, hatten es ihnen präsentiert. Darauf war keiner von ihnen vorbereitet gewesen. Sie waren allesamt Journalisten und keine Schauspieler, und so hätte sogar ein Kind in Polizeiuniform anhand ihrer Reaktionen erkannt, dass ihnen der Mann auf dem Foto nicht fremd war. Vor allem Inspector Ruiz schien sich daran zu erfreuen. In diesem Augenblick war die Fassade der Redakteure gefallen, und nachdem die Beamten sie über Bayus Verhaftung unterrichtet hatten, war Castillo nichts anderes übrig geblieben, als der Durchsuchung der Räumlichkeiten zähneknirschend zuzustimmen.

Jetzt kratzte der Chefredakteur sich verlegen am Kopf. »Wir möchten uns bei dir entschuldigen«, sagte er. Candela nickte stumm. »Es war nicht fair, dass wir dir die Schuld für Bayus Verschwinden gegeben haben.«

Hut ab, dachte Felix. Diese Reaktion hätte er von Castillo nicht erwartet. Es gehörte eine Menge dazu, offen zu seinen Fehlern zu stehen. Sosehr es Felix schockiert hatte, wie schnell er bei seinem neuen Chef vom Saulus zum Paulus geworden war, erfreute ihn nun umso mehr seine Einsicht. Felix war noch nie ein nachtragender Mensch gewesen, wenn sich jemand für sein Fehlverhalten bei ihm aufrichtig entschuldigte.

»Ist angenommen«, sagte er.

Wie auf Kommando hob Castillo seinen Kopf und schaute ihn mit dankbarem Blick an. Endlich konnte auch Candela wieder lächeln. Felix hatte dieses Bild sehr vermisst. Als hätten seine Worte sie in jene energiegeladene Spanierin zurückverwandelt, die ihn so verzaubert hatte. Er nippte an seinem Wein und setzte zu einer Frage an: »Was haltet ihr von der Sache?«

Castillo tat es ihm nach. Nur dass er mit einem Schluck beinahe das ganze Glas leerte. Er schien gewaltig unter Stress zu stehen. Was würde mit LA VIDA passieren, wenn die Behörden ihn tatsächlich drankriegten, weil er einem illegalen Flüchtling Unterschlupf gewährt hatte? Einem, der in dem Verdacht stand, eine Teenagerin brutal ermordet zu haben – oder zumindest Informationen über diese grausame Tat zu besitzen.

»Du meinst Bayu? Die Verhaftung?«, fragte Castillo zurück.

Felix nickte. Was auch sonst? Oder hatte sich in den letzten zwei Stunden noch etwas anderes Dramatisches ereignet, das an ihm vorbeigegangen war?

»Ich weiß es ehrlich gesagt nicht.«

Die Antwort seines Chefs überraschte ihn. Auch wenn Felix sich nicht vorstellen konnte, wie er sich in diesem Moment fühlen musste. Immerhin hatten die vergangenen Stunden seine Welt auf den Kopf gestellt. Castillos weiteres Leben hing davon ab, wie sich die Dinge entwickelten. Sollten die Untersuchungen eine Anklage nach sich ziehen, wäre er wohl die längste Zeit Chefredakteur von LA VIDA gewesen. Dann würde selbst Javier Barra ihn nicht länger halten können.

»Ich frage mich, was er an dem Fundort zu suchen hatte«, teilte nun Candela ihre Sorgen mit.

Felix stimmte ihr zu. Dieselbe Frage beschäftigte auch ihn. Wie und vor allem warum war Bayu auf die Spitze des Roque Nublo geflohen? Das ergab für ihn keinen Sinn. Was hatte er dort oben gewollt? Wie hatte er wieder nach unten gelangen wollen? Was hatte er sich von all dem versprochen?

»Und dann rennt er auch noch vor der Polizei davon«, gab Felix zu bedenken.

Castillo wog seinen Kopf hin und her. »Ich glaube, das hätten wir wohl alle getan, wenn wir uns illegal in einem Land aufhalten würden. Die Bullen müssen ihm tierische

Angst eingejagt haben. Bei seiner Fluchtgeschichte ist das kein Wunder.«

»Hmh-hmh«, brummte Felix. Darüber konnte man auch geteilter Meinung sein. Er wusste, dass irgendwann der Zeitpunkt kommen würde. Der Augenblick, in dem er Candela und Castillo die entscheidende Frage stellen musste. Nämlich, ob sie glaubten, dass Bayu die junge Frau getötet hatte. Mit einem weiteren Schluck Wein trank er sich Mut an. »Hört zu, ich … Es gibt da etwas, das …« Er stellte das Glas ab und knetete seine Hände. »Ich muss wissen, ob ihr –«

»Nein, hat er nicht«, grätschte Candela dazwischen. Ihr Blick war so klar wie Eiswasser.

»Nicht Bayu«, beantwortete auch Castillo die Frage, bevor Felix sie überhaupt gestellt hatte. »Glaubst du es etwa?«

Felix schüttelte den Kopf. »Obwohl ich nicht weiß, warum. Die Indizien sprechen nicht gerade für ihn.«

Nun nippten sie alle drei an ihren Gläsern, obwohl in Castillos nur noch wenige Tropfen drin waren. Felix und Candela schauten ihm besorgt dabei zu. In den Augen seiner Mentorin konnte er lesen, dass sie in diesem Moment dasselbe festgestellt haben musste: Nämlich, dass es zweifellos Castillo war, den der ganze Spuk am meisten von ihnen mitnahm.

Felix räusperte sich. »Mir ist noch etwas anderes klar geworden«, leitete er seine Vermutung ein. Sie hatte sich ihm während seines Gesprächs mit Candela auf seiner Bungalow-Terrasse aufgedrängt. »Die These vom Einbruch können wir ad acta legen, denke ich. Wenn die Jungs von RAZÓN es gewesen wären, hätten sie Bayu doch niemals auf freien Fuß gelassen.« Mit einem Blinzeln stimmten seine Gesprächspartner ihm zu. »Er muss also ganz allein aus dem Gebäude und – wie auch immer – auf den Roque Nublo spaziert sein.«

»Das ist die zweite These«, fasste Candela zusammen.

»Richtig. Es gibt allerdings noch eine dritte. Auch wenn die noch mehr Zündstoff enthält als die erste.«

Castillo beugte sich zu ihm herüber. »Wovon redest du?«

»Ich rede von einem Maulwurf«, antwortete Felix knapp. »Von einem Verräter.«

Seine beiden Gegenüber drehten sich einander zu und sahen sich schweigend an. War ihnen diese Möglichkeit etwa noch nicht in den Sinn gekommen?

Sekunden später fing Candela an zu nicken. »Das würde erklären, wie er auf den Roque Nublo gekommen ist.« Felix zeigte mit dem Finger auf sie. »Wir reden hier also … von einer Falle?«

»Exacto.«

»Das Schwein mach ich fertig!«, schoss es nun aus Castillo heraus. »Wer auch immer dieser Schädling ist: Er oder sie wird den heutigen Tag nicht überleben!«

23

»Gonzo?«, fragte er in die Leitung. »Bist du dran?«

»Sí, Jefe. Was kann ich für Sie tun?«

»Verfluchter Mist, wer ist dieser Scheißkerl? Der vor dem Club?«

»Keine Ahnung, Jefe. Von wem reden –«

»Er sitzt schon seit Stunden in seiner Karre und steigt einfach nicht aus.«

Stille. Gonzo schien nachzudenken. Dann fragte er: »Sie glauben, dass Sie –«

»Beschattet werden, ja, verdammt.« Er stand hinter der Gardine und lugte durch einen Spalt vorsichtig auf die Straße. Das Auto parkte nach wie vor an derselben Stelle. Direkt in der Auffahrt. Eine dunkelblaue Limousine, getönte Scheiben. Verdächtig. Das verhieß nichts Gutes.

»Maderos?«, erkundigte Gonzo sich weiter. »Oder ein Wachhund von einem Mitbewerber?«

»Es ist ein Citroën.«

»Also vermutlich Policía Nacional.«

»Hmh-hmh.«

»Aber die haben Sie doch schon lange auf der Liste, Jefe.«

»Was du nicht sagst.«

»Soll ich mich selbst drum kümmern?«

»Nein. Mach dir deswegen nicht die Hände schmutzig. Lass das den Nachwuchs regeln. Schick einen von den Neulingen hin.«

»Ich hab da schon jemanden im Auge.«

»Aber keinen, der sich nicht im Griff hat, verstanden?«

»De acuerdo, Jefe«, sagte Gonzo zum Schluss und legte auf.

Er hingegen blieb noch eine Zeit lang an der Fensterfront stehen. Ohne seinen Blick von dem Wagen zu nehmen, legte er sein Handy auf dem Schreibtisch ab. Gonzo hatte recht. Die Maderos hatten schon seit Ewigkeiten ein Auge auf ihn geworfen. Bisher hatten sie ihm nie etwas nachweisen können, dafür war er einfach zu schlau. Also kein Grund zur Beunruhigung – eigentlich. Doch diesmal hatte er ein mieses Gefühl bei der Sache. Ob das mit dem Anruf dieser Göre zusammenhing? Vielleicht hatte sie den Behörden ja etwas gesteckt?

Obwohl es dafür – bis auf das Auto in der Auffahrt – keine Anhaltspunkte gab, spürte er, dass sich eine unsichtbare Schlinge um seinen Hals legte. Vielleicht musste er noch einen Schritt weiter gehen. Er brauchte so etwas wie einen doppelten Boden. Eine Versicherung, die ihn davor schützte, dass nichts in seine Richtung führte.

Als ihm einfiel, wie diese aussehen könnte, griff er wieder zu seinem Handy und drückte eine Schnellwahltaste.

24

»Sehr nett von dir, dass du mich nach Hause bringst.« Felix klammerte sich wieder an den Türgriff. So oft er auch bei Candela im Auto saß, an ihren Fahrstil würde er sich nie gewöhnen. Wenn es nur die hohe Geschwindigkeit, das Drängeln sowie das abrupte Gasgeben und Bremsen gewesen wäre! Was ihn jedoch am meisten beängstigte, war, dass sie dem Verkehr nur einen Bruchteil ihrer Aufmerksamkeit schenkte.

Natürlich hätte Felix das Angebot auch ablehnen können. Nach ihrer Besprechung in der Bar Antonio hatte Candela vorgeschlagen, ihn mitzunehmen. Doch viel gewonnen hätte er dadurch nicht. Denn dann hätte er stattdessen den Guagua nehmen müssen, und wie er inzwischen wusste, standen die Fahrweisen der Busfahrer auf Gran Canaria der seiner Mentorin in nichts nach. Und im Auto hatte er wenigstens Gurt und Airbag.

Candela wandte sich ihm zu. »Ich bitte dich. Das ist doch das Mindeste. So wie wir dich behandelt haben.«

Felix grinste in sich hinein. Diesmal würde er sich nicht einfach nur absetzen und sie anschließend wieder wegfahren lassen. Heute wollte er den nächsten Schritt wagen, denn in der Bar Antonio hatte er besondere Schwingungen gespürt. Ganz eindeutig: Candela hatte ihm Signale gesendet.

»Was hältst du davon, wenn wir uns noch eine Weile zusammen an den Strand setzen?«, schlug sie nun vor. Zwar durchkreuzte sie damit seine Idee, aber so herum war es natürlich noch besser. »Ich lade dich auf einen Cortado ein.«

»Klingt gut«, erwiderte Felix. Er ließ sich seine Freude jedoch nicht anmerken und spielte weiter Mr. Cool.

Candela lächelte zufrieden. »Muy bien. Ich muss dir nämlich noch etwas Wichtiges sagen.«

In Playa del Águila angekommen, stellte sie ihren Wagen auf dem öffentlichen Parkplatz ab. Direkt vor dem kleinen Supermarkt, in dessen Eingang die Besitzerin wieder mit ihrem Hündchen stand, und außerdem nur wenige Schritte von der Bucht entfernt. Candela huschte in das nahe gelegene Restaurant und kam kurz darauf mit zwei Bechern zurück. Weil der Strand im oberen Teil sehr steinig war, behielten sie ihre Schuhe an und suchten sich einen ungestörten Platz. Bisher hatte Felix stets unter einem der Bäume im Schatten gesessen. Das war heute nicht nötig, denn noch immer hing eine dichte Wolkendecke am kanarischen Himmel. Es war der trübste Tag bisher.

Nachdem sie sich hingesetzt hatten, schauten sie eine Weile stumm aufs Meer und nippten dabei hin und wieder an ihren Getränken.

»Danke übrigens«, sagte Candela schließlich.

»Wofür?«, fragte Felix zurück.

»Dass du mir geholfen hast, ihn wieder zu beruhigen.«

Ganz offensichtlich spielte sie auf Castillo und seinen Wutanfall in der Bar an. Nachdem Felix dort seine These von einem möglichen Verräter dargelegt hatte, war der Chefredakteur völlig außer sich geraten.

»Es war wichtig, dass er in dieser Stimmung nicht wieder zurück in die Redaktion gegangen ist.«

»Du glaubst, er hätte tatsächlich …?«

Candela zuckte mit den Schultern. »Gabriel ist manchmal sogar noch aufbrausender als ich. Wäre nicht das erste Mal, dass er die Kontrolle über sich verliert.« Sie trank einen Schluck. »Deshalb: vielen Dank.«

»De nada«, antwortete Felix. Wieder grinste er in sich hinein. Bisher lief alles wunderbar für ihn.

Dann, als er aufs Meer schaute, erkannte er ihn. Den Surfer, wie er wieder übers Wasser dahinjagte. Erneut sah er dabei völlig entspannt aus.

Felix zeigte auf ihn. »Siehst du den da?«

Candela beugte sich vor. »Du meinst den Kerl auf dem Surfbrett?«

»Ganz genau. Den hab ich neulich schon beobachtet. Ist der nicht sauschnell unterwegs?«

Candela prustete los. Dabei spuckte sie sogar ein bisschen von ihrem Kaffee aus. Sie presste eine Hand auf ihren Mund, und weil sie nicht aufhörte zu lachen, fiel es ihr schwer, zu schlucken. Als sie sich beruhigt hatte, atmete sie erleichtert durch.

Felix hatte keinen blassen Schimmer, was gerade passiert war. Aber eine Frau zum Lachen zu bringen war generell nicht das Schlechteste. Jedenfalls dann nicht, wenn man sich an sie heranschmeißen wollte.

»Was ist so lustig?«, fragte Felix und lächelte.

»Das ist Erik Vestergaard!« Candela fischte ein Taschentuch aus ihrer Umhängetasche und trocknete sich damit den Mund ab. »Die Berühmtheit, von der ich dir erzählt habe?«

»Ach wirklich?«

Überrascht sah Felix ein weiteres Mal aufs Meer, als würde ihm dies eine späte Erkenntnis bringen. Doch er hatte schlichtweg keine Ahnung, wer um alles in der Welt dieser Typ sein sollte. »Tut mir leid, aber ich habe noch nie von ihm gehört.«

133

Candela konnte sich gerade noch einen weiteren Lachanfall verkneifen. »Surflegende? Gefühlt fünfzigfacher Weltmeister?« In ihren Fragen schwang eine große Portion Verwunderung mit. Sie drehte sich herum und zeigte auf eine Werbetafel über einem Tor zu einem Privatgelände.

Diesmal war es Felix, der sich nach vorn beugte. »Escuela de Windsurf«, las er auf dem Schild. Jedoch mit Mühe, denn die Schrift war bereits verblichen. Ein Indiz, dass die Surfschule schon eine ganze Weile hier in Playa del Águila existierte.

Felix schürzte die Lippen. »Ups.« Er machte eine Geste der Unschuld und grinste. Candela zwinkerte und kippte den Rest ihres Cortados hinunter.

»Du möchtest mir etwas Wichtiges sagen?«, erinnerte er sie an ihre Worte.

»Ja richtig.« Sie stellte den leeren Becher zwischen den Steinen ab. Faltete ihre Hände und umschlang ihre angewinkelten Beine mit ihren Armen. »Das Mädchen. Ich meine, die Tote …«

»Sara?«

»Exacto. Ich … also, ich meine, meine Mutter hat sie … Sie war …«

Felix verzog irritiert das Gesicht. Dass seine Mentorin ins Stottern geriet, hatte er noch nicht erlebt. Bisher hatte er sie immer als schlagfertige Frau wahrgenommen, die in jeder Situation die richtigen Worte parat hatte. Er beschloss, ihr unter die Arme zu greifen. »Willst du mir etwa sagen, dass du sie gekannt hast?«

Candela nahm seine Hilfe dankbar an. »Das wäre zu viel gesagt. Sie ist auf die Schule gegangen, an der meine Mutter unterrichtet hat.«

»Deine Mutter war Lehrerin?«

»Sí. Sie hat Geschichte unterrichtet.«

»Interessant! Und welches Fach noch?«

»Wie meinst du das?«

»Na, sie muss doch noch ein zweites Fach unterrichtet haben. Geschichte und ...?«

»Ach, ist das in Deutschland so? Lehrer haben zwei Fächer?« Felix nickte. »Hier in Spanien nicht.«

Candela umschloss ihre Beine noch etwas enger. Anschließend wippte sie ein paar Mal sanft hin und her.

»Sie ist vor einem Jahr pensioniert worden. Sie war eine beliebte Lehrerin. Hatte viel Humor und war immer mit viel Leidenschaft bei der Sache.«

»Dann weiß ich ja jetzt, von wem du das geerbt hast«, wagte Felix sich mit diesem Kommentar aus seinem Schneckenhaus. Doch zu seiner Enttäuschung schien Candela dafür im Moment nicht aufnahmefähig zu sein, und so verpuffte sein Kompliment wie ein Rauchzeichen.

»Sie war Vertrauenslehrerin«, erzählte seine Mentorin weiter. »Deshalb ist Sara ein paarmal bei uns zu Hause gewesen.«

»Weißt du, worüber deine Mutter mir ihr gesprochen hat?«

Candela schüttelte den Kopf.

»Verstehe. Aber deswegen heißt es ja vermutlich auch *Vertrauenslehrerin*.«

Sie lächelte.

Als Erik Vestergaard sich wieder dem Strand näherte, schauten sie dem Surf-Weltmeister eine Weile zu. Während er eben noch von links nach rechts gejagt war, drosselte er nun das Tempo. Kurz darauf erkannten sie auch, warum: Für heute beendete er seine Fahrt. Vestergaard sprang von seinem Brett, das Segel klatschte aufs Wasser, und anschließend zog er beides in Richtung Küste. Soweit Felix den Ausdruck in seinem Gesicht beurteilen konnte, sah er sehr zufrieden aus. Was für ein sagenhaftes Leben dieser Mann anscheinend führte.

»Vielleicht sollten wir mit ihr reden«, bemerkte Candela.

Felix kehrte zurück ins Hier und Jetzt. Er ließ Vestergaard aus den Augen und widmete seine volle Aufmerksamkeit wieder seiner Mentorin.

»Du meinst wegen Sara?«

»Exacto. Möglicherweise erinnert sich meine Mutter noch daran, worüber sie mit ihr gesprochen hat. Wer weiß, wohin uns das führt?«

»Weiß sie denn schon von ihrem Tod?«

Candela zuckte mit den Schultern. »Ich glaube nicht. Ich habe es ihr jedenfalls noch nicht erzählt, und Zeitungen liest sie schon seit einer Weile nicht mehr. Die regen sie viel zu sehr auf.«

»Nicht mal LA VIDA?«, fragte Felix mit einem Grinsen.

»Ja, nicht mal meine Artikel.«

»Also sollten wir ihr diese Neuigkeiten behutsam beibringen?«

Candela sah ihn aus weit geöffneten Augen an. »Unbedingt!«

Ihr Blick verlor sich auf den Steinen. Zugleich fuhr ihre Hand zu ihrem Hals. Tastete nach der Kette, und als sie den Anhänger erfühlte, streiften ihre Finger darüber, immer und immer wieder. Wie eine Gläubige, die den Rosenkranz betete.

Was es wohl mit diesem Schmuckstück auf sich hatte? Irgendwann würde Felix es sicherlich erfahren. Doch er spürte, dass heute nicht der richtige Zeitpunkt dafür war.

Dann ließ Candela die Kette unverhofft los. Als wäre ein elektrischer Impuls durch ihren Körper geschossen, sprang sie förmlich auf die Beine und rieb anschließend ihre sandigen Hände aneinander. »¡Vamonos!«, sagte sie.

Felix wunderte sich, wo sie nun auf einmal wieder diese Energie getankt hatte.

»Oder willst du noch länger da rumsitzen?«

*

Zum Glück wohnte Candelas Mutter nicht weit von Playa del Águila entfernt. Sie brauchten etwa zwanzig Minuten. Zuerst fuhren sie ein Stück über die Schnellstraße und anschließend auf die Autobahn, bis sie das Städtchen Arguineguín erreichten. Candela parkte den Wagen vor einem Wohnhaus in einer Seitenstraße.

Felix stieg aus, und sofort stach ihm ein Schild ins Auge. Es zeigte den Weg zu einer weiterführenden Schule, dem Instituto de Educación Secundaria, die nur wenige Hundert Meter um die Ecke lag. Nachdenklich kratzte er sich am Kinn.

»Deine Mutter hat aber nicht hier unterrichtet, oder?«, fragte er und zeigte auf das Schild.

Candela lachte. Kopfschüttelnd schloss sie das Auto ab. »Meine Mutter hat immer für die Schule gelebt«, erklärte sie. »Aber so nah dran zu wohnen? Das wäre selbst für sie eine Spur zu viel gewesen.«

Sie überquerten die menschenleere Straße. Auf der anderen Seite angekommen, klingelte Candela bei »Moreno Herrera«.

Auch das hatte Felix in dem Sprachkurs gelernt: Nämlich, dass Spanier traditionell zwei Nachnamen trugen. Den

137

ersten Nachnamen des Vaters sowie als Ergänzung den ersten der Mutter. Was dazu führte, dass gewisse Namen wie zum Beispiel García, Rodríguez und Fernández sich immer mehr durchsetzten und viele andere zurückgedrängt wurden. Sánchez, der erste Nachname von Candela, gehörte zur Gruppe derer, die weitergegeben wurden. Moreno hingegen zählte eindeutig zur zweiten.

Weil auf ihr Klingeln nichts geschah, versuchte Candela es noch ein weiteres Mal. Erwartungsvoll kletterte ihr Blick zu einem Fenster im zweiten Stock.

»Vielleicht ist deine Mutter nicht zu Hause?«, mutmaßte Felix.

Das Kratzen in der Sprechanlage lieferte eine prompte Antwort. »¿Sí?«, fragte eine Frauenstimme.

»Mamá, soy yo«, gab Candela sich zu erkennen. »¿Me abres la puerta, por favor?«

»Claro, mi niña.« Es summte, und Candela drückte die Tür mit der Schulter auf. »Sube, sube.«

Drinnen empfing die pensionierte Lehrerin sie bereits an der Treppe. Offensichtlich hatte sie ihre Tochter eine Weile nicht mehr gesehen und war deswegen vor Vorfreude in den Flur gekommen.

Ein Ebenbild, schoss es Felix durch den Kopf, als er Candelas Mutter sah. Nur von einer großen Ähnlichkeit zu sprechen, wäre pure Untertreibung gewesen. Als die ältere Dame ihn bemerkte, nickte sie in seine Richtung. »¿Quién es ese?«, fragte sie.

»Das ist Felix«, antwortete Candela. »Unser Neuer. Ich hab dir doch von ihm erzählt.«

»Ah, sí sí, el alemán.« Ihre Mutter blickte ihn mit leuchtenden Augen an. So als stünde gerade ein seltenes Wesen vor ihr. Obwohl die Deutschen bereits die halbe Insel

138

besiedelt hatten, galten sie vielen Canarios noch immer als etwas Besonderes. »Wie schön, dich kennenzulernen.«

»Gracias, Señora Moreno«, bedankte Felix sich höflich. »Mucho gusto.«

»Bitte nenn mich Alba.« Forsch drückte sie ihm zwei Küsschen auf die Wangen. Die typisch spanische Begrüßung war also keine Frage des Alters. »Aber jetzt kommt doch endlich rein!«

Candela ließ sich nicht zweimal bitten. Energisch preschte sie voran in die Wohnung. Felix heftete sich an ihre Fersen und folgte ihr in den Salón.

Das Wohnzimmer nahm in Spanien eine noch zentralere Bedeutung ein als in Deutschland. Ein weiterer Umstand, den Felix im Sprachkurs gelernt hatte. Damals hatten sie sich mit Räumen und Einrichtungsgegenständen beschäftigt, und schon da war ihm aufgefallen, dass die Zimmer viel kleiner ausfielen, als er es aus seiner Heimat kannte. Neben einem Bett und einem Schrank fand darin meistens nur noch ein kleiner Schreibtisch Platz. Das familiäre Leben spielte sich somit überwiegend im Wohnzimmer ab. Etwas, das Felix zunächst verwundert, sich ihm dann aber erschlossen hatte. Denn in Spanien spielte die Familie nach wie vor eine sehr wichtige Rolle, und folglich verbrachten die Mitglieder viel mehr Zeit miteinander. Ähnliches ließ sich auch in anderen katholisch geprägten Ländern beobachten.

Candela zog sich einen Stuhl heran. Mit einer Geste bedeutete sie Felix, es ihr gleichzutun. Sie setzten sich nebeneinander und dabei berührten sich ihre Beine sanft.

»Mamá, wir … müssen dir leider etwas Schreckliches sagen«, leitete Candela ein. Sie streckte sich über den Tisch und griff nach einer Hand ihrer Mutter. »Du erinnerst dich an Sara? Sara Martí?«

»Das Mädchen aus meiner Schule?« Felix und Candela nickten. »Was ist mit ihr?«

»Sie ist … gestorben.«

Alba hielt den Atem an. Mit der freien Hand bedeckte sie ihren Mund. Felix sah eine Träne, die über ihre Wange lief. Dazu ein leises, kaum hörbares Schluchzen. Beinahe so, als schämte sie sich dafür, dass diese Nachricht sie so erschütterte.

Erst nach und nach fing Alba sich wieder. »Dieses arme Ding«, flüsterte sie. Unentwegt schüttelte sie den Kopf. »Dios mío.«

»Sie ist doch früher hin und wieder mal bei uns gewesen, richtig?« Candela fing an, über die Hand ihrer Mutter zu streicheln. »Erinnerst du dich noch, worüber ihr gesprochen habt?«

Alba griff nach der Flasche, die auf dem Tisch stand, und goss sich mit zittrigen Fingern ein Glas Wasser ein. Die Nachricht vom Tod ihrer ehemaligen Schülerin nahm sie offenkundig so sehr mit, dass sie sogar vergaß, ihren Gästen etwas anzubieten. Angesichts dessen, was sie gerade erfahren hatte, konnte Felix das nur zu gut verstehen. Tatsächlich bereitete ihm die ältere Dame ein wenig Sorgen.

Alba leerte das Glas in einem Atemzug. »Wir haben über ihre Mutter gesprochen«, erklärte sie schließlich. »Jedes Mal. Die hat ihr Leben einfach nicht auf die Reihe gekriegt.«

»Was war mit ihr?«, schaltete Felix sich in die Unterhaltung ein. Candela registrierte dies mit einem skeptischen Blick aus dem Augenwinkel.

»Drogen«, erklärte Alba trocken. »Und um sie zu kaufen, hat sie –« Ihr versagte die Stimme. Doch Weiterreden war gar nicht nötig. Der Rest erklärte sich von selbst.

Felix sah sie mitleidig an. Am liebsten hätte auch er nach Albas Hand gegriffen und sie gestreichelt. So war er nun mal, mit einem großen Herz gesegnet. Aber das wäre sicherlich unangemessen gewesen.

Stattdessen stellte er seine nächste Frage: »Könnte die Mutter etwas mit dem Tod ihrer Tochter zu tun haben?«

Alba brauchte eine Weile, um ihre Sprache wiederzufinden. Die Träne, die ihr übers Gesicht rann, ließ sie einfach laufen. Bis sie ihr Kinn erreicht hatte und von dort auf die Tischunterlage tropfte. »Ist es nicht furchtbar, dass ich auf diese Frage nicht aus voller Überzeugung mit Nein antworten kann?«, sagte sie. »Ich weiß es nicht. Ich weiß es wirklich nicht.«

Candela drehte sich zu Felix und sah ihm in die Augen. Ohne Zweifel sollte ihr Blick ihm etwas mitteilen. Vielleicht dachten sie gerade dasselbe? Nämlich, dass sie unbedingt mehr über Sara Martís Mutter herausfinden mussten. Möglicherweise lag bei ihr ja tatsächlich der Schlüssel zu –

»Aber es gibt da noch jemanden«, schoben Albas Worte sich in Felix' Überlegungen. »Und ich könnte mir vorstellen, dass dieser Jemand in all das verwickelt ist …«

25

Sie zog an dem Joint, blies den Rauch in Kringeln wieder aus und ließ sich aufs Sofa sinken. Ana hörte einen kurzen, schrillen Ton. Er hatte zudem gedämpft geklungen. War das etwa ihr Arbeits-Tablet gewesen? Vielleicht eine wichtige Push-Nachricht? Auf jeden Fall musste sie nachsehen, das verlangten die Vorschriften nun mal von ihr. Ana stöhnte genervt auf.

In der Hoffnung, das Tablet dort zu finden, wühlte sie sich durch das Chaos aus Kissen und Decken. Dabei stieß sie auf allerlei verschiedene Dinge. Chipskrümel, leere Kekspackungen und sogar eine kleine Tüte Gras. Nur nicht auf das, was sie suchte. Sogar ein Foto von ihm und ihr war darunter. Erstaunt starrte Ana es an. Sie hatte nicht gewusst, dass es überhaupt noch existierte.

An den Moment, in dem es aufgenommen wurde, erinnerte sie sich hingegen genau. Es war ihre letzte gemeinsame Unternehmung gewesen. Am nächsten Tag war die ganze Scheiße über sie beide hereingebrochen. Wenngleich die Folgen für Ana weitaus dramatischer ausgefallen waren. Das Foto zeigte Carlos und sie zusammen, in die Kamera lächelnd, Arm in Arm und Wange an Wange auf der Tribüne von Las Ventas. Dem Mekka des Stierkampfs. Der bedeutendsten und zugleich anspruchsvollsten Arena überhaupt. Nur wenige Männer erlebten hier den absoluten Triumph und gingen durch die Große Tür wieder hinaus. Ein Sehnsuchtsort für die Picadores, Toreros und Matadores dieser Welt. Sie alle träumten davon, im Laufe ihrer Karriere hier zu kämpfen. Ana hatte nie viel für die Corridas übriggehabt. Wenn Carlos nicht so ein glühender Verehrer dieser spanischen Tradition und sie nicht hoffnungslos in ihn verliebt gewesen wäre, hätten keine zehn Stiere sie jemals in eine Arena gekriegt. Sie war stets nur ihm zuliebe mitgegangen.

Ana schob ihre Erinnerungen beiseite. Sie legte das Bild mit der Vorderseite nach unten auf den Wohnzimmertisch und wühlte sich weiter durch die Kissen. Dann ertasteten ihre Finger plötzlich einen kalten metallischen Gegenstand. Das musste ihr Tablet sein. Sie zog das Gerät hervor und entsperrte mit der Gesichtserkennung das Display.

Sie hatte eine E-Mail an ihre Dienstadresse erhalten. Über dem App-Symbol leuchtete ein roter Punkt. Ana startete das Programm und öffnete die letzte ungelesene Nachricht. Sie war von Ruiz. Kommentarlos hatte er ihr im Anhang den verschlüsselten Obduktionsbericht zugeschickt.

Ana gab ihr Passwort ein und lud die Datei herunter. Sie hasste es, auf Bildschirmen längere Texte zu lesen. Deshalb druckte sie die Seiten kurzerhand aus und gönnte sich danach noch einen Zug von ihrem Joint. Den brauchte sie dringend, denn aus Erfahrung wusste sie, dass Berichte wie dieser ihr häufig den letzten Nerv raubten.

Wie Ana es beim Lesen immer tat, hielt sie sich nicht mit Unwichtigem auf und überflog die entsprechenden Stellen. Jene, die brisante Informationen enthielten, las sie dafür doppelt. Heute war es sogar noch einmal mehr. Denn das, was Dr. Julen Velasco, der Facharzt für Rechtsmedizin, an dem Leichnam des Opfers entdeckt hatte, war der entscheidende Beweis, auf den Ruiz und sie gehofft hatten.

Der Körper war mit Fingerabdrücken übersät gewesen. Überall hatte Velasco sie gefunden: im Gesicht, am Hals, am Torso, an den Oberschenkeln. Sie alle stammten von einer Person. Daran hatte die Untersuchung keinen Zweifel gelassen.

Diese Person war niemand anderer als der dunkelhäutige Mann, der am Roque Nublo festgenommen worden war.

Ana schluckte. Damit war der Mord an Sara Martí so gut wie gelöst. Er, der vor ihr geflüchtet war, hatte das Mädchen sehr wahrscheinlich umgebracht. Auch wenn sie immer noch nicht wussten, wer um alles in der Welt er überhaupt war. Wo er herkam, wie er auf die Insel gelangt und ob er allein hier war.

Was allerdings ebenso fehlte, war die Tatwaffe. Ohne sie würde es schwer werden, ihn zu verurteilen. Wenn sie sie jedoch fanden und auf ihr dieselben Abdrücke entdeckten, wäre der Rest des Verfahrens nur noch Formsache.

26

Etwa eine Stunde nachdem sie die Wohnung betreten hatten, waren sie wieder auf dem Rückweg nach Playa del Águila. Im Auto herrschte betretenes Schweigen. Selbst Candela fehlten die Worte. Sie fuhr sogar nicht mehr dicht auf, hupte und gestikulierte nicht mehr. So gesittet wie jetzt war sie bisher nie gefahren.

Felix schaute nachdenklich aus dem Fenster. Noch immer spukte die vergangene Stunde in seinem Kopf herum. Er sah Candelas Mutter vor sich, vornübergebeugt am Wohnzimmertisch sitzend, mit tränenfeuchtem Gesicht, das sie vor Scham mit ihren Händen bedeckte. Mehrere Male hatte sie schluchzen müssen. Es war ihr nicht gelungen, die Geschichte um ihre ehemalige Schülerin ohne Unterbrechung zu erzählen.

Felix hatte mit ihr gefühlt. Die ältere Dame so zu sehen, tief getroffen von den Ereignissen, hatte ihn berührt.

Bevor Alba vor einem Jahr in Pension gegangen war, war sie Saras Vertrauenslehrerin gewesen. Deswegen hatte sie das Mädchen sogar ein paarmal zu sich nach Arguineguín eingeladen. Dort hatte Sara von ihren Problemen erzählt. Davon, dass sie ihre Mutter jeden Tag auf der Toilette fand, vollgedröhnt und zusammengekrümmt wie ein Häufchen Elend. Davon, dass sie vor ihren Kunden aus der Wohnung flüchtete. Dass sie sich dann draußen so lange auf eine Treppe setzte, bis die Männer wieder verschwunden waren. Auch mit ihrem Freund, der dieselbe Schule besuchte, hatte sie sich ständig gestritten.

In Saras Leben, hatte Alba unter Tränen gesagt, hätte einfach nicht viel Gutes existiert. Das Schicksal hatte ihr nicht gerade die besten Karten ausgeteilt. Deshalb hatte Alba ihr Möglichstes getan, dem Mädchen eine Stütze zu sein. Verzweifelt hatte sie versucht, das Jugendamt einzuschalten. Doch das hatte sich für den Fall nicht interessiert, und ab einem gewissen Punkt waren Alba schlicht die Hände gebunden gewesen.

»Glaubst du an die Sache mit dem Lehrer?«, fragte Candela plötzlich. Sie klang bedrückt. Auch sie hatten die Erzählungen ihrer Mutter erkennbar mitgenommen. Obwohl sie von Saras Besuchen gewusst hatte, war ihre Geschichte dennoch neu für sie gewesen.

Felix schob seine Gedanken beiseite. »Weiß nicht«, antwortete er. »Und du?«

Achselzucken. »Weiß auch nicht. Ich will das keinesfalls herunterspielen. Wenn meine Mutter davon erzählt, muss es sie beschäftigt haben.«

Sie waren nun auf der Höhe von Pasito Blanco angekommen. Candela steuerte das Auto nach wie vor überraschend vorschriftsmäßig über die Autobahn. Selbst von einem Drängler, der so dicht auffuhr, als wollte er gleich in ihren Kofferraum einsteigen, ließ sie sich nicht provozieren. Felix fühlte sich um einiges sicherer. Diesmal klammerte er sich noch nicht mal an den Türgriff.

»Aber gibt es nicht immer solche Gerüchte?«, fragte Candela weiter. »Dass ein Lehrer eine Affäre mit einer Schülerin hat?«

»Ist jedenfalls nichts Ungewöhnliches«, antwortete Felix. »Bei uns hat es damals auch solche Vorwürfe gegeben.«

»Und? Ist etwas dran gewesen?«

Felix schüttelte den Kopf. »Nada. War falscher Alarm.

Damals wollte sich das Mädchen nur für eine schlechte Note rächen.«

»Hmh-hmh«, brummte Candela.

Sie kniff ihre Augen zusammen und verstärkte den Griff um das Lenkrad. Ein Zeichen, dass sie angestrengt nachdachte. Mehrmals setzte sie zum Reden an und brach immer wieder ab. Ihr schienen einfach nicht die richtigen Worte einzufallen.

Kurz darauf fragte sie schließlich: »Und was, wenn es wahr ist?«

Felix verschränkte die Arme. »Dann sitzt dieser Lehrer ganz schön tief in der Scheiße.«

»Exacto. Wäre er nicht sogar der Hauptverdächtige?«

»Auf jeden Fall. Eine Affäre mit einer Minderjährigen zu haben, ist schon heikel genug. Wenn es sich dabei auch noch um eine Schutzbefohlene handelt …«

»Eine tote«, fügte Candela hinzu. Beiläufig sah sie in den Seitenspiegel und wechselte auf die Überholspur. In ihren Bleifuß war Leben zurückgekehrt.

Felix seufzte. Gegen ihre Natur waren die Spanier offensichtlich machtlos.

»Dem müssen wir nachgehen«, sagte Candela weiter. In einem Ton, als wäre es beschlossene Sache. Als hätte sie soeben für sie beide entschieden. Als könnten nur sie den Fall lösen und nicht die Polizei.

Felix legte die Stirn in Falten. »Was meinst du damit?«

»Na, dass wir uns an diesen Lehrer dranhängen. Genauer gesagt, du.« Ihr Blick sprang suchend in dem Auto umher. »Wie hieß er doch gleich? Ich muss meine Mutter anrufen. War es nicht –«

»Moment, Moment!«, unterbrach Felix. Er schüttelte irritiert den Kopf. »Was hast du vor? Ich soll … was?«

147

Aus dem Augenwinkel erkannte er Candelas Smartphone in der Ablage unter dem Handschuhfach. Solange er nicht wusste, was sie gerade für einen Plan aussheckte, würde er ihr das Handy mit Sicherheit nicht geben.

Candela setzte ihr bezauberndes Lächeln auf. »Du kannst doch sicher gut mit Jugendlichen, oder?«

Felix schluckte. »Ich kann dir nicht folgen.«

»Nun, an der ehemaligen Schule meiner Mutter herrscht seit Jahren Lehrermangel.«

»Den gibt's in Deutschland auch. Und was hab ich damit zu tun?«

Candela ließ den Schaltknauf los und legte ihre Hand unverhofft an seinen Hinterkopf. Sie verzog freudig das Gesicht und fuhr ihm durch die Haare. »Das wollte ich schon die ganze Zeit mal machen«, sagte sie und kicherte.

Überrascht – und ein bisschen überfordert – ließ Felix es über sich ergehen. Sein Herzschlag erreichte dabei ungeahnte Höhen. Wie gut sich das anfühlte, von ihr berührt zu werden. Ihre warmen Finger auf seiner Kopfhaut zu spüren. Felix fiel es schwer, sich zu beherrschen.

Mannomann, wurde ihm erneut klar, es hatte ihn erwischt, aber so richtig. So heftig wie noch nie. Wie lange er das noch vor ihr geheim halten konnte? Irgendwann musste er mit der Sprache herausrücken, und das möglichst bald.

Dann legte Candela ihre Hand wieder auf den Schaltknauf und sagte: »Die Schule sucht einen Deutschlehrer. Und da kommst du ins Spiel.«

Bei diesem Satz wich das wohlige Gefühl schlagartig aus Felix' Körper.

*

Für ihn fühlte es sich an, als würde er sich im Kreis drehen. Was für eine skurrile Situation, in die er da hineingeraten war. Wie hätte er auch damit rechnen können, dass der Mord an einer jungen Frau sich sogar derart auf sein Leben auswirken würde? Seit er auf Gran Canaria gelandet war, hatte er eine turbulente Zeit durchgemacht. Ein Tag war aufregender als der andere gewesen.

Nun stand Felix im Lehrerzimmer und kämpfte mit der Kaffeemaschine. Von diesen Geräten, in die man nur wabbelige Pads einlegte, hatte er noch nie viel gehalten. Sie produzierten nicht nur unnötigen Abfall, sondern spuckten zudem absolut ungenießbaren Kaffee aus. In den Cafés seines Vaters war er ziemlich verwöhnt worden, wie er immer wieder aufs Neue feststellte.

»¡Bienvenido an der Amurga!«, hatte Pablo Iglesias Felix an der Schule willkommen geheißen. Das Vorstellungsgespräch mit dem durchtrainierten Direktor hatten sie nur pro forma geführt. Nach Albas Anruf war die Sache bereits beschlossen gewesen. Iglesias, bei dessen Namen Felix immer an den Sänger von schnulzigen Liebesliedern denken musste, suchte händeringend nach Deutschlehrern. Dass Felix keine pädagogische Ausbildung vorzuweisen hatte, interessierte ihn daher nicht, und auch das Schulamt stimmte zähneknirschend zu. Es war wie so oft im Leben alles eine Frage von Angebot und Nachfrage. Wenn die Not groß genug war, zeigten sich sogar staatliche Stellen zur Abwechslung mal von ihrer flexiblen Seite.

Felix schreckte etwas zurück, als plötzlich jemand neben ihn trat. Eine Frau mittleren Alters lächelte ihn an. Ihr Gesicht kam ihm irgendwie bekannt vor. Richtig, er hatte es bereits an der großen Fotowand im Eingangsbereich gesehen. Dort, wo das gesamte Personal der Schule

149

abgebildet war. Den Namen der Frau hatte er sich im Vorbeigehen allerdings nicht gemerkt.

»Du bist der Neue, richtig?«, fragte sie. Sie runzelte die Stirn, als sie den verzweifelten Blick in Felix' Augen sah. Sanft schob sie ihn beiseite. Kramte ein Pad aus der Tüte, legte es mit wenigen Handgriffen ein und drückte auf Start. Die Maschine begann zu brummen. Allmählich tröpfelte frischer Kaffee aus den Düsen in die darunterstehende Tasse.

»Muchas gracias«, bedankte Felix sich. Er lächelte verlegen.

»De nada«, antwortete sie. »Ich bin übrigens Laura. Laura Vidal.«

»Felix Faber«, sagte er. »Mucho gusto.« In Erwartung der spanischen Begrüßung beugte er sich zu ihr hinüber.

Laura schmunzelte. »Mit unseren Traditionen bist du schon vertraut, was?« Sie hauchte ihm die zwei standardmäßigen Küsschen auf die Wangen. »Encantada. Was unterrichtest du, wenn ich fragen darf?«

»Deutsch. Und du?«

»Ich hab hier das Physik-Monopol.« Laura nahm die volle Tasse aus der Maschine und drückte sie ihrem Gegenüber in die Hand. »Wer hier zur Schule geht, kommt nicht an mir vorbei.«

Felix nickte. Obwohl er eigentlich irritiert war, denn das Klischee einer Physiklehrerin erfüllte Laura Vidal beim besten Willen nicht. Er hätte sie vielmehr als Sportlehrerin vermutet. Sie bewegte sich zackig und sicher zugleich. So wie es nur Menschen taten, die in ihrer Freizeit viel trainierten.

Nun bereitete auch Laura sich einen Kaffee zu. Weil sie ihn etwas stärker mochte, quetschte sie zwei Pads übereinander in die Maschine. Sie grinste schelmisch und betätigte wieder den Startknopf.

»Hoffen wir mal das Beste«, sagte sie.

Es ging alles gut. Wenig später zog sie ihre volle Tasse heraus, pustete und probierte einen Schluck. Ihrem Gesichtsausdruck nach zu urteilen, war die Intensität perfekt. Sie lächelte zufrieden und setzte sich auf das Sofa in der anderen Ecke des Lehrerzimmers. Felix gesellte sich zu ihr.

»Wie kommt's eigentlich, dass du nicht in Deutschland unterrichtest?«, fragte sie.

Eine gute Frage, dachte er. Auf solche wie diese war er nicht vorbereitet. Zu schnell, vor allem aber zu erfolgreich hatte er sich von Candela um den Finger wickeln lassen. Ja, ihn als Lehrer an derselben Schule einzuschleusen, die auch Sara Martí besucht hatte, war zweifellos ein hervorragender Einfall gewesen. Aber eben auch einer mit Gefahren. Denn was, wenn seine Tarnung aufflog? Wenn jemand unangenehme Fragen stellte? Wenn es ihm nicht gelang, das Vertrauen seiner neuen Kollegen zu gewinnen? Damit stand und fiel alles. Nur dann würde er möglicherweise etwas zu den Gerüchten erfahren.

Felix verfluchte sich dafür, dass er nicht einfach Nein gesagt hatte. Es hätte doch auch einen anderen Weg geben müssen. Aber es war nun mal Candelas Idee gewesen. Sie zu enttäuschen, hätte er nicht übers Herz gebracht. Und seine Chancen, bei ihr zu landen, hätte das sicherlich auch nicht vergrößert.

»Meine Eltern leben seit ein paar Jahren auf der Insel«, log er deshalb. Das Einzige, das ihm auf die Schnelle eingefallen war. »Sie haben früher auch beide unterrichtet und genießen jetzt ihren Lebensabend unter der kanarischen Sonne.«

»Der Klassiker«, bemerkte Laura. »Und wie lebt es sich hier so mit einer deutschen Pension?«

»Ziemlich komfortabel, denke ich.« Felix schürzte die Lippen. Erstaunlich, wie gut es ihm gelang, eine erfundene Geschichte zu erzählen. Das hätte er sich gar nicht zugetraut. Eine unentdeckte Qualität, auf die er jedoch auch nicht besonders stolz war.

»Ich besuche sie regelmäßig«, erklärte er weiter. »Normalerweise jeden Winter. Trotzdem möchte ich gerne etwas zu den Kosten beitragen. Da kam diese Gelegenheit wie gerufen.«

Laura schien die Lüge zu schlucken.

Anschließend unterhielten sie sich eine Zeit lang über den Schulalltag. Respektlos seien viele Schüler, schimpfte Laura. Vor allem aber faul, und von Jahr zu Jahr immer unfähiger.

»Ich habe Schüler, die können noch nicht mal die Uhr richtig lesen«, erzählte sie.

»Das ist krass«, sagte Felix.

»Das kannst du laut sagen.« Sie trank einen weiteren Schluck und fuhr sich dabei mit der anderen Hand durch die Haare. »Daran ist die Digitalisierung schuld, wenn du mich fragst. Wenn das so weitergeht, haben die Schüler bald vollständig verlernt zu denken. Handy raus, Google fragen, Antwort abschreiben. Selbstständig einen Lösungsweg finden? Dazu sind die heutzutage gar nicht mehr in der Lage.«

Auch wenn Laura äußerlich jung geblieben war, offenbarte sie mit ihren Ansichten nun ihr wahres Alter. Schließlich zählte das Jugend-Bashing schon seit der Antike zu den klassischen Verhaltensweisen der Älteren. Ein wiederkehrendes Argument, das sogar schon von Sokrates und Platon verwendet worden war. Felix wischte seine Einwände beiseite und heuchelte größtmögliche Zustimmung. Dann lenkte er das Gespräch in eine andere Richtung. »Schlimme Sache, das mit dieser Schülerin«, sagte er. Für ein paar Sekunden sank sein Kopf auf seine Brust. »Hab's in der Zeitung gelesen. Einfach nur grausam.«

Laura zeigte sich sehr betroffen. Ihr konzentrierter Blick verschwamm und verlor sich im Gewühl des Lehrerzimmers. Wenig später fing sie an zu schniefen. Obwohl sie sich so über ihre Schüler ausgelassen hatte, schienen ihr auch welche ans Herz gewachsen zu sein. Anders konnte sich Felix ihre Reaktion nicht erklären.

»Sara ist eine von den Schwierigen gewesen«, erklärte Laura mit roten Augen. Sie kämpfte erkennbar mit den Tränen. »Es war immer sehr anstrengend mit ihr. Sie hatte zu allem etwas zu sagen. Ihre Mitschüler mussten nach ihrer Pfeife tanzen, und wenn das mal jemand vergaß …« Laura ballte eine Faust und schlug sanft, aber hörbar in ihre Handfläche. »Sie konnte auch gut austeilen.«

»Sie hatte wohl Probleme zu Hause«, deutete Felix eine mögliche Begründung an, ohne zu viel von dem zu verraten, was er über Sara wusste. »Schwierigkeiten mit der Mutter?«

Laura winkte ab. »Das haben sie doch alle. Zeig mir mal einen Teenager, der die nicht hat, zeig mir eine intakte Familie da draußen.« Sie verschränkte ihre Arme. »Wenn du mich fragst, lassen wir denen zu viel durchgehen. Wir als Gesellschaft, meine ich. Ein Schüler fackelt die halbe Schule ab? Schuld sind die Eltern, weil sie ihm keine Aufmerksamkeit schenken. Eine Schülerin verprügelt wiederholt andere? Nur weil sie zu Hause selbst eins auf die Nase kriegt. Alle sitzen nur noch faul auf ihren Stühlen rum? Na klar, das muss am langweiligen Unterricht liegen.« Laura schnaufte wütend. »Manchmal bin ich es wirklich leid. Wo ist denn die Eigenverantwortung geblieben? Was soll denn aus diesen jungen Menschen später werden? Wollen wir sie tatsächlich dazu erziehen, die Verantwortung für ihr Leben immer auf andere abzuwälzen?«

Felix wusste nicht, was er sagen sollte. Laura hatte sich derart in Rage geredet, dass er es für besser befand, sich zurückzuhalten. Außerdem war ihre Argumentation alles andere als neu. Diese Debatte wurde schließlich überall geführt, auch in Deutschland. Seiner Überzeugung nach lag die Wahrheit vermutlich wie so oft in der Mitte. Weder durfte die familiäre Herkunft die Menschen von der Verantwortung für ihr eigenes Handeln befreien, noch sollte die Frage der Sozialisation unberücksichtigt bleiben. Doch auf Stimmen, die auf die Versöhnung von unterschiedlichen Standpunkten abzielten, hörte man in aufgeheizten Debatten leider selten.

Zum Glück wechselte Laura nun das Thema. »Kommst du eigentlich zu unserer Feier?«

Felix neigte den Kopf zur Seite. »Welche Feier?«

Laura nippte an ihrem Kaffee und zeigte auf einen Zettel am Schwarzen Brett. »Na, die nach dem Elternabend heute. Hast du die Einladung nicht gelesen?«

»Ich bin noch nicht dazu gekommen.«

»No pasa nada.« Sie fischte ihr Handy aus der Hosentasche, öffnete ihr E-Mail-Programm und ließ Felix das Dokument am Bildschirm lesen. »Der Elternabend dauert etwa bis halb acht. Danach gehen wir wie jedes Mal mit versammelter Mannschaft in eine Bar gleich hier um die Ecke. ›Ideal para Celebraciones‹ steht auf deren Webseite.« Sie stieß Felix mit dem Ellbogen sanft in die Seite.

»Das kann ich bestätigen. Feiern lässt es sich dort wirklich großartig.«

Das war es, drängte Felix sich augenblicklich eine Idee auf. So könnte es gelingen. Wenn alles glattlief, würde er auf diesem Weg möglicherweise etwas herausbekommen. Vorausgesetzt, dass er auch wirklich kam. Der Mann, den Felix und Candela für den wahrscheinlichen Mörder von Sara Martí hielten.

*

»Da ist es!« Obwohl er schon etwas getrunken hatte, sprang Felix von seinem Stuhl hoch. Er hatte es wieder gehört. Dieses verstörende Geräusch, das ihm neulich Abend aufgefallen war. »Was zum Geier ist das?«

Candela führte ihr Weinglas zum Mund und schaute ihn aus überraschten Augen an.

»Du meinst … welches genau?«

»Sag bloß, du hörst es nicht?«

Zusammen lauschten sie in die Dämmerung. Zugegeben, heute Abend war es schwieriger wahrzunehmen als beim letzten Mal. Das lag an dem bunten Strauß an Geräuschen, der sie umgab. Erneut dröhnten Reggaeton-Rhythmen über die Wohnanlage, und dazwischen mischten sich angeregte Unterhaltungen von einer Terrassen-Party sowie Fernsehstimmen aus einem der Nachbar-Bungalows. Sollte Felix dieses jammernde Krächzen etwa imitieren, damit Candela wusste, wovon er sprach?

Dann tauchte es plötzlich wieder auf. Ganz deutlich. Zwar nur kurz, dafür aber direkt über ihren Köpfen. *Ak-Aua-Aua-Aua, Ak-Aua-Aua-Aua.* Das musste auch Candela gehört haben.

»Da«, sagte Felix erneut. Er zeigte zum Himmel. »Das ist doch gruselig.«

Unverhofft brach seine Mentorin in lautes Gelächter aus. Sie verschluckte sich und musste husten. Felix stand auf, ging zu ihr hinüber und schlug ihr sanft auf den Rücken. Zur Sicherheit stellte er ihr Glas auf dem Terrassentisch ab. Nach einer Weile beruhigte Candela sich. Sie wischte sich die Lachtränen aus ihrem Gesicht.

»Entschuldige bitte, es ist nur –« Sie erlitt einen kurzen Rückfall, von dem sie sich aber schnell wieder erholte.

»Kein Problem«, erwiderte Felix. Er zwinkerte ihr zu. »Ich hab's eben drauf, die Chicas zum Weinen zu bringen.«

Candela lächelte und griff nach ihrem Wein. Sie trank ihn in einem Zug aus und stellte das leere Glas anschließend neben sich auf den Fliesen ab. »Mit Geier lagst du übrigens gar nicht so falsch«, sagte sie. Sie streckte ihr Kinn und zeigte zum Himmel. »Das Geräusch stammt von einem Vogel.«

»Im Ernst? Und geht's dem gut? Braucht dieses arme Tier Hilfe? Für mich hört sich das alles andere als gesund an.«

Candela schmunzelte. »Der Vogel heißt Gelbschnabelsturmtaucher.«

»Was für ein Name«, befand Felix. »Und wonach taucht der so?«

»Nach Tintenfischen oder anderen kleinen Fischen, soweit ich weiß.«

»Und das Geräusch?«

»Das sind Rufe. Die klingen so merkwürdig wegen der Röhrennasen.«

»Okay. Danke für die Nachhilfe in kanarischer Vogelkunde.«

Candela zog ihren imaginären Hut und zwinkerte Felix zu. Dann lehnte sie sich zur Seite. Ohne hinzusehen, angelte sie sich mit ihren Fingern das leere Weinglas. Streckte es über den Tisch und kreiste damit vor Felix' Gesicht. Mit einem breiten Grinsen auf den Lippen bat sie ihn, nachzuschenken.

»Wie war er denn, der erste Schultag deines Lebens?«, fragte sie.

Felix goss ihr bis zur Hälfte ein und kippte den Rest aus der Flasche in sein Glas. »Ich bin froh, dass ich ihn überstanden habe«, antwortete er. »Ich hatte das Gefühl, die haben mich überhaupt nicht ernst genommen.«

Candela nippte an ihrem Syrah und leckte sich anschließend über ihre Lippen. Bei diesem Anblick wurde Felix schon wieder warm. Und das lag sicher nicht nur am Alkohol.

»Nun, ich könnte mir vorstellen, dass das bei neuen Lehrern ganz normal ist«, gab seine Mentorin zu bedenken. »Und außerdem: Wir sind gerade mal zehn oder elf Jahre älter als sie.«

Dasselbe hatten bereits mehrere Kollegen zu ihm gesagt. Dass es vor allem Beziehungsarbeit sei. Dass er versuchen müsse, einen Kontakt zu den Jugendlichen aufzubauen. Ohne Bindung keine Bildung. Nur so würde er sich Respekt verdienen.

»Wie läuft es in der Redaktion?«, lenkte Felix ihr Gespräch in eine andere Richtung. »Und wie genau hast du erklärt, dass ich nicht mehr da bin?«

»Ich hab mir 'ne Familien-Story ausgedacht«, erklärte Candela. »Dass du nach Hause fliegen musstest, weil deine Eltern sich scheiden lassen wollen. Und dass du vermutlich in zwei, drei Wochen zurückkommst.«

Felix verschluckte sich beinahe an seinem Wein. Er sah Candela entsetzt an. »Das hast du nicht wirklich erzählt?« Sie biss sich auf die Lippen und machte große Augen, als wollte sie sich so bei ihm entschuldigen. »Ich weiß nicht, wie ich das finden soll. Ich mag es nicht, zu lügen.«

»Da bin ich ganz bei dir. Aber im Moment haben wir nicht sonderlich viele Optionen. Um genau zu sein, nur diese eine.«

»Das sieht ja toll aus. Erst der verkorkste Start, und jetzt fliege ich während meiner Probezeit auch noch für mehrere Wochen nach Hause.«

»Da brauchst du dir keine Sorgen zu machen. Solange ich Gabriels Stellvertreterin bin, schmeißt er dich so schnell nicht raus. Vertrau mir.«

»Hmh-hmh«, brummte Felix. Was auch immer das zu bedeuten hatte, dachte er.

»Was ist eigentlich dein Plan für heute Abend?«, fragte Candela nun.

Felix hielt sich die Hand vor den Mund und gähnte. Der Schultag hatte ihn tatsächlich ziemlich geschlaucht. Bei dem Gedanken, dass er morgen schon wieder vor einer Klasse stehen würde, wurde ihm ganz anders. Wie schafften seine Kollegen das bloß? Er sehnte sich nach dem Wochenende.

»Du meinst die Feier?«, fragte er zurück. Candela trank erneut einen Schluck und nickte. »Ich hab keine Ahnung.«

»Dann überlegen wir uns jetzt mal was.« Sie grinste teuflisch und rieb sich dabei die Hände. »Du musst diesem Lehrer unbedingt auf den Zahn fühlen!«

*

Als er eine halbe Stunde zu spät durch die Tür kam, betrat er eine volle Bar, in der seine Kollegen ausgelassen tanzten und tranken. Den Slogan, mit dem das Lokal für sich warb, konnte Felix jedenfalls bestätigen. Hier ließ es sich ausgiebig feiern.

Die Bar lag nur wenige Gehminuten vom Schulgebäude entfernt. Wahrscheinlich war das gesamte Kollegium direkt nach dem Elternabend zusammen hierhergelaufen. Dem lauten Grölen nach zu urteilen, hatten sie danach zeitnah zu trinken angefangen. Aus den übersteuernden Boxen schallten grauenvolle Schlager. Für Felix klangen sie wie spanische Lieder von Mickie Krause.

»¡Hola, Felix!«, hörte er plötzlich jemanden seinen Namen rufen. Irritiert wanderte sein Blick durch die Menge. Bis er schließlich eine Frauenhand zwischen den Köpfen erkannte. Sie winkte ihn zu sich, und nun krempelte Felix die Ärmel seines weißen Hemds hoch und drängte sich durch die Menschen.

»Wie schön, dass du gekommen bist«, nahm Laura ihn in Empfang.

Diesmal gab sie ihm sogar drei Küsschen zur Begrüßung. In ihrer Hand hielt sie ein Getränk, das nach einem Gin Tonic aussah. Ihre Augen verrieten, dass es nicht ihr erster an diesem Abend war.

»Komm, ich stelle dich den anderen vor«, sagte sie. Zusammen mit drei weiteren Kolleginnen hatte die Physiklehrerin ein separates Grüppchen gebildet.

Zuerst lernte Felix Mercedes kennen. Eine Französischlehrerin mit dunklem Lockenschopf und großen goldenen Creolen in den Ohren. »Hola, ¿qué tal?« Dann zwei Küsschen, links, rechts.

Neben ihr stand Jimena. Sie war Lehrerin für Englisch

und die Größte aus der Gruppe. Sie überragte die anderen um mindestens einen Kopf, begrüßte Felix standesgemäß und widmete sich danach direkt wieder ihrem Getränk. Auch sie schien über ihr erstes schon eine Weile hinaus zu sein. Verzweifelt versuchte sie, den Strohhalm in ihrem Glas mit dem Mund einzufangen.

Zuletzt wurde Felix schließlich Zoe vorgestellt. Sie unterrichtete Geschichte. Ihre schwarzen Haare trug sie hochgesteckt, und passend zu ihrem engen roten Kleid hatte sie an ihrer Schläfe eine ebenfalls rote Rose befestigt. Damit sah sie aus wie eine der Flamenco-Tänzerinnen, die Señora Alvarez den Kursteilnehmern auf Fotos gezeigt hatte, als das kulturelle Erbe Andalusiens Thema ihrer Stunde gewesen war.

Hoffentlich, dachte Felix, zog ihn keine seiner neuen Kolleginnen nachher aufs Parkett. Denn so sympathisch sie ihm auch waren, er hasste es, zu tanzen.

Dann tippte Jimena, die Englischlehrerin, ihm auf die Schulter. »Sag mal, wie kommst du eigentlich mit Ferran zurecht?«, fragte sie. Wieder versuchte sie, ihren Strohhalm einzufangen. Diesmal nahm sie jedoch ihre Zunge zu Hilfe. Als die Kolleginnen das sahen, prusteten sie los oder hielten sich vor Lachen die Hand vor den Mund.

»Ferran?«, fragte Felix zurück. »Ein Schüler?«

»Sí, Ferran Torres«, klinkte sich nun auch Laura ein. Sie stellte sich so dicht neben ihn, dass ihre Hand kurz sein Bein berührte. »Er müsste auch in einem deiner Kurse sitzen.«

Felix zuckte mit den Schultern.

»Wahrscheinlich hat er mal wieder geschwänzt«, bemerkte Zoe. Selbst für eine Spanierin hatte sie eine außergewöhnlich tiefe Stimme. Sie klang, als würde sie jeden Morgen mit Whisky gurgeln. »Was dem Unterricht allerdings nicht gerade schadet.«

Bis auf Laura nickten die anderen wie auf Kommando. Die Physiklehrerin hielt sich hingegen bedeckt und nippte stattdessen an ihrem Gin. »Vielleicht hat ihn die Sache mit Sara aber auch einfach sehr mitgenommen«, sagte sie dann.

Felix sah sie irritiert an. »Wieso gerade ihn?«

»Sara war seine Freundin«, erklärte Mercedes. »Sie waren so etwas wie das Skandalpärchen an der Schule.« Während sie sprach, wackelte ihr Kopf und brachte so die Creolen zum Klimpern.

»Aha«, sagte Felix. Er versuchte, so teilnahmslos wie möglich zu klingen. Tatsächlich interessierten ihn diese Neuigkeiten allerdings brennend. Um das Vertrauen seiner Kolleginnen jedoch nicht zu verspielen, täuschte er weiter den Gleichgültigen vor.

Jetzt legte Jimena ihre Hand auf seine Schulter. Im Licht der Diskokugel über ihnen funkelte ein silberner Ring an ihrem Ringfinger. Damit waren die Fronten für jedermann geklärt. Für eine verheiratete Frau zeigte sie sich allerdings ziemlich touchy. Der Alkohol machte es möglich, dachte Felix.

»Wir wussten alle, dass sie zusammen waren«, berichtete Jimena. »Sie haben zwar versucht, es geheim zu halten, aber …« Sie zwinkerte ihm zu. »Die Augen und Ohren der Schule sind eben überall.«

»Und warum sollte niemand davon wissen?«, hakte Felix nach. Er malte Anführungszeichen in die Luft. »Was für ein Skandal steckte denn dahinter?«

»Ferrans Vater ist der Parteichef von RAZÓN auf Gran Canaria«, erklärte Laura.

Felix schluckte. »Dieser rechtspopulistischen Partei?«

»Exacto.« Laura trank einen weiteren Schluck. »Wie du dir vorstellen kannst, hatte der Junge daher nicht gerade einen leichten Stand an unserer Schule.«

Zoe zischte schnippisch durch die Zähne. »Ach komm schon, Laurita, verschone uns bitte mit deinem Mitleid. Er war und ist ein Kotzbrocken, genau wie sein Vater.«

»Ich sag ja nur, dass er –«

»Der hat's nicht anders verdient. Selbst schuld, wenn er –«

»Time-out!«, sagte Felix. Er schob eine Hand zwischen die Gesichter der beiden Frauen. »Verlegt euren Streit bitte an den Ort, wo er hingehört: ins Lehrerzimmer.« Die anderen lachten, und selbst Laura und Zoe konnten sich ein Grinsen nicht verkneifen.

»Kommt, lasst uns tanzen«, schlug Jimena plötzlich vor. »Das ist genau meine Musik!«

Felix entglitten sämtliche Gesichtszüge. Zu seiner Erleichterung machte Laura ein noch grimmigeres Gesicht als er. »Bitte nicht«, flehte sie. »Ich bin zwar Spanierin, aber ich hasse tanzen.« Sie umklammerte ihren Gin mit beiden Händen und schaute demonstrativ ins Glas.

Felix ergriff sofort die Gelegenheit. Er legte einen Arm um seine Kollegin und zog sie zu sich heran, sodass sie nun Schulter an Schulter standen. Ein Bild der Solidarität.

»Ich opfere mich und bleibe bei ihr«, sagte er.

27

Er saß auf der Rückbank und schaute nach draußen in die Dunkelheit. Dort hinten, in sicherer Entfernung, erahnte er den Strand. Außerdem die Silhouetten Dutzender Menschen, die hektisch durcheinanderliefen. Auch Gonzo musste unter ihnen sein. Wie immer überwachte er den Ablauf der Lieferungen. Sobald alles in trockenen Tüchern war, würde er ihn über den Stand der Dinge informieren.

»Brauchen Sie noch etwas, Jefe?«, fragte Quique plötzlich vom Fahrersitz.

Er hob stumm die Hand und sah weiter durchs Fenster. Dieser Typ in seinem dunklen Citroën beschäftigte ihn noch immer. Dass er ein Zivilfahnder war, daran bestand kein Zweifel. Alles sprach dafür. Gonzo hatte recht, es war nicht das erste Mal, dass er von der Polizei beschattet wurde. Früher hatte ihn das auch nicht beunruhigt. Doch seit dem Anruf dieser Göre ging es ihm anders, schließlich hatte sie eindeutige Anspielungen gemacht. Offensichtlich wusste sie von den Lieferungen und war außerdem gewillt, ihn mit diesem Wissen zu erpressen. Und obwohl das Problem nun aus der Welt geschafft war, stellten sich ihm nach wie vor zwei Fragen: Woher hatte dieses Miststück davon gewusst? Und: Hatte sie ihre Infos schon irgendjemandem gesteckt?

Seine Anwesenheit bei der Lieferung heute stellte deshalb auch ein Risiko dar. Eigentlich hätte er auf Nummer sicher gehen und alles abblasen müssen. Vor allem, nachdem dieser Scheißkerl in der Auffahrt zum Club aufgetaucht war. Denn falls er den Maderos hier und heute ins

Netz ginge, wäre alles aus. Dann würden selbst die Männer auf seiner Liste nichts mehr ausrichten können.

Plötzlich klopfte es an der Beifahrertür. Erschrocken zuckte er zusammen.

Gonzo. Wieder einmal hatte er sich unbemerkt der Limousine genähert. Grummelnd öffnete Quique ihm die Tür. Seine rechte Hand ließ sich lässig auf den Beifahrersitz sinken.

»Alles geregelt, Jefe.«

»Wann geht die Lieferung wieder raus?«

»In drei Tagen. Bis dahin bleibt sie im Lager.«

Das Lager, von dem Gonzo sprach, war eine abgelegene Halle in der Nähe von Juncalillo im Nordwesten der Insel. So abgeschieden, dass sich keine Menschenseele dorthin verirrte. Und wenn doch, gab es ja noch die Männer, die dafür sorgten, dass niemand einen Fuß auf das Gelände setzte. Die Leute aus dem nahe gelegenen Dorf hatten sie bereits bestochen, die würden dichthalten. Falls nicht, würden sie und ihre Familien dafür bezahlen.

Wirklich beruhigt konnte er jedoch erst sein, wenn die neue Lieferung die Insel wieder verlassen hatte. Wenn er mit Sicherheit wusste, dass alles glattgelaufen und sie auf dem Weg zum spanischen Festland war. Dann, erst dann würde auch er sich so entspannt fühlen, wie seine rechte Hand gerade auf ihn wirkte.

»Ich will, dass alles geräuschlos abläuft«, sagte er deshalb. »Ich kann es mir aktuell nicht erlauben, Aufsehen zu erregen.«

»De acuerdo, Jefe.« Gonzo klopfte zweimal auf die Ablage und schwang sich anschließend aus dem Auto.

Wenig später hatte die Dunkelheit ihn wieder vollständig verschlungen.

28

»Na, zu tief ins Glas geguckt?«

Der Mann lehnte vornübergebeugt an einer Palme. Nachdem Felix ihn angesprochen hatte, drehte er sich zu ihm herum. Er sah ziemlich mitgenommen aus. Seine Haare waren zerzaust, sein Hemd erzählte die Geschichte mehrerer verschütteter Drinks, und seine Gesichtsfarbe wechselte ständig zwischen Kreideweiß und Giftgrün.

»Bitte lassen Sie mich in –« Er musste aufstoßen. Gerade noch rechtzeitig rettete er sich wieder zur Palme und erbrach sich auf den Boden. Felix verzog das Gesicht und schaute angewidert weg.

Kurz darauf fing der Mann sich etwas. Sein Atem wurde regelmäßiger. Er richtete sich langsam auf und streckte seinen Rücken durch.

Felix trat vorsichtig ein Stück näher und fragte: »Einen Schluck Wasser vielleicht?« Er schraubte den Deckel von der Flasche, die er mit nach draußen genommen hatte, und reichte sie ihm. Der Mann setzte an und schien gar nicht mehr aufzuhören. Als er fertig war, wischte er sich mit einem Hemdzipfel den Mund ab.

»Gracias«, bedankte er sich.

»De nada«, sagte Felix. »Unter Kollegen hilft man sich doch.«

Der Mann schaute ihn an und runzelte die Stirn. Sein Blick verriet, dass in seinem Kopf gerade mehrere Fragen aufblitzten. Felix kam ihm zuvor und nahm ihm eine davon ab. »Ich bin erst seit heute an der Schule. Keine

Sorge also, Ihr Gedächtnis ist bestimmt noch in Ordnung.«

Der Mann schmunzelte. Während er sich weiter an der Palme abstützte, hielt Felix seine freie Hand hin. »Dann weißt du ja wahrscheinlich schon, wie ich heiße?«

Felix nickte.

»Und du bist?«

»Felix. Ich unterrichte Deutsch.« Sie schüttelten sich die Hände. »Mucho gusto.«

»Igualmente.«

Der Mann, der als Sportlehrer an der Amurga beschäftigt war, hieß Pedro Rojas. Das wusste Felix nicht nur von Alba und der Fotowand, sondern auch von Laura. Denn nachdem Jimena, Mercedes und Zoe auf die Tanzfläche gestürmt waren, hatte er sie schamlos ausgefragt. Zunächst hatte sie noch erstaunt geguckt, als er ihr offenbart hatte, schon von der Affäre zwischen Sara und einem Lehrer der Schule gehört zu haben. Doch dann hatte sie alles ausgepackt, was sie sonst noch wusste. Glücklicherweise hatte der Alkohol ihr die Zunge gelockert.

Laura hatte ihm erzählt, dass Sara und Rojas gleich von mehreren Kollegen zusammen gesehen worden waren. In seinem Auto, wie sie wild gestikulierten und miteinander stritten. Zwar weit von San Fernando entfernt und somit außerhalb der Gefahrenzone, trotzdem hatte man die beiden wiedererkannt. Wie hatte Jimena es formuliert: Die Augen und Ohren der Schule waren eben überall.

Auch dass Rojas ihr gute Noten gegeben hatte, obwohl Sara nie am Sportunterricht teilgenommen hatte, hatte den Verdacht genährt. Die ganze Schule hatte sich den Mund darüber zerrissen. Dennoch hatte es nie irgendwelche Konsequenzen gegeben. Nicht mal gegenüber Iglesias, dem Schulleiter, hatte Rojas sich erklären müssen.

Und als Laura schließlich auf den aus der Bar stürmenden Rojas gezeigt hatte, war Felix ein genialer Einfall gekommen. Wann, wenn nicht jetzt. Der Sportlehrer war sturzbetrunken. Eine bessere Gelegenheit würde sich ihm so schnell nicht bieten. Deshalb war er mit nach draußen gegangen und hatte Rojas nicht aus den Augen gelassen.

»Willst du dich kurz hinsetzen?«, schlug Felix ihm nun vor. Er bot ihm einen Arm als Stütze an.

Rojas hielt sich an ihm fest und ließ sich zu einer Steinbank führen. Aus der Bar dröhnten inzwischen Techno-Bässe zu ihnen herüber. Offensichtlich hatte der DJ sich für eine neue musikalische Richtung entschieden. Die beiden Männer schmunzelten.

»Ich kann dieses Zeug nicht ausstehen«, sagte Rojas. Er schüttelte den Kopf. »Dieses Vayamos-compañeros-Gesäusel. Da kommen mir jedes Mal die Getränke wieder hoch.«

»Geht mir auch so«, bestätigte Felix.

Eine Zeit lang saßen sie schweigend auf dem kalten Stein. Hin und wieder musste Rojas aufstoßen und lehnte sich deshalb sicherheitshalber zur Seite. Doch es schien ihm besser zu gehen. Jetzt musste er nur noch den morgigen Tag überstehen.

Dann berührte er Felix an der Schulter und fragte: »Hombre, hast du 'ne Fluppe?«

»Nein«, antwortete Felix.

»Willst du eine?«

»Klar. Warum nicht?«

Rojas schnippte mit den Fingern und zeigte auf die Bar. »Ich geh da kurz rein und schnorre uns welche.« Mit beiden Händen stützte er sich auf den Oberschenkeln ab, bis er stand. »Noch 'nen Wunsch?«

»Wie wär's mit einem Tequila?«

Der Sportlehrer musste aufstoßen. »Hey, chacho, sag doch nicht so was!«

»Okay. Aber vielleicht ein Wasser?« Felix hielt ihm die leere Flasche hin.

Rojas sah sich kurz um. Anschließend schlug er die Hacken zusammen und führte seine Hand zum Soldatengruß an die Schläfe. »A sus órdenes.« Damit würde er eine Weile beschäftigt sein.

»Ach, Pedro, eine Sache noch«, rief Felix seinem Kollegen hinterher, als der bereits ein paar Meter davongetorkelt war.

»Was ist?«

»Ich müsste mal meine Frau anrufen.«

»Solange es nicht meine ist.«

Sie lachten, und als Rojas dabei umzukippen drohte, sprang Felix von der Bank auf und stützte ihn. »Ich hab mein Handy vorhin im Klo versenkt«, sagte er und nickte zu der Bar hinüber. »Würdest du mir netterweise deins leihen?«

»Claro que sí«, antwortete Rojas. Er brauchte mehrere Anläufe, um sein Smartphone aus der Hosentasche zu fischen. Als es ihm schließlich gelang, entsperrte er das Gerät und überreichte es Felix. »Aber nicht die Galerie durchstöbern«, befahl er und zwinkerte. »Sonst muss ich dich leider nachher auch im Klo versenken.«

TEIL DREI

VERDACHTSMOMENTE

29

Sie war gerade dabei, sich auf ihr Mittagessen zu freuen, als plötzlich ihr Diensttelefon klingelte. Ana stöhnte. Immer dasselbe. Als ob das Universum ihr nicht gönnte, dass sie ihre wohlverdiente Pause nahm. Schon viel zu oft hatte ihr jemand oder etwas im letzten Moment dazwischengefunkt. Diesmal war es Rodrigo, der Mann vom Empfang. Ana nahm das Gespräch an und stellte auf laut.

»Rodri«, bellte sie in die Leitung, »was gibt's?«

»Inspectora Montero, hier steht ein junger Mann bei mir. Der möchte zu Ihnen.«

Ana rollte mit den Augen. »Das schmeichelt mir. Aber für junge Männer bin selbst ich schon zu alt.«

Rodri verstand ihren Scherz nicht. »Er behauptet, dass Sie sich kennen.«

Ana richtete sich auf. »Wie heißt er?«

»Un momentito. Ich frage nach.«

Gemurmel im Hintergrund. Dann ein Rascheln, weil Rodrigo den Hörer schon wieder mit seiner Hand bedeckte. Das tat er immer, obwohl Ana ihm schon unzählige Male die Stummtaste erklärt hatte. Kurz darauf meldete er sich wieder. »Der junge Mann heißt Felix Faber«, berichtete er, »er hat sich ordnungsgemäß ausgewiesen.«

Faber, Faber … Irgendetwas klingelte da bei ihr. Ana kratzte sich am Kinn und schaute nachdenklich zur Decke. War das nicht …? Als ihr einfiel, woher sie seinen Namen kannte, schnippte sie mit den Fingern.

»Geht in Ordnung«, sagte sie. »Würden Sie ihn bitte zu mir bringen?«

»Vale«, bestätigte Rodrigo und legte auf.

LA VIDA, dachte Ana. Die Durchsuchung. An dem Tag war sie dem deutschen Redakteur zum ersten und bisher einzigen Mal begegnet. Was er wohl von ihr wollte? Vermutlich nur sein Gewissen erleichtern. Und seinen Arsch retten, indem er aussagte, dass er von all dem nichts gewusst habe. Damit wäre er der Erste, der das kollektive Schweigen seiner Kollegen bräche. Ein kluger Schachzug. Wahrscheinlich spekulierte er darauf, dass Ruiz und Ana etwas für ihn herausschlagen würden. Auf einen Deal, mit dem er gut wegkam.

Dann klopfte es an der Tür. Sie wurde geöffnet, und ohne auf eine Reaktion zu warten, schob der junge Deutsche sich wortlos in den Raum. Ana stand auf und ging um den Schreibtisch herum.

»Señor Faber«, begrüßte sie ihren Gast, »bitte nehmen Sie Platz.« Sie zeigte auf die beiden Sessel in der Sitzecke. Diese hatte sie extra für Besuche wie diesen eingerichtet. »Was verschafft mir die Ehre?«

»Ich … ich muss … ich muss mit Ihnen sprechen«, stotterte er.

Ana sah ihn verwundert an. Er wirkte anders als während ihrer ersten Begegnung. In der Redaktion hatte sie ihn noch als selbstbewussten jungen Mann wahrgenommen. Als einen, der sich nicht scheute, das Wort zu ergreifen, wenn er es für notwendig hielt, auch gegenüber staatlichen Autoritäten. Damit hatte er sich ganz anders gezeigt, als Ana sich einen typischen Deutschen immer vorgestellt hatte. Von folgsam und obrigkeitshörig keine Spur. Doch jetzt, in ihrem Büro, erweckte er einen ganz anderen Eindruck. Geradezu eingeschüchtert stand er da. Außerdem schien ihn etwas zu beschäftigen. Als ob ihm etwas auf der Seele läge, das er nicht länger mit sich herumschleppen wollte.

Ob das zu seinem Plan gehörte? Vielleicht wollte er es auf die reuige Tour versuchen. Sich als Einsichtigen präsentieren, der bereit war, ein Geständnis abzulegen. Ana war gespannt, was er für sie hatte. Sie sank ihm gegenüber in den Sessel. Schlug ihre Beine übereinander und verschränkte ihre Arme. Auf ihren Lippen lag ein süffisantes Grinsen. Sie fragte: »Ich nehme an, es geht um die illegale Unterbringung?«

Zu ihrer Überraschung schüttelte der Deutsche den Kopf. Dann griff er nach hinten und zückte einen Stapel Papiere, den er sich unter den Hosenbund geklemmt hatte. Er faltete sie auseinander und breitete sie anschließend auf dem kleinen runden Tisch aus. »Das sind ausgedruckte Chat-Protokolle«, setzte er Ana ins Bild. »Ich glaube, die sollten Sie sich ansehen.«

Misstrauisch neigte sie ihren Kopf zur Seite. »Warum? Von wem sind die?«

Doch statt zu antworten, beugte Faber sich nach vorn und tippte auf die Papiere. Ana sah ihm noch eine Weile misstrauisch in die Augen. Als sie lange genug gewartet hatte, nahm sie seelenruhig das oberste Blatt in die Hand. Wie es für Chat-Protokolle üblich war, standen die Namen der Gesprächspartner in eckigen Klammern. Von dem ersten, einem männlichen, hatte sie noch nie etwas gehört. Ihr Blick wanderte weiter die Zeilen hinunter. Als sie den zweiten Namen las, entglitten ihr um ein Haar sämtliche Gesichtszüge. Zum Glück hatte sie als Inspectora gelernt, ihre professionelle Haltung zu wahren. Sie versuchte, sich

173

ihre Überraschung so wenig wie möglich anmerken zu lassen. Sie legte den Zettel zurück auf den Tisch. »Die Sara?«, fragte sie. »Sara Martí?«

»Hmh-hmh«, brummte Faber zustimmend.

Ana schluckte und zeigte auf den zweiten Namen in Klammern. »Wer ist Pedro Rojas?«

»Er unterrichtet als Sportlehrer an der I.E.S. Amurga.«

»Die Sekundarschule oben in San Fernando?«

Faber nickte. »Dort haben alle von der Sache gewusst. Oder es zumindest vermutet. Die beiden sind öfter zusammen gesehen worden.«

»Und woher wissen Sie dann davon?«

»Nun, ich …« Er faltete seine Hände und ließ seine Daumen übereinanderkreisen. Ein Anzeichen für Nervosität, wie Ana aus ihren Fortbildungen in Psychologie wusste. »Ich bin dort jetzt auch als Lehrer tätig.«

»Sie sind … was?« Sie blinzelte ungläubig. »Was ist mit der Redaktion?«

»Bei LA VIDA weiß nur eine Person davon.«

Sie konnte sich schon denken, von wem er sprach.

»Ich wäre Ihnen sehr dankbar, wenn das so bliebe.«

Jetzt nahm Ana die übrigen Zettel vom Tisch, blätterte sie flüchtig durch und fragte: »Haben Sie alles gelesen?«

»Jedes Wort.«

»Und was steht drin?«

»Leider ist es nicht der ganze Chat-Verlauf. Mehr konnte ich in der Situation nicht abfotografieren.«

»Rojas weiß also nichts hiervon?«

»Nein. Er war total betrunken.«

Ana widmete sich wieder den Protokollen und fing an, sie querzulesen. Sie verstand schnell: Diese Blätter würden weitreichende Folgen haben. Sie hatten das Potenzial,

174

den Fall auf den Kopf zu stellen – und das, obwohl Ruiz und sie sicher gewesen waren, den Mörder von Sara Martí bereits ermittelt zu haben. Doch dieser Chat warf die Täterfrage von Neuem auf. Denn wie aus ihm hervorging, hatte Sara sich mit Rojas über ein Geheimnis ausgetauscht. Anas kriminalistisches Näschen glaubte außerdem ein Verhältnis zwischen ihnen zu erschnuppern. Keines, wie es zwischen Lehrer und Schülerin normal gewesen wäre. Vielmehr andersherum, weil Sara etwas gegen Rojas in der Hand gehabt hatte. Etwas, das sie in eine erhabene Position versetzt hatte. Ihre letzte Nachricht an ihn bekräftigte das: »Bring mir die Kohle, oder ich lasse die Bombe platzen!«

Mit dem Finger zeigte Ana auf die Passage. »Haben Sie eine Ahnung, wovon sie hier spricht?«

Faber schüttelte den Kopf. »Nein. Aber im Kollegium sind sich alle sicher, dass sie etwas am Laufen hatten.«

»Sie meinen sexuell?«

Er nickte. »Wenn sich das bestätigt, dann …«

»Sieht es ziemlich finster für ihn aus«, vervollständigte Ana. Sie legte die Blätter zurück auf den Tisch. Sie durfte nicht vergessen, sie später noch zu kopieren. Ruiz musste sie unbedingt sehen, denn Ana war gespannt auf seine Einschätzung. Vielleicht beurteilte er die Lage ja auch gänzlich anders als sie. Davor verfolgte sie allerdings noch einen anderen Plan.

»Hätten Sie Lust, mich zu begleiten?«, fragte sie.

Faber warf ihr einen überraschten Blick zu. »Sie begleiten? Wohin?«

»Na, zum Mittagessen.« Ana streckte ihm die Uhr an ihrem Handgelenk entgegen und tippte auf das Zifferblatt. Es war kurz vor halb eins. »Eigentlich wäre ich jetzt schon seit einer halben Stunde in der Pause.«

»Wenn das so ist …« Wirklich überzeugt klang er jedoch nicht.

Ana zwinkerte ihm zu, drückte sich anschließend hoch und deutete zur Wand. »Außerdem gibt's hier drin zu viele Ohren«, sagte sie.

30

Der Kebab-Laden befand sich ganz in der Nähe. Als sie an dem Lokal ankamen, war es bereits gut besucht. Im Außenbereich gab es keinen freien Tisch mehr.

»Warten Sie hier«, sagte Montero, »ich bin gleich wieder da.«

Sie schien öfter hier zu essen. Denn als sie den Laden betrat, wurde sie umgehend von mehreren Männern überschwänglich begrüßt. Sowohl von den Kellnern als auch von dem Mitarbeiter hinter der Theke, der gerade Fleisch vom Spieß abschnitt. Montero hielt ein Schwätzchen mit ihnen, sie lachten, klatschten sich ab. Felix ging so nah ran wie möglich. Trotzdem konnte er nicht verstehen, worüber sie sprachen.

Dann, nur wenige Minuten später, trugen die Männer

einen weiteren Tisch und zwei Stühle nach draußen. Montero stellte sich in den Eingang, lehnte sich an den Rahmen der Schiebetür und lächelte triumphierend.

Felix sah sie verdutzt an. »Wie haben Sie das gemacht?«, fragte er.

Doch die Inspectora grinste nur weiter selbstzufrieden vor sich hin. Sie schlenderte zu dem neuen Tisch hinüber und zog sich einen Stuhl heran. Da er vermutlich keine Antwort mehr erhalten würde, zuckte Felix mit den Schultern und setzte sich neben sie.

Der Kebab hier musste verdammt gut schmecken, dachte er. Denn ansonsten hatte das Lokal nicht viel zu bieten. Es lag direkt an der Straße, und statt einer schönen Aussicht auf das Meer oder die Dünen, wie sie die Restaurants an der Strandpromenade unten in Playa del Inglés anboten, blickte man hier nur auf Beton. Auf Wohn- und Hotelblöcke, so weit das Auge reichte. Immerhin waren diese nicht grau, sondern in bunteren Farben gestrichen. Das machte es allerdings nur geringfügig besser.

Passend hierzu war die Einrichtung des Lokals einfach gehalten. Ungemütliche weiße Plastikstühle an schmierigen Campingtischen. Drinnen eine Theke, die schon einige Jahre auf dem Buckel hatte, und ringsherum nackte, geflieste Wände. Mit ihrem eleganten Kostüm war die Inspectora eindeutig overdressed. Sie hätte nicht deplatzierter wirken können.

»Sie haben einen verdammt guten Job gemacht«, begann Montero nun das Gespräch. »Mit den Protokollen, meine ich.«

Felix bedankte sich. »Aber ich hatte auch Glück. Wäre Rojas nur ein paar Sekunden früher aus der Bar gekommen, hätte er mich auf frischer Tat ertappt.«

177

»Trotzdem, Sie scheinen ein gutes kriminalistisches Gespür zu haben. Lassen Sie sich das von einer erfahrenen Ermittlerin sagen.« Sie legte ihre Hände an den Hinterkopf. »Eine Sache beschäftigt mich allerdings noch.«

»Die da wäre?«

»Warum sind Sie dieses Risiko eingegangen?«

»Nun, das werden Sie mir wahrscheinlich sowieso nicht glauben.«

»Probieren Sie's doch mal.«

Nervös trommelte Felix eine Zeit lang mit seinen Fingern auf dem Tisch. »Weil ich nicht glaube, dass Bayu die Kleine wirklich umgebracht hat.«

»Sie sprechen von dem Geflüchteten?«

Felix nickte.

»Diese Meinung besitzen Sie ziemlich exklusiv, so viel kann ich Ihnen sagen. Im Moment spricht alles gegen ihn. Und das trotz der Protokolle.«

»Weil Sie ihn am Tatort festgenommen haben?«

»Das und –« Jetzt sah Montero sich in alle Richtungen um. Eine Weile beobachtete sie die anderen Gäste in dem Lokal. Weil sie jedoch nichts Verdächtiges bemerkte, wandte sie sich wieder Felix zu und beugte sich zu ihm über den Tisch. Sie flüsterte: »An Saras Leiche wurden blutige Fingerabdrücke gefunden.« Sie machte eine Pause. »Es waren seine.«

Erschrocken wich Felix zurück. Nicht nur wegen des neuen Beweises, von dem er soeben erfahren hatte, sondern auch, weil die Inspectora ihm diesen freiheraus erzählt hatte. Verletzte sie damit nicht irgendwelche Dienstgeheimnisse?

»Sie wissen hoffentlich, dass ich diese Info nicht an Sie hätte weitergeben dürfen«, lieferte sie umgehend die Antwort. »Betrachten Sie es also als Gegenleistung. Und wehe, ich lese in Ihrem Schmierblättchen etwas darüber.«

Felix hob seine rechte Hand und legte sie auf seine Brust. »Versprochen«, sagte er.

Dann wurden sie von einem Kellner unterbrochen. Er servierte ihnen zwei Teller, auf die kaum mehr Fleisch gepasst hätte. Als Montero das sah, klatschte sie vor Freude in die Hände. Umgehend fischte sie sich eine Gabel aus dem Besteckbehälter und stürzte sich auf ihr Essen. Als stünde sie kurz vor dem Hungertod, schaufelte sie das Kalbfleisch in sich hinein. Wenig später spülte sie es freudestrahlend mit einem Schluck türkischem Bier herunter.

Felix schaute ihr ungläubig zu. Er selbst hatte noch keinen einzigen Bissen probiert. Zu sehr fesselte ihn dieser Anblick. Er hätte Montero nicht einmal annähernd ein solches Essverhalten zugetraut. Irritiert spießte er mit seiner Gabel schließlich ein Stück Fleisch auf. »Was haben Sie jetzt mit den neuen Hinweisen vor?«, fragte er. »Nehmen Sie Rojas ins Visier?«

»Hmh-hmh«, brummte die Inspectora. Sie kaute weiter und nippte erneut an ihrem Bier. »Es sieht danach aus. Mein Kollege –«

»Sie meinen Inspector Ruiz?«

Montero schluckte. »Exacto. Er muss sich die Sache natürlich erst noch ansehen. Wenn er zu derselben Einschätzung kommt wie ich – wovon ich ausgehe –, knöpfen wir uns diesen Sportlehrer vor.«

»Und dann?«

»Mal sehen, was er uns für eine Story auftischt. Vielleicht gesteht er ja auch und kommt freiwillig mit uns auf die Dienststelle. Vor Ort können wir seine Fingerabdrücke mit denen auf der Leiche vergleichen.«

179

»Sie haben also noch andere gefunden?«

Montero nickte. »Die Daktyloskopie hat ergeben, dass außer dem Flüchtling noch eine weitere Person Hand an das Opfer gelegt hat. Mehr wissen wir noch nicht.«

»Demnach könnte Bayu also tatsächlich unschuldig sein«, schlussfolgerte Felix. »Vielleicht hat er Sara auch nur dort liegen gesehen und wollte ihr helfen.«

»Möglich. Aber unwahrscheinlich. Warum hätte er sonst vor mir davonlaufen sollen?«

»Aus Angst?« Felix sah sein Gegenüber verständnislos an. Darauf hätte sie doch auch selbst kommen können. »Wenn ich mich als illegaler Einwanderer an einem Tatort aufhielte, würde ich auch meine Beine in die Hand nehmen.«

Die Inspectora schaute nachdenklich zum Himmel. Heute schien die Sonne wieder gleißend hell, als ob sie die Insulaner für die vergangenen Tage entschädigen wollte. Es war Mittag, die heißeste Zeit des Tages. Am liebsten wäre Felix deshalb nach ihrem Gespräch zum Strand gefahren, hätte sich mit einem Buch in den Schatten gelegt, dabei einen oder mehrere Cortados geschlürft und Erik Vestergaard beim Surfen zugesehen. Doch stattdessen wartete die Schule auf ihn. Der Deutschunterricht fand meistens am Nachmittag statt. Dann, wenn die Schüler schon viele anstrengende Stunden hinter sich und ihre Lernmotivation restlos verbraucht hatten. Bei diesem Gedanken genehmigte sich Felix einen Schluck Bier.

Montero holte ihn gedanklich zurück. »Auch damit könnten Sie natürlich recht haben«, sagte sie. »Aber danach sieht es im Moment nicht aus.«

Felix winkte ab. »Okay, okay. Ich verstehe. Wir kommen da gerade nicht weiter.«

»Sie sagen es. Lassen Sie Ruiz und mich unseren Job machen. Wir werden den Fall schon lösen.«

»Und was kann ich in der Zwischenzeit tun?«

Die Inspectora blinzelte irritiert. »Was meinen Sie damit, was Sie *tun können*?«

»Na, wie ich Sie bei Ihren Ermittlungen unterstützen kann?«

»Uns unterstützen? Hören Sie, wir brauchen keine Hilfe. Wir sind zwar nicht CSI Miami, aber immerhin ausgebildete Kriminalpolizisten.« Sie sah ihn aus großen Augen an. »Das kriegen wir auch ohne Sie hin.«

»Ohne mich hätten Sie von Rojas niemals erfahren.«

»Das stimmt, und dafür habe ich mich nun mehrfach bei Ihnen bedankt.« Sie nahm sich eine Serviette aus dem Besteckbehälter und wischte sich die Joghurtsoße aus den Mundwinkeln. »Aber damit lassen wir es bewenden. Ich hoffe, ich habe mich klar genug ausgedrückt?«

Eine Weile schaute Felix ihr stumm die Augen. Dann verschränkte er seine Arme, schnaufte und sagte: »Das haben Sie, Inspectora.«

»Gut.« Montero schnippte mit den Fingern und rief so einen der Kellner herbei. »Lassen Sie mich das übernehmen. Geht aufs Haus.«

Felix blickte sie dankbar an. Seine Einsicht hatte er nur vorgetäuscht. Denn was auch immer die Inspectora von ihm verlangte, er würde seinen eigenen Plan verfolgen. Schließlich wollte er beweisen, dass Bayu nicht mit dem Mord an Sara in Verbindung stand. Und damit ihm das gelang, musste er lediglich Beweise für Rojas' Schuld finden. Ihm kam eine Idee, wie er weiter an dem Fall dranbleiben konnte, und er grinste vor sich hin.

31

»Gonzo«, fauchte er in die Leitung, »ich hoffe, du hast gute Neuigkeiten?«

Stille.

»Ja und nein, Jefe.« Im Hintergrund erweckte seine rechte Hand gerade erneut eine Zigarre zum Leben. »Womit soll ich anfangen?«

»Mit den guten.«

»Vale.« Gonzo nahm einen Zug und blies den Rauch hörbar ins Telefon. »Mit der letzten Lieferung läuft alles bestens. Das Lager ist brechend voll. Sie werden eine dicke Stange Geld verdienen.«

Damit hatte er vermutlich recht, denn es war ein äußerst lukratives Geschäft. Und er war verflucht gut in dem, was er tat. Außerdem war er der Einzige auf der Insel, der diesen Geschäftszweig für sich entdeckt hatte. Die anderen hatten es verpennt, und so hatte er sich in kürzester Zeit ein Monopol aufgebaut. Das würde er mit allem verteidigen, was ihm zur Verfügung stand. Sein Problem war also nicht, genug Geld zu verdienen. Sorgen bereitete ihm etwas anderes. Nämlich, wie zum Teufel er seine Einnahmen verschleiern sollte. Bisher hatte der Golfclub ihm gute Dienste bei der Geldwäsche erwiesen. Doch für die neuen Einkünfte reichte er einfach nicht mehr aus. Dafür musste der Vergnügungspark her. Wenn er doch nur schon endlich fertiggestellt wäre …

»Dann schieß mal los mit den schlechten«, sagte er nun.

Gonzo hustete. »Es geht um die leitende Ermittlerin bei der Policía Nacional. Ana Montero.«

»Was ist mit ihr?«

»Sie hat sich mit jemandem zum Essen getroffen. Laut unseren Quellen haben sie sich über den Fall unterhalten.«

»Getroffen?«, hakte er nach. »Mit wem?«

»Das wissen wir noch nicht, Jefe. Aber wir sind dran.«

»Und wo?«

»Irgendwo in Playa del Inglés.«

»¡Puta mierda!« Das waren in der Tat beschissene Neuigkeiten. Wieder spürte er, wie das Blut in seinen Kopf schoss. »Sie müssen sich beruhigen«, hörte er die mahnende Stimme seines Arztes, als würde er gerade neben ihm in seinem Behandlungszimmer sitzen. Doch all die Ratschläge und Techniken hatten bisher nichts genutzt. Sein Blutdruck kletterte Monat für Monat nach oben und näherte sich bedenklichen Sphären. Sein Geduldsfaden wurde hingegen immer kürzer.

Er atmete tief ein und aus. Dann fragte er weiter: »Worüber haben sie geredet?«

Gonzo zog an seiner Zigarre. »Es sind wohl neue Hinweise aufgetaucht.«

»Was für Hinweise?«

»Angeblich hat ein Sportlehrer von der Sekundarschule sich mit der Göre vergnügt. Mehr wissen wir leider noch nicht.«

»Das heißt, die Polizei hat jetzt noch einen zweiten Verdächtigen?«

»Sieht ganz so aus.«

»Ich rufe dich gleich zurück«, sagte er. »Ich muss darüber nachdenken.«

»De acuerdo, Jefe.«

Sie beendeten das Gespräch, und vor lauter Wut hätte er das Handy am liebsten gegen die Wand geschmettert. Er hasste das Gefühl, schlecht auf etwas vorbereitet zu sein. Auch unvorhergesehene Entwicklungen machten ihn rasend. Das, worüber Gonzo ihn soeben informiert hatte, erwischte ihn eiskalt. Denn einen zweiten Verdächtigen hatte er nicht eingeplant. Klar, im Grunde genommen konnte ihm egal sein, wen die Polizei für den Mord einbuchtete. Auf langfristige Sicht war es jedoch von großer Bedeutung, dass sie diesen Flüchtling für den Schuldigen hielten. Nur dann würde die Stimmung auf der Insel überkochen. RAZÓN würde stärker und stärker werden und immer weiter an Einfluss gewinnen. Letzten Endes würde der Druck so immens werden, dass die Politik gezwungen wäre, zu handeln. Restriktive Einwanderungsgesetze würden folgen, und die wären schlichtweg Gold wert für ihn. Also musste er für einen wasserdichten Beweis sorgen. Eine andere Möglichkeit existierte nicht.

Er nahm wieder sein Smartphone in die Hand und drückte auf die Schnellwahltaste. Es tutete. Gonzo ging nach dem vierten Klingeln dran.

»Wir brauchen einen zuverlässigen Mann«, fiel er mit der Tür ins Haus. »Einen, der die Schnauze hält.«

»Was haben Sie vor, Jefe?«, fragte seine rechte Hand zurück.

Er stellte sich ans Fenster und sah nach draußen. In der Auffahrt zum Club parkte wieder das dunkelblaue Zivilfahrzeug der Polizei. Mit Daumen und Zeigefinger formte er eine Pistole. Kniff ein Auge zusammen, schaute über das imaginäre Korn und zielte auf das Auto. Dann drückte er ab. Als das gedachte Projektil kurz darauf den Kopf des Citroën-Fahrers zerschlug, grinste er zufrieden.

»Nichts Besonderes«, sagte er schließlich. »Wir erfüllen nur unsere Bürgerpflicht und greifen diesen verfluchten Maderos ein bisschen unter die Arme.«

32

Verwundert schaute er durch das Busfenster auf das Schild mit den kunterbunten Buchstaben: »Maspalomas – Sonnenland«. Was es wohl mit diesem deutschen Namen auf sich hatte? Felix zückte sein Handy und begann zu recherchieren.

So fand er heraus, dass der Stadtteil erst in den 1980er-Jahren gegründet worden war. Außerdem hatten hier zunächst ins Ausland entsendete Fach- und Führungskräfte von international tätigen Organisationen gewohnt. Doch seit ein paar Jahren ließen sich auch immer mehr Einheimische nieder.

So wie Pedro Rojas.

Felix stieg an der Haltestelle Cruce Sonnenland aus und marschierte geradeaus den Berg hoch. An einer pinkfarbenen Hotelanlage und einem Luxusresort vorbei gelangte er in die Calle Miguel de Cervantes. Wenige Hundert Meter weiter erreichte er sein Ziel: Das Reihenhaus, in dem der Sportlehrer mit seiner Frau wohnte. Die Adresse hatte Luisa ihm bei einem Kaffee im Lehrerzimmer verraten.

Felix schnalzte beeindruckt mit der Zunge. Das Heim der kleinen Familie Rojas reihte sich nahtlos in die übrigen Häuser der Straße ein. Es wirkte mondän, beinahe wie ein Herrschaftshaus aus Kolonialzeiten. Als Einfahrt diente ein imposantes Tor. Über den Fenstern schwangen sich geschmackvolle Bögen. Marmorsäulen verliefen um das Gebäude herum, und ein riesiger Balkon mit Holzgeländer zeigte nach Süden. Wahrscheinlich genoss man von dort oben einen sagenhaften Blick auf die Küste.

Felix stand vor der Steinmauer, die das Grundstück von der Straße trennte, und drückte auf die Klingel. Über ihr entdeckte er eine kleine Kamera. Sie bewegte sich. Er wusste, dass er nun mitten im Bild war und setzte ein freundliches Lächeln auf.

»¿Quién es?«, drang die Stimme von Pedro Rojas durch die Sprechanlage. Freundlich klang sie hingegen nicht. Offenbar erinnerte sich der Sportlehrer nicht mehr an ihn. Er musste ihn für einen Fremden halten.

»Soy yo«, antwortete Felix, »der neue Kollege.«

Sekundenlang war nur Rauschen zu hören. Entweder wusste Rojas mit dieser Information immer noch nichts anzufangen, oder er überlegte gerade, wie er seinen unerwünschten Gast wieder loswerden konnte.

»Hör zu, *Felix*«, sagte er schließlich und betonte den Namen auf eine seltsame Art und Weise. Er hatte sich also fürs Abwimmeln entschieden. »Es ist gerade ziemlich un–«

»Ich bin wegen eines Schülers hier«, fiel Felix ihm ins Wort. Gedankenschnell sprach er einfach weiter. »Es geht um Ferran. Ferran Torres. Er bereitet mir große Probleme.«

Das war zwar nicht gelogen, entsprach aber auch nicht ganz der Wahrheit. Tatsächlich war er erst ein Mal in Felix' Unterricht gewesen. Bis auf ein paar schnippische Antworten, die Ferran ihm gegeben hatte, war er ihm nicht negativ aufgefallen. Wenn ihm nicht die vielen Warnungen in den Ohren geklungen hätten, hätte er ihn sogar als angepassten und zurückhaltenden Jugendlichen beschrieben. Trotzdem hatten seine Kolleginnen in der Bar bestimmt nicht ohne Grund so über ihn gesprochen. Felix besann sich wieder und fantasierte weiter. »Die anderen haben gesagt, du würdest ganz gut mit ihm klarkommen.« Fishing for Compliments. Das öffnete einem so manche Tür. Wer wies schon gern ein Lob für die eigene Person von sich?

Wieder schien Rojas nachzudenken. »Haben sie das?« Er klang verwundert. »Das kann sein, ja.«

Damit hatte Felix ihn also an der Angel. »Könntest du mir vielleicht ein paar Tipps geben?«, fragte er. »Ich bin wirklich verzweifelt.«

Erneut sekundenlanges Schweigen. Felix nutzte die Unterbrechung und glitt mit seiner Hand in die Hosentasche. Vorsichtig tasteten seine Finger nach dem Fläschchen. Zum Glück war es immer noch da. Seinem Plan stand somit nichts im Weg. Jetzt musste Rojas ihn nur noch ins Haus lassen.

»Also gut«, willigte der Sportlehrer endlich ein. »Aber ich habe nicht viel Zeit.«

»Kein Problem«, sagte Felix, »in einer halben Stunde bin ich wieder weg.«

Der Summer ertönte. Felix betrat das Grundstück und durchquerte den gepflegten Vorgarten. Stellte sich auf die unterste Treppenstufe und wartete, bis Rojas ihm die Tür öffnete. Aus dem Inneren hörte er Schritte. Kurz darauf stand der Sportlehrer vor ihm. Barfuß, nur mit einer kurzen Hose und einem ärmellosen Shirt bekleidet. »Entschuldige bitte, dass ich dich nicht sofort erkannt habe. Es ist nur … du weißt schon …« Er kratzte sich verlegen am Kopf.

Felix winkte ab. »Lass gut sein. Wir alle trinken mal einen über den Durst.«

»Danke«, sagte Rojas. Er wirkte beschämt. »Komm doch rein.«

Drinnen setzte sich der pompöse Eindruck fort. Felix stand in der Eingangshalle voller Marmor. In den Ecken warteten antike Stühle, die aussahen, als hätte noch nie jemand auf ihnen gesessen. Meterhohe Palmen zierten die seitlichen Treppenaufgänge. Von der Decke baumelte ein gigantischer Kronleuchter, und an den Wänden hingen imposante Gemälde.

»Die sind von meiner Frau«, griff Rojas der Frage nach dem Künstler vorweg. »Und bevor du weiterfragst: Nein, das alles können wir nicht allein von meinem Beamtengehalt bezahlen.«

Felix schmunzelte. Rojas' prunkvolles Zuhause hatte demnach nicht nur ihn, sondern bereits den ein oder anderen Gast irritiert.

»Lust auf ein Tonic?«, fragte er. Er legte eine kurze Pause ein und kratzte sich erneut am Kopf. »Ohne Gin, versteht sich.«

Felix nickte. »Sehr gern.«

Rojas führte ihn durch das gigantische Wohnzimmer, die nicht minder weiträumige Wohnküche und schließlich hinaus auf die Terrasse. Vor ihnen erstreckte sich ein hauseigener botanischer Garten.

»Das sind alles typisch kanarische Pflanzen«, erklärte Rojas. Er lenkte Felix' Blick auf einen etwa drei Meter hohen Strauch mit holzigen verzweigten Ästen mit brauner Rinde und auffälligen gelben Blüten. »Das ist eine Granadilla. Auch Hypericum canariense genannt.«

Felix verzog staunend die Lippen.

»Die da hinten, die mit den kleinen Blättern, die eine weiß-violette Kugel formen, heißt Flor de mayo leñosa. Oder in der Fachsprache: Pericallis hadrosoma.«

»Sie ist sehr schön.«

»Allerdings. Meine Frau hat sie von einem Berg in der Nähe von Tenteniguada geholt. Knapp zwölfhundert Meter ist sie dafür hochgekraxelt.« Der Sportlehrer stemmte seine Hände in die Hüften. Er gähnte und streckte sich ausgiebig. Der gestrige Abend schien ihm wirklich zugesetzt zu haben. Als Felix nun an seinen Plan dachte, bekam er beinahe ein bisschen Mitleid. Um seine nächste Frage einzuleiten, zeigte er auf den botanischen Garten. »Macht deine Frau das als Hobby? Sich um Pflanzen kümmern, meine ich?«

Mit dem Kinn deutete Rojas in Richtung eines langen Terrassentisches, an dem das halbe Kollegium der Amurga Platz gehabt hätte. Daneben stand ein Rollwagen in Form eines hölzernen Erdballs.

Sie setzten sich. Rojas zog den Wagen zu sich heran und klappte den Globus entlang des Äquators auf. Darin bewahrte er allerlei Getränke auf. Vor allem alkoholische, wie Felix auf den ersten Blick feststellte, aber auch ein paar Flaschen Tonic Water. Rojas angelte eine noch ungeöffnete heraus, schraubte den Drehverschluss ab und schenkte ihnen schließlich ein.

189

»Meine Frau handelt mit Pflanzen«, erklärte er. Er streckte Felix sein Glas entgegen, und sie stießen an. »Sie macht das sogar schon ziemlich lange. Länger, als ich in der Schule arbeite.«

Felix nippte an seinem Tonic und genoss den erfrischenden Geschmack. »Und da kommt so viel bei rum, dass ihr euch diese Villa hier leisten könnt?«

Rojas musste lachen und verschluckte sich. Mit dem Handrücken wischte er sich den Mund ab. »Nein, noch nicht ganz«, antwortete er und zwinkerte. »Das Haus ist ein Erbstück meines Schwiegervaters. Er ist sehr früh gestorben, leider kurz vor unserer Hochzeit.«

»Ihr wohnt also schon eine Weile hier?«

Der Sportlehrer nickte. »Und wir haben auch nicht vor, von hier wegzuziehen.«

Das konnte Felix nur allzu gut verstehen. Weshalb er sich jetzt umso mehr die Frage stellte, warum Rojas sich auf eine Affäre mit einer Schülerin eingelassen hatte. Wieso hatte er all das riskiert? Nur für den Sex mit einer Minderjährigen? Da musste doch mehr dahinterstecken.

Rojas hüstelte in seine Hand. »Entschuldigst du mich bitte kurz? Ich muss mal eben austreten. Du weißt schon … für kleine Sportlehrer und so.« Mit einem erneuten Zwinkern verließ er die Terrasse und verschwand im Inneren des Hauses.

Das war Felix' Chance! Wahrscheinlich würde eine solche niemals wiederkommen. Also hieß es: jetzt oder nie. Er wartete, bis die Schritte seines Gastgebers verhallt waren. Dann griff er in seine Hosentasche, zückte das Fläschchen … und träufelte vorsichtig einige Tropfen in das Glas. Wenn sie hielten, was die Verpackung versprach, würde Rojas in ein paar Minuten gleich noch mal zur Toilette eilen. Mit dem wichtigen Unterschied, dass er auch so schnell nicht wieder von ihr herunterkommen würde.

Felix griff nach einem Strohhalm und rührte damit in dem gepanschten Tonic herum. So lange, bis er Rojas wieder durchs Haus kommen hörte. Er zog den Strohhalm heraus, legte ihn neben sein Glas und ließ das leere Fläschchen in seiner Hosentasche verschwinden.

Der Hausherr kam zurück auf die Terrasse, setzte sich an den Tisch und trank umgehend einen großen Schluck. Damit das Abführmittel in Ruhe seine Wirkung entfalten konnte, verwickelte Felix seinen Kollegen daraufhin in ein Gespräch. Er erzählte ihm von Ferran, dem Schüler, der vielen Lehrern an der Amurga das Leben schwer machte.

Außer Rojas. Was denn sein Geheimnis sei, fragte Felix, und als hätte er dem Sportlehrer damit eigenhändig den Bauch gepinselt, setzte der zu einem Monolog über Pädagogik und Erziehungsmethoden an. Dass man Schüler vor allem auf der menschlichen Ebene erreichen müsse, damit sie einen respektierten. Dass es viel mehr darauf ankomme, gewisse Werte zu vertreten. Dann würden sie mehr oder weniger alles für einen tun. Sogar lernen.

Während er philosophierte, befühlte Rojas in immer kürzeren Abständen seinen Bauch. Sein Gesichtsausdruck verriet, dass er mit zunehmenden Schmerzen zu kämpfen hatte, begleitet von stetig lauter werdenden Verdauungsgeräuschen.

»Ich weiß nicht, was heute los ist«, sagte er und stand auf. »Aber ich muss dich leider schon wieder alleine lassen.«

»Vielleicht ist es wegen gestern Abend?«, mutmaßte Felix.

Rojas zuckte mit den Schultern. »Kann sein. Ich hab ja ab und zu mal einen Kater, aber so …« Er verließ die Terrasse und trat durch die Tür ins Innere.

Felix trank einen Schluck von seinem Tonic und blickte sich scheinbar interessiert in dem botanischen Garten um. Dabei achtete er aufmerksam auf die Geräusche, die aus dem Haus drangen. Als er hörte, wie sich eine Tür schloss, stellte er sein Glas ab und ging nach drinnen.

Ob es hier ein Büro gab? Bei einem Lehrer wie Rojas war das nicht unwahrscheinlich, schließlich musste er viel von zu Hause aus arbeiten. Wenn überhaupt irgendwo Beweise für die Affäre mit Sara existieren, dann, glaubte er, müssten diese auf dem Computer seines Kollegen zu finden sein. Und die hatten ihren Platz nun mal für gewöhnlich in Arbeitsräumen.

Deshalb schlich Felix auf Zehenspitzen ins obere Stockwerk. Dort angekommen, entdeckte er zu seiner Linken die verschlossene Badezimmertür. Dahinter verdächtige Geräusche, die bewiesen, dass sein Plan aufgegangen war. Natürlich wusste Felix nicht, wie viel Zeit ihm noch bleiben würde. Doch zu seiner Erleichterung hörte es sich an, als würde Rojas so schnell nicht von der Toilette herunterkommen.

Zum Glück standen die Türen der übrigen Zimmer ein Stück offen. Felix brauchte nur flüchtig in sie hineinzuschauen. Als er in dem Raum am gegenüberliegenden Ende des Flurs durch den Spalt eine Bücherwand und einen Schreibtisch erahnte, war er sich sicher: Er hatte das Büro gefunden. So vorsichtig wie möglich schob er die Tür ein bisschen weiter auf und huschte hinein.

Die Frage, ob Rojas einen Computer besaß und wo er diesen aufbewahrte, stellte sich Felix danach nicht mehr. Direkt vor seiner Nase lag ein Laptop griffbereit auf dem Schreibtisch. Felix klappte ihn auf und erweckte das Gerät aus dem Dämmerzustand.

Mist, das hatte er befürchtet. Der Zugang war passwortgeschützt. Seine Hoffnung, dass Rojas seinen Computer möglicherweise nicht gesichert hatte, war auch zu naiv gewesen.

Eilig sah Felix sich in dem Zimmer um. Gehörte der Sportlehrer zu den Leuten, die nur ein Passwort für alles benutzten, oder war er einer, der irgendwo eine Liste mit mehreren Passwörtern liegen hatte? Das Bücherregal, schoss es Felix durch den Kopf. Der Klassiker. Aber welches Exemplar von ihnen hatte Rojas sich ausgesucht?

Felix griff sich willkürlich ein paar heraus. Hielt sie an der Bindung fest, drehte sie mit den Seiten nach unten und blätterte sie durch. Nichts. Enttäuscht stellte er die Bücher wieder zurück ins Regal. Dann fiel sein Blick auf einen Wust an Papieren, die sich neben dem Laptop auf dem Schreibtisch stapelten. Hektisch ging Felix zu ihm hinüber und überflog die Blätter. Schaute auch an den Rändern, ob sich dort irgendwo ein Hinweis befand.

Ohne Erfolg. Nichts außer Rechnungen und belanglose Schreiben vom Kultusministerium.

Felix blickte sich weiter auf dem Schreibtisch um.

Das Foto, dachte er. Das musste es sein.

Er schnappte sich das aufgestellte Bild, auf dem Rojas mit seiner Frau zu sehen war, und befreite es aus dem Rahmen. Bestimmt hatte der Sportlehrer sein Passwort auf der Rückseite notiert.

Schon wieder Fehlalarm. Nur das Datum, an dem das Foto entwickelt worden war, stand darauf. Genervt stellte Felix das Bild an seine ursprüngliche Stelle zurück.

War also alles umsonst gewesen? Hatte Rojas tatsächlich nirgendwo einen Hinweis hinterlassen? Fürs Erste blieb ihm nichts anderes übrig, als woanders weiterzusuchen. Er ging zur Tür, schob sich rückwärts durch den Spalt zurück in den Flur … und blickte dabei durch das Bürofenster auf den botanischen Garten. Natürlich! Wieso war ihm das nicht sofort eingefallen? Rojas hatte so stolz von den seltenen Pflanzen erzählt. Nur logisch also, dass er einen ihrer Namen für sein Passwort ausgewählt hatte. Felix setzte sich wieder an den Schreibtisch und klappte erneut den Laptop auf.

Verflucht, wie hieß diese Pflanze noch mal? Wenn er vorhin doch nur aufmerksamer zugehört hätte. Aber er hatte ja schließlich nicht ahnen können, dass Rojas ihm damit sensible Informationen verraten hatte.

Weil ihm die Bezeichnung partout nicht einfiel, zückte Felix sein Smartphone und gab »seltene kanarische Pflanzen« in das Suchfenster ein. Scrollte anschließend durch die Bilder, und als er auf eines stieß, das sich mit dem Anblick aus dem Fenster deckte, klickte er darauf: *Pericallis hadrosoma.*

Et voilà!

Als sich nun Rojas' Desktop vor seinen Augen aufbaute, hätte Felix am liebsten vor Freude in die Hände geklatscht. Das wäre jedoch viel zu laut gewesen, und so entschied er sich für ein stilles Grinsen.

Um nicht selbst die Festplatte nach möglichen Dokumenten durchforsten zu müssen, ließ Felix dies den Computer übernehmen. Er tippte nur Saras Vornamen ein und drückte auf Enter. Das Gerät suchte und suchte.

Plötzlich drang das Geräusch einer Klospülung vom anderen Ende des Flurs.

Panisch flog Felix' Kopf zur Tür herum. Verflucht! Rojas würde also jeden Augenblick aus dem Bad kommen. Warum dauerte das nur so lange? Voller Erwartung starrte er auf den Bildschirm. Der Computer hatte immer noch nichts ausgespuckt. Dann blinkte plötzlich ein Suchergebnis auf. Es handelte sich um ein PDF mit einem unverdächtigen Namen: *Bezügenachweis_Sonderzahlung_ Rojas*. Felix klickte zweimal auf das Symbol und öffnete so das Dokument. Als er die Überschrift las, schoss sein Puls schlagartig in die Höhe. Sie hatten danebengelegen. Er, seine Kollegen in der Schule, einfach alle. Rojas hatte keine Affäre mit Sara gehabt.

Doch das, was dieses PDF bewies, war mindestens genauso brisant. Jetzt erklärten sich auch Saras Drohungen. Mit diesem Dokument hatte sie Rojas in der Hand gehabt. Etwas, das ihn nur noch mehr ins Zentrum des Verdachts rückte. In Verbindung mit den Chat-Protokollen sah es für Felix nach einer ziemlich eindeutigen Sache aus.

Sofort zückte er wieder sein Smartphone und machte ein Foto.

Wenn er doch nur die Nummer von der Inspectora gespeichert hätte, dachte er. Montero und Ruiz mussten so schnell wie möglich davon erfahren.

33

»Hier lebt's sich ja ganz nobel«, kommentierte Ruiz. »Interessant, dass ein einfacher Lehrer sich das leisten kann.«

Ana und er standen an der Adresse, die sie beim Einwohnermeldeamt erfragt hatten. Sie musste ihm recht geben: Von außen erweckte das Haus einen gehobenen Eindruck.

Nachdem sie Ruiz die Chat-Protokolle gezeigt hatte, konnte es ihm gar nicht schnell genug gehen. Er wollte diesen Rojas sofort zur Rede stellen. Sie schnappten sich die Schlüssel eines freien Dienstwagens und fuhren nach Sonnenland. In das »Beverly Hills von Maspalomas«, wie Ruiz immer scherzhaft sagte.

»Vielleicht ist er gar nicht da?«, mutmaßte Ana. Sie schaute auf ihre Uhr. Inzwischen hatten sie bereits dreimal geklingelt. Auf eine Reaktion warteten sie jedoch vergeblich.

Ruiz schüttelte den Kopf. »Der ist garantiert zu Hause«, sagte er. Er stellte sich auf die Zehenspitzen, um über das Holztor zu schauen, und gleichzeitig drückte er mehrmals auf der Klingel herum. »Er darf uns auf keinen Fall durch die Lappen gehen.«

Dann sprang plötzlich das Holztor auf, und vor ihnen stand ein wutgeladener Rojas. Ana erkannte ihn, weil sie sich auf der Webseite der Schule ein Foto von ihm angeschaut hatte. Nach dem zugewandten Pädagogen, als der er sich dort präsentierte, sah er jetzt allerdings nicht aus. Sein finsterer Blick fühlte sich an wie ein Faustschlag.

Rojas baute sich direkt vor Ruiz auf. »Wer sind Sie?«, bellte er ihm ins Gesicht. »Und was fällt Ihnen ein, hier so eine Show abzuziehen?«

Oh, oh, dachte Ana, das könnte Ärger geben. In Situationen wie diesen verwandelte ihr Kollege sich gern in einen brodelnden Vulkan, und schon jetzt erkannte sie, dass er kurz vor dem Ausbruch war. Doch überraschenderweise blieb Ruiz diesmal cool. Lässig zückte er seinen Dienstausweis und sagte: »Inspector Ruiz, und das an meiner Seite ist Inspectora Montero.«

»Buenos días«, sagte Ana.

Rojas schluckte. »Buenos días«, antwortete er im Flüsterton. Das hatte ihm den Stecker gezogen.

Ruiz ließ den Ausweis wieder in seiner Jacke verschwinden. »Wir würden uns gerne mit Ihnen unterhalten.«

»Worüber?«

»Über eine Schülerin von Ihnen«, sagte Ana.

Rojas verschränkte die Arme. Bisher hatte er sie keines Blickes gewürdigt. Ruiz ließ er dafür keine Sekunde aus den Augen. Die beiden Männer standen sich gegenüber wie Boxer vor dem ersten Gongschlag. Wer von ihnen verlor wohl zuerst die Nerven?

»Dann müssen Sie sich an die Schule wenden«, sagte Rojas. »Vorher bin ich nicht befugt, über Schüler zu sprechen.« Ein arrogantes Lächeln ergriff sein Gesicht. »Sie wissen ja: Datenschutz.«

Dieser Scheißkerl, dachte Ana. Er versuchte es doch tatsächlich auf diese Tour. Aber gut, das konnte er haben. Sie war sich sicher, dass ihr Kollege die richtigen Worte finden würde. In Gedanken zählte sie von drei herunter: drei, zwei –

»Die Staatsanwaltschaft wird das sicher nicht gern

sehen«, sagte Ruiz nun. Er zuckte mit den Schultern. »Aber ganz wie Sie wollen.«

»Staatsanwaltschaft?«, hakte Rojas nach.

Nun kam Anas Part. Sie holte die ausgedruckten Chat-Protokolle hervor und streckte sie ihm entgegen. »Haben Sie wirklich geglaubt, dass Sie mit dieser Sache durchkommen?«

Ruiz stemmte seine Hände in die Hüften. »Erst vögeln Sie eine Schutzbefohlene, und als alles droht aufzufliegen, stechen Sie sie auch noch eiskalt ab.« Er zeigte nach Osten. In die Richtung, in der sich etwa zwanzig Kilometer entfernt das Gefängnis befand. »Wissen Sie, was die Insassen von Juan Grande mit Ihnen machen?« Mit einem Arm formte er einen Halbkreis und stieß mit der Faust der anderen Hand durch ihn hindurch. »Leute wie Sie knacken die dort zum Frühstück.«

Rojas starrte ihm stumm ins Gesicht. Er hatte sichtlich einen Wirkungstreffer eingesteckt. Aber ob der ausreichen würde, um ihn zum Reden zu bringen?

»Also gut«, sagte er schließlich. »Dann unterhalten wir uns.«

34

Der Unterricht wollte einfach nicht vorübergehen. Während die Schüler still ihre Aufgaben bearbeiteten, schaute Felix mehrmals verstohlen auf seine Smartwatch. Die Zeiger krochen im Schneckentempo über das digitale Zifferblatt. Er sehnte sich nach dem Gong, der sie alle, ihn eingeschlossen, in den Nachmittag entlassen würde. Dann ertönte er endlich, und die Schüler packten eilig ihre Sachen zusammen und stürmten aus dem Klassenraum.

Felix verließ das Schulgelände durch das Haupttor. An der Straße wartete er auf ein Taxi. Hier, an der Avenida Alejandro del Castillo, kamen in regelmäßigen Abständen welche vorbei. Es dauerte nicht lange, bis eines der rot-weißen Fahrzeuge vor ihm stoppte. Das Seitenfenster fuhr herunter.

»Zur Comisaría«, sagte Felix, und als der Fahrer nickte, öffnete er die hintere Tür und stieg ein.

»Vaterschaft praktisch erwiesen.« Das hatte am Ende des Dokuments gestanden. Darüber der Name der Mutter, Irene Martí, und der der Tochter, Sara Martí. Die DNA der genetischen Probe konnte zu annähernd einhundert Prozent zugewiesen werden. Offensichtlich hatte sie jemand anonym eingereicht, denn nirgendwo tauchte der Name von Pedro Rojas auf. Am naheliegendsten erschien Felix, dass Sara den Test selbst in Auftrag gegeben hatte.

Schon den ganzen Vormittag schwirrte dieser Satz in seinem Kopf herum. Denn nun leuchtete ihm ein, worüber Sara und Rojas womöglich in seinem Auto gestritten

199

hatten. Als sie miteinander gesehen worden waren, musste Sara das Ergebnis bereits gewusst haben. Und aus Gründen, die Felix bisher nur erahnen konnte, schien dies dem Sportlehrer mächtig die Stimmung vermiest zu haben. Hatte für ihn etwa eine Menge auf dem Spiel gestanden? Als Motiv schien das jedenfalls auszureichen. Zumindest rückte ihn dieses Dokument ins Zentrum der Aufmerksamkeit.

Dann verließen sie San Fernando. Auf der Avenida de la Unión Europea fädelten sie sich in den Kreisverkehr ein und verließen ihn an der Ausfahrt Richtung Osten. Während die Bettenburgen von Playa del Inglés vorbeirauschten, sah Felix sie plötzlich: eine mit Schildern und Spruchbändern bewaffnete Menschenmenge. Es mussten mehrere Hundert Personen sein. Lautstark skandierten sie sich wiederholende Parolen. Felix erschrak, als einige von ihnen wütend gegen die Scheiben des Taxis schlugen.

»¡Puta madre!«, fluchte der Fahrer. »¡Hijos de puta!« Er streckte ihnen den Mittelfinger entgegen, hupte und gab Gas.

Einer solchen Menschenmasse begegnete Felix hier zum ersten Mal. Was es wohl damit auf sich hatte? Das war unverkennbar ein Demonstrationszug gewesen. Aber wofür oder wogegen gingen diese Leute auf die Straße?

Felix schwante Übles. Er beugte sich zwischen die Vordersitze und fragte: »Was waren das für Leute?«

»Razonistas«, antwortete der Fahrer knapp.

»Anhänger von RAZÓN, meinen Sie?«

Er nickte. »Die kommen jeden ersten Freitag im Monat hierher.«

Felix schnalzte mit der Zunge. Das kam ihm doch irgendwoher bekannt vor. Nur dass in Deutschland die Leute lieber montags demonstrierten.

»Ich konnte auf die Schnelle die Schilder nicht lesen«, erklärte er. »Was fordern die denn?«

Der Fahrer winkte ab. »Das Übliche. Die wollen nicht, dass noch mehr Flüchtlinge auf unsere Insel kommen. Und da RAZÓN die einzige Partei ist, die sich gegen Zuwanderung einsetzt …« Er hob seine Hände zu einer Geste, die so viel sagte wie: »Was sollen sie machen?« Ablehnung sah jedenfalls anders aus.

Kurz darauf setzte der Fahrer ihn vor der Comisaría ab. Felix bedankte sich und bezahlte. Er betrat das nahezu fensterlose, kastenförmige Gebäude durch den Haupteingang und meldete sich wieder bei Rodrigo an. Der Mann, der schätzungsweise nur wenige Monate vor seiner Pensionierung stand, führte ihn erneut durch die verwinkelten Flure der Comisaría. Bis zu Monteros Büro.

Die Inspectora saß an ihrem Schreibtisch, über eine Pappschachtel eines chinesischen Imbisses gebeugt, und stocherte mit Holzstäbchen darin herum. Ein Kebab-Teller schien ihr mehr zu liegen, dachte Felix bei diesem Anblick. Er schmunzelte.

Montero war jedoch nicht allein. Ihr gegenüber hatte ein Mann Platz genommen, den Felix für ihren Kollegen Ruiz hielt. Er hatte ein Diktiergerät in der Hand, und als Felix nun hereinkam, drückte er die Stopptaste und legte es auf den Tisch.

Die Inspectora wischte sich mit einer Serviette über ihren vor Fett glänzenden Mund. »Señor Faber«, begrüßte sie ihn, »was für eine Überraschung.« Sie winkte ihn zu sich an den Tisch. »Was verschafft uns die Ehre?« Ihre Stimme triefte vor Ironie.

Felix schloss hinter sich die Tür. Ohne große Umschweife zückte er sein Handy. Er öffnete das Foto, das er von dem Ergebnis des Vaterschaftstests geschossen hatte, und streckte Montero das Display entgegen.

Mit einem feuchten Tuch säuberte die Inspectora ihre Hände und nahm das Smartphone entgegen. »Was ist das?«, fragte sie. Ihr Blick verriet große Skepsis.

»Der Beweis, dass Rojas von Sara erpresst worden ist«, antwortete Felix. Er zeigte auf die entsprechende Stelle. »Da, lesen Sie: Vaterschaft praktisch erwiesen.« Er faltete seine Hände hinter dem Rücken und grinste stolz. »Na, wollen Sie mich immer noch nicht dabeihaben?«

»Woher haben Sie das?«, klinkte sich jetzt auch Ruiz ein. Seine Worte klangen hart wie Schotter. »Erklären Sie sich, und zwar unverzüglich!«

Auf einen Schlag fühlte Felix sich verunsichert. Eigentlich hatte er sich diesen Besuch ganz anders vorgestellt.

»Ich ... Nun ja, er ...«, stotterte er. »Also, Rojas, meine ich, das war auf seinem –«

Montero wischte seine Äußerungen beiseite. »Reden Sie doch nicht drum herum. Wir wissen, dass Sie bei ihm gewesen sind.«

Felix schaute ihr eine Zeit lang schweigend in die Augen. »Sie haben ihn verhört?«, fragte er schließlich.

Ruiz kratzte sich an seinem Dreitagebart. »Ganz recht. Rojas hat uns auch von Ihrem Besuch erzählt. Leider konnte er ihn ja nicht sonderlich genießen, weil er ... schwerwiegende Magenprobleme bekommen hat.«

Felix hüstelte sich in die Faust. »Das tut mir leid für ihn.«

»Ich hoffe sehr für Sie, dass Sie nichts damit zu tun haben«, bemerkte Montero.

»Natürlich nicht!« Felix fasste sich an die Nase. »Aber was sagen Sie denn eigentlich zu dem Vaterschaftstest?«

Ruiz griff nach der kleinen Tasse, die vor ihm auf einer Untertasse stand, und schlürfte einen Schluck von seinem Cortado. »Der ist ... interessant«, sagte er.

Felix zwinkerte irritiert. »Interessant? Wenn ich das richtig verstehe, hat Sara ihn damit erpresst. Hört sich das für Sie nicht auch nach einem ziemlich triftigen Mordmotiv an?«

»Zweifellos«, kommentierte Montero. »Es ist nur so: Das wissen wir schon seit gestern.« Sie sperrte das Display und reichte Felix sein Handy zurück. »Ist also nichts Neues für uns, Señor Faber.« Sie lächelte gönnerhaft. »Rojas hat uns alles gestanden. Dass er damals eine Affäre mit Saras Mutter hatte, dass sie irgendwann schwanger geworden ist. Und dass sie immer behauptet hat, er sei der Vater.«

Sprachlos pendelte Felix' Blick zwischen den beiden Polizisten hin und her.

»Natürlich durfte seine Frau nie davon erfahren«, erklärte Montero weiter. »Leider konnte sie selbst keine Kinder bekommen. Rojas hat befürchtet, dass sie ihn vor die Tür setzen würde, wenn sie von Sara erfuhr. Tja, und dann wäre alles futsch gewesen. Haus, Vermögen ...« Sie zuckte mit den Schultern.

Eine Weile schaute Felix sie mit offen stehendem Mund an. Als er sich wieder etwas gefangen hatte, setzte er zu seiner nächsten Frage an: »Also nehmen Sie Rojas jetzt fest?«

Ruiz blickte über seine Schulter.

»Sitzt schon nebenan im Verhörraum, bis wir sein Alibi gecheckt haben. Angeblich war er nämlich zur Tatzeit –« Das Klingeln von Monteros Diensttelefon unterbrach sie abrupt.

Die Inspectora griff zum Hörer. Schon nach wenigen Sekunden machte sie ein fassungsloses Gesicht. »Alles klar, wir kommen sofort!«, sagte sie, beendete das Gespräch und sprang von ihrem Stuhl auf.

Ruiz sah sie verdutzt an. »Was ist los?«

Ohne ihm zu antworten, richtete die Inspectora sich an Felix. »Sie müssen uns jetzt entschuldigen.« Mit einer Geste bedeutete sie ihm, das Büro zu verlassen. »Mein Kollege und ich haben eine Zeugenaussage aufzunehmen.«

35

Sie wurde dieses Gefühl einfach nicht los. Sie kannte diesen Kerl. Aber woher nur?

Wie aus dem Nichts war der Mann bei Rodrigo am Empfang aufgetaucht. Hatte sich als Hector Benitez ausgewiesen und darum gebeten, mit den leitenden Ermittlern im Fall Sara Martí zu sprechen. Er habe sich endlich dazu durchgerungen, sein Schweigen zu brechen. Nun saß er ihnen gegenüber. Ana und Ruiz beäugten ihn beide kritisch. Ob ihrem Kollegen gerade dieselben Gedanken durch den Kopf gingen?

Schon beim Händeschütteln war Ana dieser Typ seltsam vorgekommen. Er war piekfein gekleidet, mit Krawatte und Einstecktuch. Doch all das konnte nicht überdecken, dass sein kriminelles Wesen durch jede Faser seines dunklen Anzugs hindurchschimmerte. Er hatte tief liegende Augen, tätowierte Hände und trug auffällig viele Ringe. Außerdem musste er bereits in einige Schlägereien verwickelt gewesen sein, denn sein Gesicht war rau und vernarbt. Für Ana stand fest: Diesem Typ würde sie nicht mal eine Wasserpistole anvertrauen.

»Fangen Sie bitte noch mal ganz von vorn an«, sagte Ruiz. Im Hintergrund tippte Alma das Protokoll. »Sie behaupten, in der besagten Nacht am Roque Nublo gewesen zu sein?«

Benitez nickte stumm.

»Warum, wenn ich fragen darf?«

»Ich bin mit 'ner Frau hingefahren.«

»Mit *Ihrer* Frau?«

Er schüttelte den Kopf und präsentierte den einzigen freien Finger an seiner rechten Hand: den Ringfinger.

»Verstehe. Also mit Ihrer … Partnerin?«

»Ich weiß nicht mal, wie die Kleine hieß.« Benitez zuckte mit den Schultern. »Hab sie erst an dem Abend kennengelernt.«

Wer's glaubt, wird selig, dachte Ana. Als ob irgendeine Frau sich freiwillig auf diese Verbrechervisage einlassen würde.

»Und wo genau haben Sie sie kennengelernt?«, fragte sie.

Benitez' Blick wanderte zu ihr herüber. Seine Augen fixierten sie wie die eines Raubtiers, das nur darauf wartete, sich auf seine Beute zu stürzen. »Wo man Frauen wie die eben trifft«, antwortete er. »In 'ner Bar.«

»In welcher Bar?«

Erneutes Schulterzucken. Benitez verschränkte die

Arme. »Was weiß ich. Ich bin zum ersten Mal dort gewesen.«

»Und irgendwann sind Sie zum Roque Nublo gefahren?«

»Hmh-hmh.«

»Warum dorthin?«

Wieder ein schäbiges Grinsen. »Weil ich ein Romantiker bin.«

Ana kam beinahe ihr chinesisches Essen hoch.

Ruiz fragte weiter: »Sie sind also mit ihr intim geworden? Hatten Sie Geschlechtsverkehr?«

Benitez nickte ein weiteres Mal. Sein Lächeln war Antwort genug. Ana schob ihren Ekel beiseite.

»Und wann sind Sie – wie Sie behaupten – diesem anderen Paar begegnet?«

»Auf dem Rückweg zum Auto.«

»Es war doch mitten in der Nacht. Wie konnten Sie in der Dunkelheit überhaupt jemanden erkennen?«

Benitez löste seine Arme wieder. Mit einer Hand imitierte er das Drücken eines Schalters.

»Taschenlampe?«

»Bitte beschreiben Sie uns die beiden, die Sie gesehen haben.«

»Er war ein Schwarzer. Hagerer Typ. Hätte, statt zu vögeln, lieber mal was Gescheites essen sollen.« Benitez keuchte ein Lachen.

»Hat er so ausgesehen wie dieser Mann?« Ana schob ihm ein Foto über den Tisch. »Sehen Sie ihn sich bitte genau an.«

Benitez beugte sich vor. »Der war es«, sagte er schließlich und lehnte sich wieder zurück.

»Wie sicher sind Sie?«

»Einhundert Prozent.«

Ana und ihr Kollege tauschten vielsagende Blicke aus.

»Was ist mit dem Mädchen?«, fragte Ruiz weiter. »Können Sie sie näher beschreiben?«

»Die sah ganz annehmbar aus. Lange schwarze Haare, sportliche Figur, hübsches Gesicht.«

»Das alles konnten Sie mit Ihrer Taschenlampe erkennen?«

Benitez zog lässig einen Mundwinkel hoch. »Man hat den Blick, oder man hat ihn nicht.«

Ana wäre diesem Scheißkerl am liebsten an den Hals gesprungen.

»Jedenfalls habe ich sie wiedererkannt, als ihr Foto in der Zeitung war.«

»Wie haben die beiden auf Sie gewirkt?«, wollte Ruiz wissen.

Benitez zog die Augenbrauen zusammen. »Was meinen Sie?«

»Zum Beispiel, ob sie vertraut miteinander umgegangen sind? Oder eher distanziert?«

»Ja, ja, vertraut. Sehr vertraut.«

»Haben Sie gesehen, in welche Richtung die beiden gegangen sind?«

»Zu irgendeinem Felsen, glaube ich. In der Nähe vom Parkplatz.«

Genau dort, wo Sara Martís Leiche gefunden worden war. Ana schluckte. Sosehr sie Benitez auch verabscheute, seine Aussage war eindeutig. Für den Mann, den sie am Roque Nublo verhaftet hatten, hieß das nichts Gutes. Zusammen mit seinen zahllosen Fingerabdrücken, die er auf der Toten hinterlassen hatte, erhärtete dies ihren ursprünglichen Verdacht: Nämlich, dass er die Siebzehnjährige hinterrücks abgestochen hatte.

207

Doch warum war er dann noch so lange am Tatort geblieben? Wieso hatte er nicht beide Beine in die Hand genommen und war geflüchtet? Und wo zum Teufel war die Tatwaffe abgeblieben? Die Suchtrupps der Polizei hatten bereits jeden Stein in der Umgebung umgedreht. Gefunden hatten sie nichts. Als hätte der Verhaftete sie auf magische Weise verschwinden lassen.

Benitez unterzeichnete das Protokoll, und kurz darauf war er genauso schnell verschwunden, wie er aufgetaucht war.

Ana wurde ihr Gefühl trotzdem nicht los. Als Ruiz und sie auf den Flur traten, fragte sie ihn: »Glaubst du diesem Schmierlappen?«

Diesmal war es ihr Kollege, der mit den Schultern zuckte. »Ich sehe keinen Grund, warum er unseren Mann ohne Grund belasten sollte«, sagte er. »Also ja, ich glaube ihm. Du etwa nicht?«

Ana zischte durch die Zähne. »Auf keinen Fall!«

Ruiz schenkte ihr ein väterliches Lächeln. »Bauchgefühl, hm?« Ana nickte. »Verstehe.« Er kratzte sich an seinem Dreitagebart und dachte nach. »Fahr nach Hause«, schlug er schließlich vor und legte ihr dabei eine Hand auf die Schulter. »Ich regele das mit Rojas.«

Das ließ Ana sich nicht zweimal sagen. Sie war reif für den Feierabend. Sie bedankte sich bei ihrem Kollegen und versprach, dass er etwas bei ihr guthatte. Holte ihre wenigen privaten Dinge aus dem Schrank, die sie vor Dienstbeginn darin deponiert hatte, begab sich in die Tiefgarage und fuhr mit ihrem BMW über die Autobahn Richtung Arinaga.

Während der Fahrt wanderten Anas Gedanken mehrmals zu dem Zeugen zurück. Sie wusste, dass sie ihn schon einmal irgendwo gesehen hatte. Und sie wusste, dass sie sich in dieser Hinsicht nicht irrte. Denn was Menschen und Gesichter anging, war ihr Gedächtnis lückenlos.

Dann fiel es ihr plötzlich ein. Unglaublich, dachte Ana, das konnte doch nicht …

Schockiert nahm sie eine Hand vor den Mund. Sie fing an zu schwitzen. Beinahe hätte sie ihren Wagen gegen eine der Leitplanken gesteuert. Wenn sie mit ihrer Vermutung richtiglag, rückte das die Zeugenaussage in ein gänzlich anderes Licht.

In Arinaga angekommen, parkte Ana eilig ihren Wagen. Schloss ihre Wohnung auf und ging ins Wohnzimmer. Dort hatte sie den Ordner mit den Fotos, die sie während ihrer letzten Nachtschicht ausgedruckt hatte, zuletzt gesehen. Sie wühlte sich durch ihr heimisches Chaos. Schließlich fand sie die Mappe unter einem Stapel weiterer Papiere. Sie schlug sie auf und –

Volltreffer.

Ana wurde heiß und kalt zugleich.

36

Für den Rückweg nach Playa del Águila rief er sich erneut ein Taxi. Zehn Minuten später setzte der Fahrer ihn direkt vor der Bungalow-Anlage ab.

Während der Fahrt hatte Felix nachdenklich aus dem Fenster geschaut. Sein Besuch in der Comisaría war – milde ausgedrückt – ziemlich enttäuschend verlaufen. Er hatte sich mehr erhofft. Zum Beispiel, dass Montero und Ruiz ihn für seinen Mut und vor allem für seine Ergebnisse loben würden. Insgeheim hatte er sogar gehofft, dass sie ihn um seine Hilfe bei ihren Ermittlungen bitten würden. Doch stattdessen hatte er nur für die Belustigung der beiden Inspectores gesorgt. Um was für eine Zeugenaussage es sich wohl handelte, von der Montero am Telefon erfahren hatte?

»Hola, chacho«, hörte Felix plötzlich eine Stimme. Erschrocken schoss er herum. Es war Candela. Lächelnd schlenderte sie den steilen Abhang herunter auf ihn zu. Sie musste ihr Auto weiter oben oder in der kreuzenden Hauptstraße abgestellt haben.

»Hola, Candela«, sagte Felix überrascht. Mit ihr hatte er heute nicht gerechnet. Seit dem Abend, an dem er mit seinen Kollegen in der Bar feiern gewesen war, hatten sie sich nicht mehr gesehen.

»Ich wollte mal nach dem Rechten schauen«, sagte sie und lächelte. Als sie voreinander standen, begrüßten sie sich mit den üblichen zwei Küsschen. »Und mal nachsehen, ob du noch nicht vom Gelbschnabelsturmtaucher attackiert worden bist.« Sie zwinkerte.

Jetzt musste auch Felix schmunzeln. Unglaublich, wie viel Charme eine Frau besitzen konnte.

»Komm, wir trinken einen Vino«, sagte Candela. Sie nahm ihm die Schlüssel aus der Hand und öffnete mit ihnen das Tor zur Anlage. »Oder sitzt du etwa auf dem Trockenen?« Sprachlos schüttelte Felix den Kopf.

Nur wenige Augenblicke später saßen sie mit einer neuen Flasche Syrah auf seiner Terrasse und stießen an. Über ihren Köpfen ächzte und krächzte es wieder, und als Felix das Geräusch imitierte und dabei mit den Armen flatterte, lachte Candela lauthals auf. Er genoss es, sie zum Lachen zu bringen. Jedes Mal, wenn ihm das gelang, fühlte er sich selbst ein bisschen besser.

Als seine Mentorin sich wieder beruhigt hatte, erkundigte sie sich nach dem Stand der Dinge: »Wie läuft's denn so in der Schule?«

Felix wog seinen Kopf hin und her. »Es geht so. Eigentlich ganz gut. Aber mein Job wäre es nicht.«

»Das kann ich verstehen. Ich habe das alles ja bei meiner Mutter gesehen. Für mich stand schon früh fest, dass ich keine Lehrerin werden wollte.«

Dann schauten sie eine Weile schweigend aufs Meer und nippten hin und wieder an ihren Gläsern. Von hier oben hatten sie einen fantastischen Blick auf den Sonnenuntergang. Und der war heute ein echtes Spektakel. Als würde die feuerrote Kugel langsam im Meer versinken. Musikalisch begleitet von leisen karibischen Klängen, die von irgendwoher kamen, und dem Geräusch des Windes, der durch die Palmblätter wehte. Selbst der Gelbschnabelsturmtaucher schien zu verstehen, dass seine Rufe diesen

Augenblick zerstört hätten, und blieb daher stumm. Was für ein Moment!

Aus dem Augenwinkel registrierte Felix, dass Candela wieder nach ihrer Kette griff. Während sie mit ihren Fingern die Bögen der liegenden Acht entlangfuhr, kullerte eine Träne über ihre Wange.

»Mein Vater hat Sonnenuntergänge geliebt«, sagte sie auf einmal leise.

Instinktiv spürte Felix, dass jetzt nicht der Zeitpunkt zum Antworten war. Er drehte sich zu Candela herum und hörte ihr einfach nur zu.

»Früher sind wir oft mit dem Auto zu irgendwelchen verlassenen Buchten gefahren«, erzählte sie mit glasigen Augen. »Haben uns dort auf die Steine oder in den Sand gesetzt und den Sonnenuntergang bewundert.« Apathisch sah sie nach vorn und schwieg wieder. Sie nutzte den Moment der Stille, um neue Kraft zu sammeln für ihre nächsten Worte, und fuhr kurz darauf fort: »Als ich erfahren habe, dass er tot ist, habe ich beschlossen, nie wieder mit jemandem einen Sonnenuntergang anzuschauen.«

Felix musste schlucken. »Das … tut mir leid«, sagte er. »Ich wusste nicht, was das für dich bedeutet.«

»Alles gut«, beruhigte ihn Candela. Mit dem Handrücken wischte sie sich die Träne aus dem Gesicht. »Ich habe gerade gemerkt, ich bin wieder so weit.« Sie trank einen großen Schluck von ihrem Rotwein. »Außerdem fühle ich mich sicher bei dir.«

»Die Kette«, setzte Felix nun doch zu einer Frage an, »hast du sie von ihm?«

Candela nickte. »Er hat sie mir an dem Tag geschenkt, als er eingezogen wurde.«

»Eingezogen? Das klingt so nach … Krieg?«

»Irak«, antwortete sie knapp. »Ich war zehn Jahre alt, als mein Vater von Aznar an den Golf geschickt wurde.«

Nunca te dejaré. Felix erinnerte sich an die Inschrift. *Ich werde dich niemals verlassen.*

Beinahe hätte er jetzt selbst angefangen zu weinen. Vor seinen Augen sah er die zehnjährige Candela, die ihren uniformierten Vater am Flughafen verabschiedete. In der Hoffnung, dass er sein Versprechen halten und schon bald zu seiner Tochter zurückkehren würde. Was für eine traurige Vorstellung.

Felix stellte sein Weinglas auf dem Tisch ab und rückte mit seinem Stuhl dicht an Candela heran. Er spürte das Bedürfnis, ihr in diesem Augenblick ganz nah zu sein. Deshalb nahm er sie kurzerhand in den Arm. Sie wehrte sich nicht, sondern schmiegte sich vertrauensvoll an seine Schulter. Minutenlang verharrten sie wortlos in dieser Haltung.

Wenig später drückte Candela sich sanft von ihm ab. Ihre Blicke trafen sich, und in ihren Augen glaubte Felix einen eindeutigen Wunsch zu lesen: Sie wollte, dass er sie küsste. Etwas anderes konnte dieser Ausdruck einfach nicht bedeuten. Deshalb nahm er ihr Gesicht in beide Hände, zog es zu seinem heran, und nun berührten sich ihre Lippen. Ihr herzförmiger Mund fühlte sich warm und weich an. Er schmeckte nach Wein. Felix kam es vor, als würde die Welt einen Moment lang stillstehen.

Als sie sich wieder voneinander lösten, schaute Candela ihn entgeistert an. Sie brauchte eine Zeit, um ihre Sprache wiederzufinden.

Dann setzte sie an: »Das war –«

»Schön«, sagte Felix. Er grinste und streifte ihr eine Strähne hinters Ohr.

Candela senkte ihren Kopf. »Und dumm«, ergänzte sie. »Ich bin mit Gabriel zusammen.«

So musste es sich anfühlen, wenn einem das Herz stehen blieb, dachte Felix.

37

Sie hatte sich nicht geirrt. Sein Gesicht war ihr nicht ohne Grund bekannt vorgekommen. Denn sie hatte es in der Tat schon einmal gesehen, und zwar auf einem Foto. Es war erst vor Kurzem aufgenommen worden, während des ersten Spatenstichs. Obwohl er nur von der Seite zu sehen gewesen war, bestand für Ana kein Zweifel: Hector Benitez, der Zeuge im Fall Sara Martí, hatte sich in der Nähe von Andrés Lozano aufgehalten – oder Señor Teflón, wie sein polizeiinterner Name lautete.

Natürlich konnte das Zufall gewesen sein. Benitez interessierte sich anscheinend für das Bauprojekt und war wohl deshalb dabei gewesen. Er konnte von einem Vertreter der Medien eingeladen worden sein. Alles möglich. Doch merkwürdig erschien es Ana allemal.

Deshalb beschloss sie, ihn noch einmal zu befragen.

Allerdings musste sie das allein durchziehen, denn Ruiz wollte sie von ihrem Plan nichts erzählen. Ihr Kollege hatte für derartige Methoden nichts übrig. Klar, manchmal überschritt auch er seine Befugnisse. Zum Beispiel, als er vor der Redaktion von LA VIDA behauptet hatte, er würde sie wegen Behinderung von polizeilichen Ermittlungen drankriegen. Aber im Grunde war Ruiz ein gewissenhafter Cop, und das aus Überzeugung.

Ana schaute auf die Uhr. Es war kurz nach acht. Noch nicht zu spät also, um Benitez einen Besuch abzustatten. Oder ihn zumindest eine Weile zu beschatten.

Sie nahm ihr Dienst-Tablet vom Tisch und loggte sich damit in den Polizei-Server ein. Alma war wirklich eine gute Seele, dachte sie, als sie durch die Liste der kürzlich hochgeladenen Dateien scrollte. Denn das Protokoll der Befragung befand sich bereits darunter. Ana öffnete es mit einem Doppelklick und suchte nach der Adresse von Hector Benitez.

Er wohnte ganz in ihrer Nähe. In Castillo del Romeral, einem kleinen Ort, der auf eine lange Fischertradition zurückblickte und sich unmittelbar in der Einflugschneise des Flughafens befand. Er lag nur etwa fünfzehn Kilometer von Arinaga entfernt.

Ana zögerte nicht. Unverzüglich ging sie durchs Treppenhaus in die Tiefgarage und stieg in ihren BMW. Sie fuhr auf die Autobahn und erreichte ihr Ziel knapp zwanzig Minuten später. Ihren Wagen parkte sie in der Calle Fija, schräg gegenüber dem Haus, in dem Benitez wohnte. Nah genug dran, um alles mitzubekommen, und weit genug weg, um nicht gesehen zu werden.

Die Straße war geprägt von zweistöckigen Einfamilienhäusern. Eines sah aus wie das andere. Selbst die Farben waren identisch, eine Mischung aus Sandstein und Sandbraun. Auffällig war auch, dass bereits alle Rollos heruntergelassen waren. Bis auf die Flugzeuge am Himmel, die im Fünf-Minuten-Takt über sie hinwegdüsten, wirkte die Calle Fija wie ausgestorben.

Was für eine Schnapsidee, dachte Ana. Sie seufzte und sank noch ein Stück tiefer in den Fahrersitz. Dabei behielt sie das Haus von Hector Benitez weiter fest im Blick. Ob der Kerl hier etwa allein wohnte? Oder lebten noch andere Personen bei ihm? Eine Frau zum Beispiel, oder möglicherweise sogar seine Familie?

Ana blieb nichts übrig, als abzuwarten. Selbst wenn das bedeutete, dass sie noch morgen früh hier sitzen und auf das Haus starren würde. Sie musste unbedingt wissen, ob Hector Benitez tatsächlich in Verbindung zu Andrés Lozano stand.

Diesem Mann jagte sie schon seit ihrer Versetzung auf die Insel hinterher – und Ana war überzeugt, dass sein Fall ihr eines Tages die Rückkehr nach Madrid ermöglichen würde. Löste sie ihn, löste sie zugleich ihr Rückflugticket in die Heimat. Ihn hinter Gitter zu bringen, würde für so gute Presse sorgen, dass dem Ehrenmann nur noch eine Wahl bliebe: Anas Wunsch zu entsprechen und sie in die Hauptstadt zurückzuversetzen.

Doch bisher war das alles nur Träumerei. Bis auf bloße Verdachtsmomente hatten Ana und Ruiz nichts Stichhaltiges gegen Lozano in der Hand. Nach außen sah er wie der perfekte Saubermann aus: Besitzer eines gut laufenden Golfclubs, engagiert in der lokalen Zivilgesellschaft, großzügiger Spender für soziale Projekte und natürlich fürsorglicher Ehemann und Vater. Und nun auch noch Bauherr des größten Vergnügungsparks auf den Kanaren. Ein Image, das der begabte Redner bei jedem seiner öffentlichen Auftritte unterstrich. Er war überaus beliebt. Fast jeder auf der Insel kannte ihn oder hatte zumindest seinen Namen gehört.

Ana lehnte sich zur Seite und öffnete das Handschuhfach. Hatte sie nicht neulich darin eine Tüte Chips für Notfälle deponiert? Dies war ein solcher Notfall, denn schätzungsweise würde sie noch eine Weile hier sitzen. In der Calle Fija tat sich nämlich nichts. Die Straße lag weiter still und friedlich da. In dem Wust aus Notizzetteln und Kassenbelegen kramte Ana die Chipstüte hervor und griff beherzt zu. Dann bemerkte sie plötzlich ein Licht. Kaum wahrnehmbar flackerte es durch die Schlitze eines Rollos.

Sofort legte Ana die Tüte beiseite. Wie gebannt starrte sie auf das Fenster. Irgendetwas – oder irgendjemand – schien sich in dem Raum zu bewegen. Ob Benitez sich gerade umzog, um noch einmal das Haus zu verlassen? Oder wollte er sich schon schlafen legen? Das Flackern allein lieferte ihr auf diese Fragen jedoch keine Antwort.

Ana versuchte dennoch, es zu deuten. Eine Art Bewegungsmuster abzuleiten, das ihr verriet, was genau sich hinter dem Rollo abspielte. Sie kniff ihre Augen zusammen und konzentrierte sich auf die Szenerie.

Doch kurz darauf erlosch das Licht wieder. Ana seufzte enttäuscht und ließ ihre Schultern hängen. Ob ihre Mission damit beendet war? Musste sie unverrichteter Dinge den Heimweg antreten, ohne dass sie auch nur das Geringste in Erfahrung gebracht hatte?

Gerade als sie den Motor starten wollte, huschte mit einem Mal ein Schatten an Benitez' Haus vorüber. Ana ließ den Zündschlüssel los und warf einen prüfenden Blick zu dem Eingangstor. Sekundenlang spähte sie aufgeregt in die Nacht.

Wie aus dem Nichts sah sie plötzlich die Silhouette einer Person, die sich mit strammen Schritten von dem Haus entfernte und auf eines der geparkten Autos zustrebte.

War das Benitez? Wegen der Dunkelheit nahm Ana nur schemenhafte Umrisse wahr und keine Details. Aber die Statur stimmte. Auch der Gang deutete auf einen Mann hin. Außerdem verriet ihr ihr polizeiliches Gespür: Das konnte nur ihr Zeuge sein – und was auch immer er vorhatte, ab jetzt würde Ana ihn nicht mehr aus den Augen lassen. Durch die Frontscheibe verfolgte sie jede seiner Bewegungen.

Am Ende der Calle Fija stieg die Person in einen Kleinwagen. Der Motor sprang an, und die Lichtkegel der Scheinwerfer erleuchteten die Straße. Um nicht erkannt zu werden, beugte Ana sich zur Seite. Sie wartete, bis der Wagen an ihr vorbeigefahren und in eine Querstraße abgebogen war. Dann nahm sie die Verfolgung auf. Nutzte die gesamte Breite zum Wenden und heftete sich an den Kleinwagen, von dem sie glaubte, dass Hector Benitez hinterm Steuer saß.

Dabei versuchte sie stets, den optimalen Abstand einzuhalten. Natürlich gestalteten sich Verfolgungen in der Nacht manchmal leichter. Schließlich musste Ana inmitten des Lichtermeers nur jene des observierten Autos im Auge behalten. Gleichzeitig bargen sie aber auch größere Gefahren. Denn in demselben Maße, wie Ana andere besser erkannte, war auch sie besser zu erkennen. Deshalb spielte die richtige Distanz zum Observationsobjekt eine noch bedeutsamere Rolle als ohnehin.

Am Ortsausgang von Castillo del Romeral verließ die Person den Kreisverkehr in nördlicher Richtung. Sie fuhren an Juan Grande vorbei, bogen für wenige Kilometer auf die GC-500 ein und erreichten schließlich die Autobahnauffahrt bei El Doctoral.

Wo wollte dieser Kerl um diese Uhrzeit bloß hin? Hoffentlich nicht in die Berge, denn dort würde sie wegen der mangelnden Beleuchtung wahrscheinlich sofort auffallen. Es war also alles gut, solange er nicht –

Er tat es. Er verließ die Autobahn bei Vecindario und fuhr auf der GC-65 weiter Richtung Nordwesten.

Verdammter Mist, fluchte Ana. In spätestens fünf Kilometern würden sie sich in völliger Dunkelheit auf der schmalen Straße durch das kanarische Brachland schlängeln. Und je weiter sie auf ihr vorankämen, desto größer wurde das Risiko, dass er sie bemerkte. Deshalb musste Ana sich dringend etwas einfallen lassen.

Hinter Las Carboneras traf sie eine Entscheidung. Sie nahm ihren Fuß vom Gas und ließ den Abstand zwischen ihm und ihr größer werden, aber nur so weit, dass sie die Rücklichter des Kleinwagens noch sehen konnte.

Dann schaltete sie ihre Scheinwerfer aus.

Die Schwärze der Nacht erfasste ihr Auto sofort. Während sich der mutmaßliche Benitez gerade auf der anderen Seite der Schlucht den steilen Anstieg hinaufquälte, brauchte sie ein paar Sekunden, um wenigstens grob die Markierungen zu erkennen. Zart deutete sich der Verlauf der Leitplanken in der Finsternis an.

Ana musste es einfach wagen. Wenn sie so weit wie möglich in der Mitte fuhr, durften ihr weder die Felsen zu ihrer Rechten noch die Schlucht zu ihrer Linken gefährlich werden. Auch wenn sie damit ihr Leben aufs Spiel setzte. So verrückt es klang, doch solange ihr niemand entgegenkam, konnte es klappen.

Sie trat aufs Gas und nahm wieder die Verfolgung auf. Die Rücklichter waren fast schon außer Sichtweite. Sie beschleunigte auf die höchste Geschwindigkeit, die sie sich zutraute, und versuchte, sich an den Verlauf der Straße zu entsinnen. Sie war schon einige Male hier entlanggefahren, und ein bisschen kam es ihr nun vor, als steuerte sie den BMW allein aus ihrer Erinnerung durch die Nacht. Um sich zu beruhigen, summte sie leise vor sich hin.

Ihre Fahrt schien kein Ende zu nehmen. Ana musste sich unablässig konzentrieren und leistete dabei Schwerstarbeit. Bei San Bartolomé de Tirajana bogen sie auf die GC-60 ein, die sie weiter Richtung Norden führte.

Der Roque Nublo, dachte Ana. Ob das sein Ziel war? Vielleicht traf er sich dort mit jemandem? Mit der jungen Frau, von der er während seiner Befragung berichtet hatte? Oder möglicherweise mit … Lozano? Bei dieser Vorstellung rutschte sie nervös auf ihrem Sitz herum. Doch zu ihrer Enttäuschung ließ er die Ausfahrt zum Wolkenfels hinter sich. Sie blieben auf der Straße, gelangten allerdings allmählich wieder bergab.

Glücklicherweise war der Himmel in dieser Nacht vollkommen klar. Dichte Wolken, wie es sie hier oben häufig gab, hätten Ana die Sicht zusätzlich erschwert. Dabei war die Fahrt ohnehin schon riskant genug. Immer wieder schaute sie nach vorn, um die Rücklichter nicht aus den Augen zu verlieren, und kam den Leitplanken und damit der Schlucht bedrohlich nahe. Ihr Herz raste.

Hinter Tejeda änderten sie ihren Kurs und bogen auf die GC-210 ab, weiter nach Artenara. In dem am höchsten gelegenen Dorf der Insel angekommen, fuhren sie nach rechts ab. Wie ein Aal wand sich die Straße nun in immer engeren Kurven durch die Landschaft. Hier und dort standen einsame Häuschen, befanden sich versteckte Höhlen oder kleine Farmen. Obwohl Ana sie nur in der Ferne erahnte, spürte sie die Präsenz der Berge. Unweigerlich lösten sie ein Gefühl der Bedrohung in ihr aus.

Wenige Kilometer später bogen sie Richtung Juncalillo und Barranco Seco ab. Ana kräuselte die Stirn. Nach wie vor war es ihr ein absolutes Rätsel, was dieser Kerl hier wollte. Tief in den kanarischen Bergen und mitten in der Nacht. Waren das nicht optimale Bedingungen für ein geheimes Treffen? Für eine Zusammenkunft, von der so wenige Menschen wie möglich etwas mitbekommen sollten?

Plötzlich bremste der Wagen vor ihr ab. Ana erschrak und tat es ihm gleich. Ihr Auto kam direkt zum Stehen. Hatten sie ihr Ziel etwa erreicht?

Die Scheinwerfer des Kleinwagens erloschen. Jetzt spendeten nur noch einzelne Häuser an den Hängen und das nächtliche Himmelszelt etwas spärliches Licht.

Anas Herz wollte sich nicht beruhigen. Nervös beobachtete sie das Auto, das wenige Hundert Meter vor ihr am Straßenrand parkte. Eine gefühlte Ewigkeit lang geschah nichts. Still und ruhig saß der Fahrer da wie ein Gläubiger beim Gottesdienst am Sonntagmorgen.

Unverhofft ging wenig später die Fahrertür auf. Seelenruhig stieg die Person aus. Es war dieselbe, die aus Benitez' Haus herausgekommen war. Sie schien ausschließlich in Schwarz gekleidet zu sein, denn obwohl sie lediglich für kurze Zeit in einem schmalen Lichthof stand, ließen sich ihre Umrisse nur erahnen. Ana zweifelte nicht daran, dass es sich um einen Mann handelte. Und wer sonst außer Benitez sollte das sein?

Der Verfolgte sah sich in alle Richtungen um. Erst als er sich ganz sicher zu fühlen schien, schloss er seinen Wagen ab und entfernte sich davon.

Wenn der wüsste, dachte Ana. Leise öffnete jetzt auch sie ihre Fahrertür. Pellte sich vorsichtig aus dem Wagen und linste am Rahmen vorbei auf die Straße. Von dem Mann erblickte sie nur noch den Hinterkopf. Er ging gerade einen schmalen Schotterweg hinab. Ana musste sofort handeln, denn sonst würde sie ihn in wenigen Augenblicken verloren haben. Dann wäre alles umsonst gewesen. Sie blieb in der Hocke, um nicht aufzufallen, und huschte so schnell wie möglich gebückt zu dem Abhang herüber.

Vor ihr waren nichts als Büsche. Dazwischen Kakteen und Felsbrocken von unterschiedlicher Größe. Hier hatte dieser Kerl sich tatsächlich hinuntergewagt? Bei diesen Sichtverhältnissen war das ziemlich mutig. Wahrscheinlich kannte er sich hier aus. Hoffentlich würde auch sie unbeschadet diesen Abhang hinunterkommen.

Ana stützte sich auf dem Geröllboden ab und ließ sich Zentimeter für Zentimeter nach unten rutschen. Diese Technik funktionierte erstaunlich gut, und so erreichte sie schon wenig später die nächste Ebene. Dort verschnaufte sie kurz und wischte sich die verschmutzten Hände an ihren Beinen ab.

»Was ist mit der Lieferung?«, vernahm sie plötzlich eine Stimme. Erschrocken zuckte Ana zusammen und ging noch ein Stück tiefer in die Hocke. »Der Jefe will wissen, ob der Zeitplan eingehalten wird.«

Die Stimme war aus unmittelbarer Nähe zu ihr gedrungen. Außerdem hatte sie sich verdächtig nach der von Hector Benitez angehört. Diesen Klang würde Ana so schnell nicht vergessen. Der Kerl musste sich in ihrem unmittelbaren Umkreis aufhalten.

Ana tastete sich zu dem nächstgelegenen Busch vor. Auf keinen Fall durfte sie sich verraten. Allein, ohne Handschellen, ohne Dienstwaffe.

Innerlich schüttelte sie den Kopf, wie sie so unbedarft sein konnte. Ob sie jemals aus ihren Fehlern lernen würde? Dann drückte sie achtsam die Sträucher zur Seite und streckte ihren Kopf durch die Lücke.

Tatsächlich! Nicht einmal fünf Meter von ihr entfernt standen zwei Personen und unterhielten sich. Eine von ihnen war eindeutig Hector Benitez. Aber wer war die andere? Auf jeden Fall nicht Andrés Lozano, denn ihn hätte Ana sogar bei diesen Sichtverhältnissen sofort identifiziert. Inzwischen hatte sie wahrscheinlich mehr Fotos von ihm gesehen als irgendwer sonst auf dieser Insel. Sie konzentrierte sich und versuchte, etwas von dem Gespräch aufzuschnappen.

»Richte ihm aus, es läuft alles nach Plan«, sagte die andere Person. Ihrer Stimme nach zu urteilen, handelte es sich auch bei ihr um einen Mann. Doch was trug er da um seinen Hals? Ana kniff die Augen zusammen und versuchte, etwas zu erkennen.

Als sie realisierte, worauf sie gerade schaute, schoss ihr der Schreck wie ein Stromschlag durch den Körper. Gerade noch rechtzeitig bedeckte sie ihren Mund mit einer Hand und erstickte so ihren Schrei. Zum Glück hörte keiner der beiden Männer das Quieken, das sie von sich gab.

Ana hatte keinen Zweifel. Das Band um seine Schulter, die Haltung am Griff, der Lauf: Das war eine Maschinenpistole!

Wieso um alles in der Welt stand hier, mitten im kanarischen Bergland, ein Mann mit einer vollautomatischen Knarre? Das konnte nichts Gutes bedeuten. Auf jeden Fall hatte Ana den richtigen Riecher bewiesen. Mit Benitez war etwas faul. Worum es hier wohl ging? Und was hatte es mit dieser Lieferung auf sich, von der sie gesprochen hatten? Etwa Drogen? Dass Lozano in den Rauschgiftschmuggel verwickelt war, vermutete Ana bereits seit Monaten.

»Es bleibt also dabei?«, fragte nun wieder Benitez. »Morgen Nacht, Playa del Risco?«

Der bewaffnete Mann nickte. »Exacto. Sag ihm, dass er sich keine Sorgen machen muss. Wir haben alles unter Kontrolle.«

Sie tauschten geheimnisvolle Blicke aus und verschwanden anschließend gemeinsam in der Dunkelheit. Als sie außer Hörweite waren, beruhigte sich Anas Puls langsam.

Am Playa del Risco also. Was auch immer Kriminelles sich dort morgen Nacht abspielen würde, dieser abgelegene Strand war der ideale Ort dafür. Umgeben von hohen Felsen, die die Sicht auf die Bucht erschwerten, zu der nur schmale Fußwege führten. Jeder, der sich ihm mit einem Fahrzeug näherte, würde noch lange vor seinem Eintreffen entdeckt werden.

Auch sie würde da sein, beschloss Ana. Verschanzt auf einem Felsen und ausgerüstet mit einem Nachtsichtgerät und ihrer Dienstwaffe. Was sie jedoch noch viel dringlicher brauchte, war Unterstützung.

Als ihr einfiel, wer dafür der Richtige war, musste sie schmunzeln. Gleich morgen früh würde sie versuchen, ihn zu rekrutieren.

38

Gerade als er sich die Schuhe band, hörte er wieder ein lautes Klopfen. Wer konnte denn so früh am Morgen schon etwas von ihm wollen? Genervt ging Felix zur Tür. Er riss sie auf, und vor ihr stand die Inspectora. Diesmal trug sie kein elegantes Kleid, sondern einen Sportanzug mit dem Logo von Real Madrid auf der Brust. Sie stemmte ihre Hände in die Hüften und lächelte.

»Señora Montero«, begrüßte er sie. Er sah verblüfft an ihr herunter. »Was machen Sie denn hier? Ich hätte Sie fast nicht wiedererkannt. Sind Sie auf dem Weg ins Fitnessstudio?«

»Keinesfalls«, antwortete sie, »und bitte verzeihen Sie, dass ich Sie um diese Uhrzeit störe.« Sie beugte sich zur Seite und schaute an ihm vorbei in den Bungalow. »Kann ich reinkommen? Ich würde mich gern mit Ihnen unterhalten.«

Nach seinem Besuch in der Comisaría hatte Felix nicht damit gerechnet, sie überhaupt jemals wiederzusehen. So herablassend wie ihr Kollege und sie ihn behandelt hatten, hätte es ihn erfreut, als Revanche jetzt auch sie abzuweisen. Doch irgendetwas verriet ihm, dass die Inspectora aus einem wichtigen Grund zu ihm gekommen war. Damit war seine Neugier geweckt, und so gern er ihr in diesem Moment etwas heimgezahlt hätte, interessierte Felix doch noch viel mehr, was sie zu ihm führte.

»Bitte, kommen Sie rein«, sagte er deshalb und trat ein Stück zur Seite. Montero bedankte sich und schob sich an ihm vorbei. »Ich habe allerdings nicht viel Zeit.«

»Sie müssen zur Schule, nehme ich an?«

Er nickte. »Pedros Verhaftung hat den kompletten Stundenplan zerschossen. Deshalb muss ich die Kurse einer Kollegin übernehmen.« Er rollte mit den Augen.

Die Inspectora schmunzelte verhalten. »Willkommen im öffentlichen Dienst«, sagte sie. »Aber ich kann Ihnen Hoffnung machen: Rojas wird schon bald wieder an der Schule sein.«

»Oh!«, entfuhr es Felix. »Hat das etwa mit der Zeugenaussage zu tun?«

»Correcto. Für den Mann, den wir am Roque Nublo festgenommen haben, sieht es nämlich ziemlich finster aus.« Sie stand nun im Wohnbereich, und Felix schloss hinter ihr die Tür. »Außerdem hat die Daktyloskopie keine Fingerabdrücke von Rojas gefunden, und auch sein Alibi für die Tatnacht haben wir überprüft. Aus polizeilicher Sicht haben wir nichts gegen ihn in der Hand.« Sie schaute sich in dem Bungalow um. »Es ist auch ganz sicher niemand bei Ihnen?«

»Nein«, antwortete Felix, »wir sind allein.« Durch die Frage blitzte die Erinnerung an gestern Abend kurz auf. Was für ein dramatisches Ende er doch genommen hatte!

Nachdem Candela und er sich geküsst hatten, war sie Hals über Kopf abgehauen. Kurz bevor sie aus der Tür gestürmt war, hatte sie ihm noch einen Blick zugeworfen, den er selbst Stunden danach immer noch nicht zu deuten gewusst hatte. Nach Bedauern hatte er allerdings nicht ausgesehen. Und er hatte keine Ahnung, wie es weitergehen würde. Außerdem fürchtete er sich vor seiner nächsten Begegnung mit Castillo. Wenn er tatsächlich von dem Vorfall erführe, wäre sein Schicksal besiegelt. Dann hätte er die längste Zeit für LA VIDA gearbeitet, so viel stand fest.

226

»Bueno«, sagte Montero. Sie zeigte zu dem Tisch. »Wollen wir uns setzen?«

»Claro.« Felix ließ ihr den Vortritt und nahm anschließend ihr gegenüber Platz.

Die Inspectora brauchte eine Weile, um sich zu sammeln. Sie faltete ihre Hände und beugte sich zu ihm herüber. »Ich habe den begründeten Verdacht, dass der Zeuge uns nicht die Wahrheit sagt.«

Felix sah sie irritiert an. »Wie kommen Sie darauf?«

Montero ließ den Kopf sinken. Nach einer Weile hob sie ihren Blick wieder. »Sagt Ihnen der Name Andrés Lozano etwas?«

»Nie gehört. Sollte er denn?«

»Ich dachte, als Journalist wären Sie möglicherweise schon auf ihn gestoßen.«

»Meine Kollegen kennen ihn bestimmt. Ich bin allerdings erst seit ein paar Tagen auf der Insel, wie Sie sich sicherlich erinnern.«

»Stimmt.« Die Inspectora holte tief Luft. »Lozano ist eine Person von – sagen wir – öffentlichem Interesse.« Sie fingerte ihr Smartphone aus der Jogginghose und wischte ein paarmal auf dem Display herum. »Das ist er«, sagte sie schließlich und schob das Gerät über den Tisch. »Besitzer des Majesty's Golf Resort und Bauherr des aktuell größten Projekts auf den Kanaren.«

Felix nahm das Smartphone in die Hand und betrachtete ein Bild nach dem anderen. Manche sahen aus wie Werbefotos oder zumindest wie welche, auf denen Lozano sich freiwillig hatte ablichten lassen. Andere wiederum schienen ohne seine Einwilligung aufgenommen worden zu sein, denn sie setzten ihn aus unüblichen Winkeln und Perspektiven in Szene. Ob an einem Rednerpult, vor einer Kirche oder lässig auf einen Golfschläger gestützt: Alle Fotos zeigten einen Mitte bis Ende vierzig Jahre alten Mann mit mittellangen gegelten schwarzen Haaren. Dabei hinterließ er je nach Aufnahme einen völlig anderen Eindruck. Während er auf manchen freundlich und nahbar aussah, wirkte er auf anderen grimmig bis zornig. Offensichtlich trug er gern dunkelgraue Anzüge und dazu oben geöffnete Hemden ohne Krawatte. Leger, so wie die Geschäftsmänner von heute sich eben kleideten. Ein Trend, der wie so viele in den USA entstanden war und sich von dort aus in der Welt verbreitet hatte.

Felix gab der Inspectora ihr Handy zurück. »Von öffentlichem Interesse, sagen Sie?« Er verschränkte die Arme und stützte sich so auf dem Tisch ab. »Oder von *Ihrem*?«

Montero ließ das Gerät wieder in ihrer Jogginghose verschwinden. »Ich bin froh, dass ich mich nicht in Ihnen getäuscht habe. Ich wusste, Sie würden es gleich durchschauen.«

»Demnach interessieren Sie sich aus polizeilichen Gründen für diesen Mann?«

»Schon seit einer Weile, um ehrlich zu sein. Leider konnte ich ihm bisher noch nichts nachweisen. Dieser Scheißkerl scheint so sauber zu sein wie ein frisch gepuderter Kinderpopo. Er zahlt sogar seine Strafzettel.«

»Vielleicht täuschen Sie sich in ihm?«

Montero schüttelte energisch den Kopf. »Auf keinen Fall. Das sagt mir meine Nase.« Sie tippte sich kurz dagegen. »Sollte sich jemals herausstellen, dass Lozano wirklich keinen Dreck am Stecken hat, quittiere ich noch am selben Tag meinen Dienst.«

Felix pfiff durch die Zähne. »Dann müssen Sie sich ja ziemlich sicher sein.«

»Das bin ich, Señor Faber.«

»Was aber immer noch nicht erklärt, warum Sie damit zu mir kommen.« Er löste seine Arme, legte sie an seinen Hinterkopf und lehnte sich zurück. »Oder wollten Sie mir nur mal ein paar Fotos von diesem Lozano zeigen?«

»Keineswegs.« Die Inspectora richtete sich auf und streckte ihren Rücken gerade. »Ich möchte Sie um Ihre Mithilfe bitten.«

Hatte er das gerade richtig gehört? Felix schüttelte irritiert den Kopf. Vor nicht einmal vierundzwanzig Stunden hatten Montero und Ruiz ihn noch aus der Comisaría gejagt. Und jetzt saß die Inspectora hier und bat ihn um seine Unterstützung? Einen solchen Stimmungswandel hatte er selten erlebt, und sosehr damit erneut seine Neugierde geweckt war, wollte er der Sache zunächst noch weiter auf den Grund gehen.

»Was ist passiert?«, fragte er deshalb. »Hat Ihre Bitte etwa auch mit der Zeugenaussage zu tun?«

Montero seufzte. Wahrscheinlich hatte sie schon damit gerechnet, dass er nicht fraglos zustimmen würde. Daher setzte sie nun zu einer längeren Erklärung an. Sie berichtete von ihrem Bauchgefühl, das sie während der Zeugenbefragung nicht mehr losgeworden war. Von der Bestätigung, als sie Benitez und Lozano zusammen auf einem Foto entdeckt hatte, und von der Observation, die sie vergangene Nacht nicht nur in ein verschollenes Bergdorf, sondern auch in absolute Lebensgefahr gebracht hatte. Als sie ihm schlussendlich über die mutmaßliche Drogenlieferung berichtete, die in dieser Nacht an einem abgelegenen Strand im Nordwesten der Insel stattfinden sollte, fiel Felix vor Staunen beinahe die Kinnlade herunter.

»Warum ich?«, fragte er. Selten hatte er eine Frage für derart berechtigt gehalten. »Was ist mit Ihrem Kollegen, Ruiz?«

Montero lächelte gequält. »So wie ich ihn kenne, wird er mir nicht glauben. Er wird sagen, dass ich mich geirrt habe. Dass meine Fantasie mit mir durchgeht.«

»Und, tut sie's?«

»Nein«, antwortete die Inspectora entschlossen. »Ich weiß, was ich gesehen und gehört habe.« Sie zog ihre Nase hoch und schaute Felix erwartungsvoll an. »Also, was ist? Kann ich auf Sie zählen?«

Wenn er doch nur nicht so verdammt neugierig wäre, dachte Felix.

39

Da sie nicht wussten, wann genau die Lieferung stattfinden sollte, hatten sie sich für den Einbruch der Dunkelheit verabredet.

Ana stand mit laufendem Motor vor der Bungalow-Anlage. Nervös trommelte sie auf dem Lenkrad zur Melodie von »Part Time Lover«, die gerade aus den Lautsprechern drang. Der gute alte Stevie, er war und blieb einfach der Beste! Nach »Superstition« war das ihr Lieblingssong.

Es war ihr also tatsächlich gelungen, Faber für ihren Plan zu gewinnen. Am Anfang ihres Gesprächs war Ana noch vom Gegenteil ausgegangen, denn er hatte sich zunächst alles andere als brennend interessiert gezeigt. Doch obwohl er noch ein blutiger Anfänger im Zeitungsgeschäft war, hatte bei ihm bereits dieselbe Masche gezogen wie bei den alten Hasen. Ana hatte nur den Köder »Exklusivstory« ausgeworfen. Ihm dazu reichlich Honig um seinen roten Bart geschmiert, ein bisschen Lob hier, ein paar Komplimente da, und schon hatte er angebissen.

Von seiner Unterstützung erhoffte Ana sich einiges. Vor allem, weil Faber bisher mehr kriminalistisches Gespür bewiesen hatte als ihre Kollegen in der Comisaría. Bei dieser Beweislage war der Mordfall Sara Martí für sie bereits klar, es war der Flüchtling, wer sonst? Selbst auf Ruiz, dem Ana noch am meisten zutraute, konnte sie nicht mehr zählen. Doch einen Partner brauchte sie unbedingt, sie konnte ihren Plan unmöglich allein durchziehen. Nun würde also Faber den Platz an ihrer Seite einnehmen. Außerdem besaß er einen guten Überblick über den Fall, und der würde Ana sicherlich noch von Nutzen sein.

Pünktlich zur verabredeten Zeit kam Faber durch das Tor. Ana hupte und entriegelte von innen die Tür. Als er erkannte, dass sie einen BMW fuhr, blieb er irritiert vor der Motorhaube stehen. Er schüttelte den Kopf und stieg anschließend auf der Beifahrerseite ein.

»Buenas noches«, begrüßte Ana ihn.

»Buenas noches«, erwiderte Faber. »Hübscher Wagen.«

Ana bedankte sich. »Wie Sie sehen, bin ich Deutschen gegenüber nicht abgeneigt.«

231

Faber schmunzelte und schnallte sich an. »Und amerikanischen Pop-Legenden offensichtlich auch nicht.«

Dann fuhren sie eine Weile schweigend durch die Dämmerung. Sie hatten einen weiten Weg vor sich. Insgesamt achtzig Kilometer, zunächst über die Autobahn entlang der Südwestküste der Insel und schließlich, hinter Puerto de Mogán, über die GC-500 nach Veneguera und Molino de Viento. Dabei schlängelte sich die Landstraße immer kurvenreicher den Berg hinauf.

Faber schien das viele Auf und Ab und Hin und Her nicht zu vertragen. Er wurde minütlich blasser.

»Schnappen Sie mal ein bisschen frische Luft«, empfahl Ana ihm, »das hilft, glauben Sie mir.«

Er nickte und ließ sein Fenster herunter. Streckte seinen Kopf nach draußen und atmete gierig ein und aus.

Nach eineinhalb Stunden Fahrt erreichten sie ihr Ziel. Kurz vor El Risco verließen sie die Landstraße und bogen vor einer scharfen Kurve auf einen schmalen Schotterweg ab. Ana schaltete die Scheinwerfer aus.

Faber setzte sich wieder aufrecht hin und fuhr das Fenster hoch. »Ihnen mangelt es aber auch nicht an Mut, oder?«, fragte er und zeigte auf die Frontscheibe. Weil es inzwischen dunkel geworden war, war die Außenwelt durch sie nur noch spärlich zu erkennen.

»Vertrauen Sie mir«, antwortete Ana. Wobei sie mit diesem Satz nicht nur ihren Begleiter zu beruhigen versuchte. Denn der Weg führte sie steil bergab und vorbei an großen, verwaisten Stellflächen, auf denen neben blühenden Müllbergen verrostete Container sowie schäbige Wellblechhütten standen.

Ana wagte sich nur langsam voran. Gemächlich näherten sie sich einer Sackgasse. Damit man den Wagen weder

232

von der Straße noch vom Strand aus sehen konnte, stellte sie den BMW an deren Ende hinter einem kleinen verlassenen Haus ab. Als sie den Zündschlüssel herumdrehte und der Motor verstummte, wischte Faber sich über die Stirn. Doch die Erleichterung hielt nicht lange an. Ungläubig sah er Ana dabei zu, wie sie Wanderschuhe und eine Spitzhacke vom Rücksitz holte. Er blickte fassungslos aus seinem Fenster auf den steilen Hang direkt vor seinen Augen und begriff sofort.

»Das ist nicht Ihr Ernst«, sagte er. »Sie wollen die Lieferung doch nicht etwa von dort oben beobachten?«

»Und wie ich das will«, antwortete Ana. Sie zauberte noch ein zweites Paar Wanderschuhe hervor und hielt es Faber vors Gesicht. »Und Sie werden mich begleiten.«

»Auf gar keinen Fall! Das ist doch Wahnsinn! Ich habe überhaupt keine Erfahrung in so etwas.«

Ana zuckte mit den Schultern. »Vale. Von mir aus bleiben Sie eben hier im Wagen.«

Sie streckte sich noch einmal nach hinten und nahm ihren tarnfarbenen Armeerucksack vom Rücksitz. Darin hatte sie alles eingepackt, was sie benötigen würden: Isomatten, ein Nachtsichtgerät, Tupperdosen mit Proviant sowie Thermosflaschen voller Kaffee – und sogar ihre Dienstwaffe. Glücklicherweise hatte sie diesmal an sie gedacht. Noch mal wollte sie nicht so unvorbereitet in eine brenzlige Situation geraten. Vor allem nicht, wenn die andere Seite automatische Waffen besaß. Heute Nacht konnte schlichtweg alles passieren. Von totaler Langeweile bis zu einer blutigen Schießerei.

»Allerdings verpassen Sie auch eine Riesenstory«, sprach Ana weiter, während sie sich nun den Rucksack anschnallte. »Aber das müssen Sie dann Ihrem Chef erklären, warum

die Ihnen durch die Lappen gegangen ist. Nur weil sie keinen Hügel hinaufklettern wollten.«

»Einen Hügel?«, wiederholte Faber. Mit ausgestrecktem Daumen zeigte er an seiner Schulter vorbei auf das
Fenster. »Haben Sie sich den mal richtig angeguckt? Das
ist ein Felsen!«

Ana lächelte. »Ganz wie Sie meinen.« Sie zog den
Schlüssel ab, warf ihn ihrem verdutzten Begleiter in den
Schoß und öffnete anschließend ihre Tür. »Passen Sie gut
auf mein Schätzchen auf«, befahl sie ihm. »Sie können sich
aber gern an meiner CD-Sammlung bedienen. Ich glaube,
es müsste auch eine von Céline Dion dabei sein.« Sie zwinkerte ihm zu. Dann schwang Ana sich aus dem Auto und
klopfte zum Abschied zweimal aufs Dach.

40

Pah, Céline Dion, was fiel dieser Montero eigentlich ein?
Es war offensichtlich, dass sie sich mit ihrer Bemerkung
über ihn lustig gemacht hatte. Dabei waren seine Bedenken absolut begründet gewesen! Die Klippe, auf die die
Inspectora in diesem Augenblick stieg, war alles andere

als ein kleiner Hügel, wie sie gesagt hatte. Wenn sie hier abstürzte, würde sie schwere Verletzungen davontragen. Doch Montero war einfach furchtlos drauflosgeklettert.

Leider musste Felix zugeben, dass ihr Seitenhieb gesessen hatte. Nicht, weil er sich tatsächlich eine große Story erhoffte, denn er rechnete ohnehin damit, dass er sich schon sehr bald nach einem neuen Job umsehen musste. An vermeintlich brisantem Stoff, über den er hätte schreiben können, war er deshalb fürs Erste nicht interessiert.

Aber die Inspectora hatte ihn an einem wunden Punkt getroffen, nämlich seiner Neugier. Felix hatte es noch nie gut verkraftet, wenn ihm ein Geheimnis vorenthalten wurde. So etwas ließ ihm keine Ruhe. Sollte er das Risiko eingehen?

Er beugte sich erneut zur Seite und schaute durchs Fenster den Hang hinauf. Ehrfürchtig verzog er die Lippen. Von hier unten konnte er nicht einmal die Spitze des Berges erkennen, so steil war er. Was für ein Himmelfahrtskommando!

Auf der anderen Seite: Konnte er es verantworten, dass die Inspectora allein dort hinaufkletterte? Sie hatten ja nicht mal Funkgeräte, über die sie miteinander in Verbindung standen. Wenn ihr also tatsächlich etwas zustoßen sollte, würde sie auf sich gestellt sein. Immerhin hatte sie für alle Fälle ihr Handy mitge–

»Mierda!«, fluchte Felix, als er das Smartphone auf dem Fahrersitz liegen sah. Montero musste es im Auto vergessen haben. Ohne das Gerät war sie gänzlich von der Außenwelt abgeschnitten. Keine gute Voraussetzung für eine so gewagte Aktion wie diese.

Damit blieb ihm nichts anderes übrig. Er musste ihr hinterherklettern, ob er wollte oder nicht. Anderenfalls ließ er die Inspectora sehenden Auges in eine Katastrophe laufen. Das wollte er auf keinen Fall verantworten.

Felix schnappte sich das Smartphone und verstaute es in seiner Hosentasche. Danach zog er sich die Wanderschuhe an, und während er sie schnürte, spürte er, dass er nervös wurde. Na klar, wenn schon Erfahrungen im Bergsteigen sammeln, dann gleich richtig. Er entschied sich für einen festen Doppelknoten, holte anschließend die andere Spitzhacke vom Rücksitz und schwang sich aus dem Wagen.

Wenn das mal gut ging, dachte er.

41

Der Aufstieg gestaltete sich schwieriger als gedacht. Sie hatte den Felsen definitiv unterschätzt. An einer geeigneten Stelle gönnte sie sich eine kurze Pause und verschnaufte. Mit seinen Warnungen hatte Faber jedenfalls recht gehabt. Mehrere Male war Ana beinahe abgerutscht, und stets hatte sie dabei seine mahnende Stimme in ihrem Kopf gehört. Ja, sie hätte außerdem besser vorbereitet sein können, mit einer weiteren Spitzhacke zum Beispiel oder einer Stirnlampe, die ihr den Weg geleuchtet hätte. Doch gerade Letztere wäre viel zu auffällig gewesen. Denn sicherlich behielten Benitez und seine Männer nicht nur die Bucht, sondern auch die Umgebung im Auge. Also musste Ana so unauffällig wie möglich vorgehen, und das schloss nun mal aus, mit einem flackernden Licht am Kopf herumzulaufen.

Nachdem sie wieder etwas Kraft getankt hatte, kletterte Ana weiter. Aus ihren anfänglichen Fehlversuchen hatte sie gelernt und eine Technik entwickelt, mit der sie jetzt erstaunlich gut vorankam. Dabei lehnte sie sich weit nach vorn und beugte ihre Knie im Neunziggradwinkel. Rammte ihre Schuhspitzen wuchtig in den Felsen, und erst wenn sie sicheren Halt gefunden hatte, machte sie den nächsten Schritt. So näherte sie sich zwar nur langsam, dafür aber sicher dem Gipfel. Währenddessen konzentrierte sie sich so sehr auf ihre Bewegungen, dass sie glatt ihr Zeitgefühl verlor.

Oben angekommen, legte Ana sich umgehend auf den Boden. Zentimeter für Zentimeter robbte sie dem Abhang entgegen. Der Strand war nur noch knapp fünfzig Meter Luftlinie von ihr entfernt. Ana konnte deutlich das Meeresrauschen hören.

Warum ausgerechnet am Playa del Risco, fragte sie sich. Während sie Benitez belauscht hatte, war ihr diese Frage in den Sinn gekommen. Als mögliche Begründung leuchtete ihr nur die Abgeschiedenheit der Bucht ein, denn aus logistischer Sicht war sie alles andere als gut geeignet. Es gab keinen Steg, und zudem war der Strand zu steinig, um dort ungefährdet anzulegen. Ob ein Schiff deshalb draußen auf dem Ozean Anker werfen würde? Das würde wiederum weitere Schwierigkeiten nach sich ziehen.

Als sie die Klippe erreichte, nahm Ana ihren Rucksack ab. Zog eine Isomatte hervor, rollte sie aus und machte es sich darauf so bequem wie möglich. Anschließend kramte sie das Nachtsichtgerät heraus und schaute testweise hindurch. Das Zoom stellte sie so ein, dass sie die gesamte Bucht überblickte.

»Psst«, zischte es plötzlich hinter ihr.

Erschrocken drehte Ana sich herum und richtete sich auf. Instinktiv spannte sie ihren Körper an, ballte ihre Hände zu Fäusten und –

»Ich bin's, Felix.«

Faber, schoss es Ana durch den Kopf. Beinahe hätte der Deutsche ihr den ersten Herzinfarkt ihres Lebens beschert. Erleichtert entspannte sie sich wieder. Sie legte eine Hand auf ihre Brust und ließ sich auf den Rücken sinken. Zum Glück beruhigte sich ihr Puls genauso schnell, wie er in die Höhe geschossen war. Ana hob ihren Kopf. Per Handzeichen befahl sie Faber, sich in die Horizontale zu begeben. Hoffentlich hatte er sie beide mit dieser Aktion nicht in Gefahr gebracht.

»Was machen Sie hier?«, fragte sie im Flüsterton. »Sie wollten doch im Wagen bleiben?«

Der Deutsche tat wie befohlen und robbte anschließend das letzte Stück zu ihr herüber. »Ich dachte mir, dass Sie das hier vielleicht gebrauchen könnten.« Er griff in seine Hosentasche und drückte ihr anschließend ihr Smartphone in die Hand. »Für den Fall, dass Sie Hilfe rufen müssen.« Er zwinkerte.

Ana nahm das Gerät entgegen. »Gracias«, sagte sie. Sie verstaute das Handy in ihrem Rucksack und durchwühlte ihn bei dieser Gelegenheit nach den Thermoskannen. Als sie eine ertastet hatte, zog sie sie hervor und streckte sie Faber entgegen. »Kaffee?«

Die Augen ihres Gegenübers begannen zu funkeln wie die Sterne, die inzwischen deutlich am Himmel zu sehen waren. Ana schraubte den Deckel ab, goss etwas von dem braunen Gold hinein und ließ Faber zuerst trinken. Nachdem er probiert hatte, schien er ziemlich überzeugt zu sein. »Wollen Sie etwa ins Baugewerbe einsteigen?«, fragte er. »Der ist stark genug, um ein Haus auf ihm zu errichten.«

»Nun, da wir nicht wissen, wie lange wir heute Nacht hier ausharren müssen …«

»Ist denn noch gar nichts passiert?«

»Sie meinen, abgesehen davon, dass Sie mich fast zu Tode erschreckt haben?« Sie sahen sich an und schmunzelten.

Dann schaute Ana wieder durch das Nachtsichtgerät und beobachtete den Strand. Auch wenn sie solche Restlichtverstärker in ihrer bisherigen Dienstzeit schon häufig bei Observationen genutzt hatte, kamen ihr die grünlichen Bilder jedes Mal aufs Neue befremdlich vor. Dieses Gerät, das sie sich privat zugelegt hatte, war zusätzlich mit einer Infrarotlampe ausgestattet. Sie leuchtete die Umgebung unsichtbar für das menschliche Auge aus, wenn nicht genügend Licht zur Verstärkung vorhanden war. Was jedoch selbst dieses Gerät nicht verstärken konnte, waren die Aktivitäten in der Bucht. Denn obwohl Ana bald jeden Meter des Strandes mehrmals untersucht hatte, tat sich nicht das Geringste. Vollkommen friedlich lag der Playa del Risco da, und nichts deutete darauf hin, dass sich daran bald etwas ändern würde.

Hatte sie sich womöglich getäuscht? Hatte sie sich verhört, als sie Benitez und den Mann mit der Maschinenpistole belauscht hatte? Oder noch schlimmer: Hatten sie sie vielleicht sogar reingelegt? War sie ihnen etwa auf den Leim gegangen? Daran hatte Ana bisher noch gar nicht gedacht. Wie konnte es sein, dass ihr diese Möglichkeit nicht bereits vorher eingefallen war?

Was für ein gewiefter Scheißkerl, fluchte sie innerlich. Benitez schien sie tatsächlich aufs Kreuz gelegt zu haben. Er musste sie bemerkt haben, als er nach Juncalillo gefahren war, und sich kurzerhand diesen Plan ausgedacht haben. Das musste sie ihm lassen, es war ein äußerst cleverer Schachzug gewesen.

Plötzlich tippte Faber sie sanft gegen die Schulter. »Montero«, flüsterte er, »da kommt ein Auto.«

Ana drehte sich zu ihm. »Wo?«

»Auf ein Uhr.« Er zeigte nach unten ins Tal. »Wer auch immer das ist, er macht es wie wir. Die Scheinwerfer sind aus.«

Ana richtete das Nachtsichtgerät auf die Stelle und sah gespannt hindurch.

Tatsächlich.

Ein Pick-up schlängelte sich durch die Schlucht und holperte über den Schotterweg dem Strand entgegen. Am Steuer sowie auf dem Beifahrersitz saßen zwei grimmig dreinschauende Männer. Dahinter, auf der Ladefläche und mit dem Rücken zu ihr, zwei weitere. Anhand ihrer Körperhaltung verstand sie die Situation sofort.

»Sie sind bewaffnet«, flüsterte Ana.

»Bewaffnet?«, fragte Faber schockiert zurück. »Wie meinen Sie das?«

»Dass sie automatische Waffen dabeihaben.«

Stille.

»Shit«, entfuhr es dem Deutschen.

Ana legte das Nachtsichtgerät zur Seite. Mit beiden Händen krallte sie sich Fabers Kopf, drehte ihn zu sich und schaute ihm fest in die Augen. »Hören Sie, wir dürfen jetzt keinen Fehler machen, haben Sie verstanden?«

»Hmh-hmh«, brummte er.

Ana nickte ihm zu und schaute anschließend wieder durch das Nachtsichtgerät.

Beständig näherte der Pick-up sich dem Strand. Ana erkannte, dass der Beifahrer ein Funkgerät aus dem Handschuhfach holte und ins Mikrofon sprach.

Moment mal, dachte sie, war das nicht ...

Er war es.

Benitez, dieser Schweinehund.

Ana hatte sich also doch nicht getäuscht.

42

Er konnte nicht glauben, dass er tatsächlich dabei war. Dass es wirklich passierte. Wie aufregend das alles war! Niemals hätte er sich erträumt, dass er auf Gran Canaria ein solches Abenteuer erleben würde. Was genau sich dort unten am Strand ereignete, konnte Felix von seiner Position aus allerdings nicht erkennen. Vor allem nicht ohne Nachtsichtgerät.

Das Auto, das inzwischen bis auf wenige Meter an die Bucht herangefahren war, sah er jedoch auch ohne. Sogar die Männer, die auf der Fläche des Pick-ups saßen, zeichneten sich deutlich genug ab. Genauso wie die Waffen, die sie schussbereit vor der Brust hielten. Dieser Anblick ließ Felix' Blutdruck spürbar steigen. Immer schneller und heftiger pochte es in seiner Brust. Hatte Montero nicht von einer Lieferung gesprochen? Danach sah es weder in der Bucht noch auf dem Meer aus. Bis auf den Pick-up wies nichts darauf hin, dass hier in den nächsten Minuten etwas stattfinden sollte. Trotzdem war Felix klar, dass die Männer nicht für ein gemütliches Barbecue zum Strand gefahren waren.

»Dios mío«, flüsterte die Inspectora plötzlich.

Felix schaute in dieselbe Richtung wie sie. Er kniff die Augen zusammen und versuchte, trotz der Finsternis etwas zu sichten. Leider ohne Erfolg. Als würde er auf eine schwarze Wand starren.

»Was ist?«, fragte er deshalb leise. »Was sehen Sie?«

»Boote«, antwortete Montero. »Fischerboote, ohne Lichter.«

Irritiert verzog Felix das Gesicht. »Sind da die Drogen drin?«

Schulterzucken. »Keine Ahnung. Sieht nicht danach aus. Sie scheinen leer zu sein.«

Dann hörte er mit einem Mal ein weiteres Motorengeräusch. Es war lauter als das, das ihn auf den Pick-up aufmerksam gemacht hatte. Er rollte sich zur Seite ... und machte einen Sprinter aus, der sich – ebenfalls ohne Scheinwerfer – durch die Nacht in Richtung Strand vorkämpfte.

»Montero, schauen Sie«, flüsterte er und tippte der Inspectora erneut auf die Schulter. »Da!«

»Wir kriegen Besuch«, stellte sie fest. Zum ersten Mal seitdem sie ihre Position auf der Klippe eingenommen hatten, klang sie hörbar besorgt.

Gebannt verfolgten sie die Route des Sprinters. Sahen zu, wie er sich Meter für Meter über den Schotterweg dem Strand näherte und schließlich neben dem Pick-up zum Stehen kam. Montero beobachtete die Szenerie weiter durch das Nachtsichtgerät. Als sie sah, wie die bewaffneten Männer die Ladetüren des Sprinters öffneten, durchfuhr sie ein Schock.

»¡Puta mierda!«, fluchte die Inspectora. Den Schatten nach zu urteilen, sprangen nacheinander mehrere Gestalten von der Ladefläche ins Freie. »Das sind Geflüchtete!«

Felix entglitten alle Gesichtszüge. »Was? Wieso …? Wie können sie …? Woher –«

»Es sind dunkelhäutige Männer«, erklärte Montero. »Und sie haben sie gefesselt.« Sichtbar getroffen ließ sie das Nachtsichtgerät sinken und warf ihm einen bestürzten Blick zu.

Sie brauchten eine Weile, um das Gesehene zu verarbeiten. Doch das, was sich gerade dort unten am Strand abspielte, ließ nur einen Schluss zu: Bei der Lieferung ging es nicht um Drogen. Es ging um Menschen.

»Wahrscheinlich bringen sie sie von der Insel runter«, mutmaßte Montero. Ihr Gesicht war kreidebleich.

»Und wohin?«, fragte Felix zurück. »Auf eine der anderen Inseln?«

Die Inspectora schüttelte den Kopf. »Europa, sehr wahrscheinlich aufs spanische Festland.« Sie drückte ihm das Nachtsichtgerät in die Hand. »Hier, halten Sie kurz. Ich muss schleunigst die Kollegen informieren, bevor es zu spät ist.« Eilig kramte sie ihr Smartphone aus dem Rucksack und tippte eine Nummer auf dem Display ein.

Felix ließ sich nicht zweimal bitten und schaute durch das Okular.

243

Montero hatte recht, es waren allesamt dunkelhäutige junge Männer. Ihr Anblick erinnerte ihn unverhofft an Bayu. Sogar von hier oben konnte er erkennen, dass sie genauso unterernährt waren wie der Mann aus Mali, den seine Kollegen in dem Raum über der Redaktion versteckt hatten. Außerdem trugen sie zerfetzte Kleidung, die man eher als Lumpen bezeichnen konnte. Sie liefen barfuß über den steinigen Strand, angetrieben von den bewaffneten Männern, die sie in Richtung Meer lotsten. Gleichzeitig kämpften sich die Fischerboote wegen des hohen Wellengangs mühsam der Küste entgegen.

Scheiße, war das etwa …?

Felix zoomte den Mann heran, der mit seinem Gewehr am Ende der Menschenkette stand und sich immer wieder flüchtig in seine Richtung herumdrehte. Hatten seine Augen ihm eben nur einen Streich gespielt oder handelte es sich bei ihm tatsächlich um –

Er war es. Dieses Gesicht hatte er sich eingeprägt, obwohl er es erst wenige Male gesehen hatte. Verfluchter Mist. Fassungslos nahm Felix das Nachtsichtgerät herunter.

Jetzt verstand er überhaupt nichts mehr.

TEIL VIER

LIEFERKETTEN

43

Er nahm das Nachtsichtgerät herunter und schaute zu Montero hinüber.

»Was ist?«, fragte sie. »Haben Sie etwas gesehen? Sie gucken so komisch.«

»Ich bin mir nicht sicher«, log er. »Ich dächte, ich hätte –«

Sie unterbrach ihn mit einem Handzeichen. Nach dem fünften Versuch hatte sie ihren Kollegen endlich erreicht.

»Ruiz? Hör zu, du musst sofort … Jaja, ich weiß, es ist spät, aber …« Ihr Kollege schien alles andere als begeistert von diesem Anruf zu sein. Sie verdrehte die Augen, während er wahrscheinlich am anderen Ende fluchte, dass sie um diese Uhrzeit bei ihm anrief.

Kurz darauf hatte die Inspectora genug gehört. »Hugo, ¡cállate!«, befahl sie ihm barsch, zu schweigen. »Du musst sofort die Guardia Civil informieren. Ich bin am Playa del Risco, hier läuft gerade eine illegale Verschiffung von Geflüchteten. Ich brauche –«

Er unterbrach sie erneut. Felix konnte jedoch nicht verstehen, was genau er sagte. Nur sein Tonfall drang laut und deutlich durch den Hörer, und der war alles andere als freundlich gestimmt.

»Ruiz, es ist jetzt nicht der Zeitpunkt für Fragen!«, bellte Montero zurück. »Du hast doch Kontakte zu einigen Jungs bei der Guardia Civil?« Kurze Pause. »Gut, ruf sie sofort an. Sie müssen ihre Schnellboote rausschicken, sonst verlieren wir sie. Und ihren Hubschrauber aufsteigen lassen. Hast du mich verstanden?«

Wenige Sekunden später legte sie ohne ein weiteres Wort auf.

»Was ist los?«, fragte Felix. »Glaubt er Ihnen nicht?«

Montero schüttelte genervt den Kopf. »Hugo kann manchmal ein solcher Idiot sein! Ich hoffe, dass er den Ernst der Lage verstanden hat. Ohne diese Schnellboote und den Hubschrauber sind wir chancenlos.«

»Warum haben Sie nicht selbst versucht, die Guardia Civil zu erreichen?«

»Weil dann erst recht nichts passiert wäre.« Sie zuckte mit den Schultern. »Kompetenzgerangel. Sie verstehen das nicht. In Spanien gibt es bei der Polizei zu viele verschiedene Köche, und die ... wie sagt man auf Deutsch?«

»Verderben den Brei.«

Montero schnippte mit den Fingern. »Exacto.«

Sie nahm ihm das Nachtsichtgerät aus der Hand und schaute wieder hinunter zum Strand. »Sie haben also etwas gesehen?«

»Nein«, log Felix spontan, »ich hab mich getäuscht.«

Warum er der Inspectora nicht die Wahrheit sagte, konnte er sich selbst nicht erklären. Irgendein Gefühl verriet ihm, dass er das, was er erst vor wenigen Minuten dort unten beobachtet hatte, zunächst für sich behalten sollte. Um sich im Anschluss zu überlegen, was er mit dieser Information anstellen würde.

»Was können wir jetzt tun?«, fragte Felix deshalb zur Ablenkung.

»Nichts«, antwortete Montero. »Wir können nur hier liegen und hoffen, dass Hugo seine Eier wiederfindet und die Jungs von der Guardia Civil wach trommelt.«

248

Eine Viertelstunde später erhielten sie eine Antwort: Ruiz hatte seine Eier anscheinend gefunden. Mit lautem Getöse eilte eine Kolonne von Dienstwagen herbei und tauchte den Playa del Risco in flackerndes Einsatzlicht. In der Ferne hörte Felix die ratternden Rotorblätter eines Hubschraubers. Außerdem die brummenden Motoren von Patrouillenbooten, die sich aus zwei Richtungen in einer Art Zangenbewegung dem Strandabschnitt näherten. Wie sie es sich erhofft hatten, schickte die Guardia Civil ihre gesamte Kavallerie vorbei.

»Na, dann wollen wir mal«, sagte die Inspectora plötzlich und stopfte alle Gegenstände zurück in ihren Rucksack. Sie schien überzuquellen vor Tatendrang.

»Was meinen Sie?«, fragte Felix entsetzt zurück. »Sie wollen doch wohl nicht ...?« Er zeigte mit dem Daumen über seine Schulter. In die Richtung, aus der sie beide auf den Felsen geklettert waren.

Montero nickte. »Doch, genau das wollen wir. Oder soll die Party etwa ohne uns stattfinden?«

44

Sie hatte ihm zu viel versprochen. Als sie die Bucht erreichten, war die Party bereits vorbei. Oder besser gesagt: Sie hatte gar nicht erst stattgefunden.

Ana war kaum aus ihrem Wagen gestiegen, als bereits ein Kollege von der Guardia Civil auf sie zustürmte. »Sind Sie Montero?«, fragte er.

»Die bin ich«, bestätigte sie.

Das konnte ja was werden. Der für einen Spanier erstaunlich hochgewachsene, schlaksige Mann näherte sich ihr mit großen Schritten. Bei jedem von ihnen flackerte das Licht seiner Taschenlampe auf dem Boden.

»Teniente Flores«, stellte er sich schließlich vor. Er baute sich vor ihr auf und stemmte seine Hände in die Hüften. »Sagen Sie, was wird hier eigentlich gespielt?«

»Was meinen Sie?«

»Was ich meine?« Flores warf ihr einen Blick zu, der aussah, als würde er ihr lieber jetzt als später eine verpassen. »Ihr Kollege Ruiz hat uns alarmiert und gesagt, am Playa del Risco sei eine Riesensache am Laufen. Schnellboote, Hubschrauber, Einsatzwagen, das große Besteck sollten wir mitbringen.«

»Damit hatte er ganz recht.«

Flores drehte sich herum und zeigte in Richtung der Bucht. »Es ist verdammt noch mal niemand am Strand!«

»Aber Sie haben doch die Autos? Meinen Sie, die stellt irgendjemand mitten in der Nacht einfach so dort ab?«

250

»Pah, was wir haben, sind zwei verlassene Dreckskarren, noch dazu ohne Nummernschilder.«

»Was ist mit den Seriennummern?«

»Die sind rausgekratzt.«

Plötzlich schaltete Faber sich in die Debatte ein. »Und das kommt Ihnen nicht merkwürdig vor?«

Ana streckte ihren Arm aus und versuchte, den Deutschen zurückzuhalten. Doch es war bereits zu spät. Er stand nun direkt neben ihr. Flores schaute irritiert zwischen ihnen hin und her.

Dann zeigte er mit einem Finger auf Faber. »Verflucht, wer ist der Kerl?«

»Ich heiße Fe–«

»Das ist unser Informant«, fuhr Ana ihm ins Wort, bevor er noch weiteren Schaden anrichten konnte. Sie legte einen Arm um seine Schulter und zog ihn zu sich heran. »Nur durch ihn haben wir von der Übergabe erfahren.«

Sprachlos sah Flores ihr daraufhin eine Zeit lang ins Gesicht. »Meinetwegen«, sagte er schließlich trocken und winkte ab.

»Ich stimme ihm jedenfalls voll und ganz zu«, erklärte Ana weiter. Sie konnte förmlich spüren, wie in Faber von Sekunde zu Sekunde das Erstaunen wuchs. »Ein Pick-up und ein Sprinter, beide offensichtlich ohne Zulassung und mit ausgekratzten Seriennummern. Gibt Ihnen das nicht zu denken?«

»Hey, Montero, hören Sie mir mal genau zu.« Flores beugte sich zu ihr herunter und hielt seinen ausgestreckten Finger so nah an ihr Gesicht heran, dass Ana am liebsten hineingebissen hätte. Doch stattdessen rührte sie sich keinen Millimeter. Faber hingegen zuckte eingeschüchtert zurück.

»Ab jetzt ist das unser Fall, ¿comprende?«, fauchte Flores. »Sie können nur hoffen, dass unsere Patrouillenboote irgendetwas da draußen finden, denn wenn nicht ...« Er strich mit der Handkante quer über seinen Hals.

Ana verdrehte die Augen. Was für eine Dramaqueen er doch war. Aber er hatte recht. Wenn sich diese Aktion wirklich als Fehlschlag herausstellen sollte, würde ihr fortan heftiger Gegenwind ins Gesicht blasen. Und Madrid würde in noch weitere Ferne rücken, als es ohnehin schon war.

45

Am nächsten Morgen meldete er sich bei der Schule krank. Zu sehr hing ihm immer noch die letzte Nacht in den Knochen. Die Aufregung hatte ihn arg mitgenommen. Dazu die körperliche Anstrengung beim gefährlichen Auf- und dem noch viel gefährlicheren, weil hektischeren Abstieg. Felix brauchte eine Auszeit. Auch um sich seine nächsten Schritte zu überlegen. Noch immer hatte er keine rationale Erklärung dafür, warum er Montero seine Beobachtungen in dieser Nacht verschwiegen hatte. Und die waren nichts Geringeres als eine Sensation. Trotzdem hatte er es für klüger befunden, der Sache zunächst auf eigene Faust auf den Grund zu gehen.

Nach dem Frühstück schnappte Felix sich daher seinen Laptop und gab die Begriffe »Torres« und »RAZÓN Gran Canaria« bei Google ein. Die Suchmaschine spuckte ihm allerhand Ergebnisse aus. Felix wählte den ersten Eintrag, und der Link führte ihn direkt zu einer Webseite der rechtspopulistischen Partei, auf der die Namen sämtlicher Funktionäre auf der Insel aufgelistet waren. Ganz oben: der Parteichef.

Von Beruf war Miguel Torres Rechtsanwalt. Außerdem war er passionierter Golfspieler, leidenschaftlicher Sammler von Franco-Devotionalien und bekennender Anhänger des verstorbenen Caudillos der Spanier. Unfassbar, dachte Felix, dass in diesem Land Menschen so etwas offen von sich preisgeben konnten. Was wohl in Deutschland passieren würde, wenn sich der Chef einer Partei zu Adolf Hitler bekennen würde? Wahrscheinlich würde er politisch sofort für tot erklärt und umgehend vom Verfassungsschutz beobachtet werden.

Noch viel bedeutsamer erschien Felix jedoch, dass Miguel Torres der Vater von Ferran war. Jenem jungen Mann, den er heute Nacht am Playa del Risco wiedererkannt hatte. Bewaffnet mit einer Maschinenpistole und beteiligt an der Verschiffung von Geflüchteten, von denen anschließend nicht die geringste Spur existierte. Weder die Schnellboote noch der Hubschrauber der Guardia Civil waren auf etwas gestoßen. Lediglich die zurückgelassenen Fahrzeuge hatten sie.

Felix setzte seine Recherche über den Parteichef fort. Zu seiner Überraschung war Torres noch nicht lange im

253

Amt, gerade mal ein Jahr, und hatte den Posten von Ángel Fuentes übernommen, der von der obersten Parteiführung in Madrid entlassen worden war. Überall setzte man große Hoffnungen in ihn, denn trotz des wachsenden Zuspruchs aus der Bevölkerung war der Zustand der Partei auf der Insel desaströs.

Felix schmunzelte über den Vornamen des geschassten und inzwischen verurteilten Parteichefs. Mit einem Engel hatte der – wie Felix nun las – nur gemein, dass er sich selbst für ein himmlisches Wesen hielt. Sein Nachname, der auf Deutsch »Quellen« bedeutete, passte da schon eher. Aus diesen hatte Fuentes diverse Zahlungen erhalten, die er erfolglos an der Steuer vorbeizuschleusen versucht hatte. In dem Strafverfahren gegen ihn hatte die Partei, vor allem die Basis, ein politisch motiviertes Manöver gesehen. Wenige Wochen später war Fuentes weg gewesen von der großen Bühne. So schnell konnte aus einer Lichtgestalt ein Glühwürmchen werden.

Ferran und sein Vater lebten zusammen in einer abgelegenen Finca in der Nähe von Las Paredes, einem Dorf entlang der Straße zwischen Teror und Arucas hoch im Norden der Insel. Felix notierte sich die Adresse und schaute auf der Webseite des Busunternehmens nach einer Verbindung. Es gab tatsächlich eine Haltestelle in Las Paredes. Jedoch schluckte Felix, als ihm die errechnete Fahrtdauer angezeigt wurde. Er versuchte, es positiv zu sehen. So blieb ihm immerhin genügend Zeit, um sich eine Strategie zu überlegen.

Er schmierte sich ein paar Brote und verstaute sie zusammen mit einer Flasche Wasser sowie Stift und Notizblock in seinem Rucksack. Dann machte er sich umgehend auf den Weg zur Haltestelle.

Wie schön, dass ihn draußen wieder das für die Kanaren übliche Wetter begrüßte: ein wolkenfreier Himmel und eine strahlkräftige Sonne. Die windigen und verhangenen Tage hatten sie erfolgreich überwunden. An dem Automaten im Eingangsbereich des kleinen Supermarkts zog Felix sich einen Cortado und lehnte sich anschließend lässig an die Steinwand der Haltestelle.

Der Bus kam zehn Minuten zu spät – ziemlich pünktlich also für kanarische Verhältnisse – und war erneut prallvoll. Nur ganz hinten, in der letzten Reihe, bekam Felix noch einen Platz. Wieder herrschte ein unglaublicher Geräuschpegel in dem Bus. Felix bemerkte jedoch, dass ihm dieser gar nicht mehr so viel ausmachte. Offensichtlich schritt seine Verwandlung auch in diesem Punkt immer mehr voran.

Dann ging die Fahrt los. Felix nahm sich ein Beispiel an den anderen und stöpselte seine Bluetooth-Kopfhörer ein. Um mal etwas Neues zu probieren, wählte er die Playlist »Tropical Vibes« aus. Mit einer Mischung aus elektronischen und karibischen Rhythmen auf den Ohren fuhren sie zunächst auf die Schnellstraße entlang der Küste, danach auf die Autobahn und bei Vecindario schließlich auf die Bundesstraße in Richtung Norden.

Wie würde er vorgehen, falls er Ferran zu Hause anträfe? Und was würde er tun, falls auch sein Vater anwesend wäre?

Felix wägte seine Möglichkeiten ab. Natürlich könnte er behutsam vorgehen und zunächst versuchen, Ferran in ein Gespräch über die Schule zu verwickeln, um ihn so in Sicherheit zu wiegen. Er zweifelte jedoch daran, dass ihm das gelingen würde. Ferran würde sicher sofort misstrauisch sein, wenn er Felix vor der Tür stehen sah. Die andere

Option war, ihn von der ersten Sekunde an mit der Wahrheit zu konfrontieren. Zugleich war sie aber viel riskanter, denn mit ihr provozierte er Widerstand.

Keine leichte Entscheidung. Felix beschloss, seine Strategie nicht jetzt im Vorhinein festzulegen. Er würde sie davon abhängig machen, wie Ferran auf ihn reagierte. Deshalb schob er seine Überlegungen beiseite und konzentrierte sich stattdessen auf die Landschaft, die an seinem Fenster vorüberzog. Zusammen mit den Tropical Vibes versetzte ihn dies in eine Art Trance. Instinktiv spürte er, dass das bevorstehende Gespräch ein entscheidender Moment für ihn werden würde.

*

Etwa eine Stunde später stand er vor einer hohen Steinmauer. An einem Nagel baumelte ein Schild mit dem Namen »Torres«. Die Adresse, die er im Internet herausgefunden hatte, war also die richtige. Hier wohnte der neue Parteichef von RAZÓN zusammen mit seinem Sohn. Über eine mögliche Ehefrau und Mutter hatte Felix in den Medien nichts in Erfahrung gebracht. Ob sich dahinter etwa eine traurige Geschichte verbarg?

Die Mauer, die das Grundstück von der staubtrockenen Nebenstraße abgrenzte, wurde durch ein Tor mit Holzbogen unterbrochen und diente als Zufahrt zur Finca. Felix stellte sich direkt davor und versuchte, einen Blick auf das Gebäude zu erhaschen. Obwohl es auf einer kleinen Anhöhe lag, war es wie versunken hinter einem Meer aus Palmen, Kakteen und Aloe-Vera-Pflanzen und daher nur flüchtig zu erahnen. Als hätte es mit der Welt um sich herum nichts zu tun.

Seltsam, dass hier keine Kameras hingen, dachte Felix. Dabei war Torres doch eine Person von gesteigertem öffentlichem Interesse. Wäre es da nicht naheliegend, wenigstens ein paar grundlegende Sicherheitsmaßnahmen zu treffen? Anscheinend war dem Parteichef die Abgeschiedenheit von Las Paredes jedoch Schutz genug.

Felix zuckte mit den Schultern und ging durch das Tor. Anschließend den ansteigenden Kiesweg hinauf, und während es bei jedem Schritt unter seinen Füßen knirschte, erkannte er nach und nach die Umrisse des Hauses. Die pralle Sonne schien ihm entgegen und zwang ihn dazu, mit einer Hand sein Gesicht abzuschirmen.

Zielstrebig durchquerte er den Garten und kam an einem Springbrunnen, einer Feuerstelle, kleinen weißen Statuen sowie gemütlichen Sitzecken mit Korbstühlen vorbei. Ein idyllischer Anblick – eigentlich. Auf Felix machte das Gelände trotzdem einen geheimnisvollen, beinahe mystischen Eindruck. Irgendetwas stimmte an dieser friedlichen Fassade ganz und gar nicht, das nahm er deutlich wahr.

Dann zeigte sich die Finca zum ersten Mal in ihrer vollen Pracht. Sie sah aus wie ein typisch kanarisches Landhaus, gebaut aus massiven Mauern mit großen, groben Steinen. Dazu ein Vorhof und ein geziegeltes Schrägdach, das hier auf der Insel eine echte Rarität darstellte. Außerdem Fensterläden aus dunklem Holz, die allesamt geschlossen waren. Eine Tatsache, die den zurückgezogenen Eindruck, den das Gebäude erweckte, noch verstärkte.

Vor dem Haus angekommen, schritt Felix die Marmortreppe hinauf. Verzweifelt suchte er nach einer Klingel, entdeckte jedoch nur einen gusseisernen Klopfer. Er hob den schweren Ring an und schlug damit dreimal kurz hintereinander gegen die massive Holztür. Er hörte, wie sein Klopfen durch einen großen hohen Raum hallte.

Eine gefühlte Ewigkeit tat sich nichts. Kein Rufen, das an Felix' Ohr drang, keine Schritte, die das Eintreffen von Miguel oder Ferran Torres oder eines möglichen Hausangestellten ankündigten, kein Summen eines Türöffners. Nur der Wind, der die Blätter der Palmen rascheln ließ, und das leise Plätschern des Springbrunnens waren zu hören.

Felix hob erneut den Ring an und –

»Was wollen *Sie* denn hier?«

Ferrans Stimme kam aus einer unerwarteten Richtung. Erschrocken fasste Felix sich an die Brust und schaute nach oben. Im Rahmen des äußersten rechten Fensters im ersten Stock erblickte er das Gesicht seines Schülers. Er sah angestrengt aus, als wäre er mitten in einem schweißtreibenden Training gestört worden.

Felix nahm seine Hand herunter und versuchte, so normal wie möglich zu erscheinen. »Hola, Ferran«, sagte er, »ich habe gehört, du warst heute nicht in der Schule?«

»Na und? Was geht Sie das an?«

»Ich habe mir Sorgen um dich gemacht.«

»Ich bin krank, okay?«

»Das tut mir leid.«

»Kümmern Sie sich um Ihren Scheiß.« Jetzt wusste Felix, wovon seine Kolleginnen in der Bar gesprochen hatten. Heute erhielt er die erste Kostprobe von Ferrans berüchtigter liebenswürdiger Art.

Torres junior lehnte sich ein Stück weiter aus dem Fenster und zeigte mit ausgestrecktem Arm in Richtung der Zufahrt. »Und jetzt verlassen Sie unser Grundstück, ich möchte nämlich –«

»War wohl eine anstrengende Nacht, hm?«, grätschte Felix dazwischen. Damit brachte er seinen Schüler augenblicklich zum Schweigen. »Du musst dich bestimmt ausruhen, was?«

Ferran zog seinen Arm zurück. Überraschung stand ihm ins Gesicht geschrieben.

Dann, wenige Sekunden später, kniff er die Augen zusammen und warf Felix einen Blick zu, der bewies, dass er die Anspielung verstanden hatte.

»Warten Sie unten an der Tür«, sagte er, »ich hole Sie ab.«

*

Ferran ließ hinter ihm die Tür ins Schloss fallen.

Wie Felix beim Anklopfen richtig vermutet hatte, standen sie nun in einem hohen, dunklen und kühlen Raum. Das Einzige, das ihm wenigstens ein bisschen Gemütlichkeit verlieh, war der riesige Teppich, der beinahe den gesamten Fußboden bedeckte. Mehrere Porträts, auf denen der Hausherr in verschiedenen Posen zu sehen war, hingen an den gemauerten Wänden. Auch erkannte Felix einige von den Statuen wieder, die ihm beim Durchqueren des Gartens aufgefallen waren. Unbestreitbar lag ein Hauch von Selbstgefälligkeit in der Luft. Offenkundig litt der Chef von RAZÓN nicht unter einem Mangel an Selbstbewusstsein.

»Mein Vater ist nicht zu Hause«, erklärte Ferran ungefragt. »Er ist auf einem Parteitreffen.«

»Wann kommt er zurück?«

Gleichgültiges Schulterzucken. Ohne sich umzudrehen, deutete Ferran auf die Wendeltreppe in seinem Rücken, die in den ersten Stock führte.

»Wir können uns in meinem Zimmer unterhalten«, sagte er. »Ich habe einen Balkon, nach hinten raus, mit Blick auf den Pool.«

»Hört sich gut an.«

Ferran nickte und ging voran. Felix folgte ihm, behielt dabei jedoch immer ein paar Schritte Sicherheitsabstand bei. Nur für den Fall, dass mit seinem Schüler die Pferde durchgehen sollten und er sich verteidigen musste. Wobei er dann wahrscheinlich ohnehin den Kürzeren ziehen würde, denn auch wenn Felix nicht unsportlich war, wirkte Ferran weitaus kräftiger als er. Jetzt, als er vor ihm lief, erkannte Felix dank des ärmellosen Shirts dessen ausgeprägte Rücken-, Schulter- und Nackenmuskeln. Dass er derart durchtrainiert war, war ihm in der Schule bisher nicht aufgefallen.

Der Blick auf den rückwärtigen Teil der Finca war überwältigend. An das Gebäude grenzte eine riesige Terrasse, auf der zahlreiche Sonnenliegen mit eigenen Schirmen standen. Dahinter ein lang gezogener Pool mit Sprungbrett, in dem man mühelos mehrere Züge schwimmen konnte, und als Krönung eine kleine überdachte Bar mit Hockern und Lautsprechern, die zu einer Musikanlage gehören mussten. Alles erneut umschlossen von Palmen, zwischen deren Stämmen hier und dort Hängematten baumelten.

Was für ein Paradies, dachte Felix. Hier auf der Insel gab es wirklich zahlreiche wunderschöne Orte.

Auf dem Balkon ließ Ferran sich in einen Korbstuhl sinken. Neben ihm stand ein Beistelltisch und darauf eine halb volle Flasche »Tropical«. Er nippte an seinem Bier und schaute schweigend auf den Pool. Als würde er entweder nicht wissen, wie er das Gespräch beginnen sollte, oder aber darauf warten, dass sein Gegenüber den ersten Schritt machte.

Auf Psychospiele wie diese hatte Felix jedoch keine Lust. Er lehnte sich an das Holzgeländer und verschränkte die Arme. Setzte das selbstbewussteste Lächeln auf, das ihm möglich war, und fragte: »War ganz schön knapp heute Nacht, was?«

Ferran sah ihm ausdruckslos ins Gesicht, während er weiter sein Bier schlürfte. Er machte keine Anstalten, zu antworten. Um den Druck auf ihn zu erhöhen, löste Felix seine Arme und imitierte mit einem Finger die Bewegung von Rotorblättern. »Die hätten euch beinahe geschnappt. Beim nächsten Mal werdet ihr sehr wahrscheinlich nicht mehr so viel Glück haben.«

Nun grinste Ferran süffisant. Als wäre das, was Felix gesagt hatte, nur ein verdammt flacher Spruch gewesen. »Sie. Haben. Keine. Ahnung«, sagte er und betonte dabei jedes einzelne Wort. Seine Stimme ein einziger Ausdruck von Überheblichkeit. »Sie denken immer noch, dass hier alles wie bei Ihnen zu Hause zugeht. Da muss ich Sie enttäuschen, das ist nicht Deutschland. Die Uhren laufen hier anders.«

»Das ist mir schon aufgefallen. Eine Stunde hinterher, oder?«

Diese Bemerkung entlockte Ferran ein weiteres Lächeln. Ohne Felix aus den Augen zu lassen, öffnete er mit einer Hand die Schublade des Beistelltischs und kramte eine Packung Zigaretten und ein Feuerzeug heraus.

»Machen Sie ruhig weiter Ihre Witze, Señor Faber.« Er zündete sich eine Kippe an und blies Felix provozierend den Rauch entgegen. »Aber Sie werden noch erkennen, wo Sie da hineingeraten sind. Wir werden ja sehen, ob Ihnen danach weiterhin zum Scherzen zumute ist.«

»Das klingt verdächtig nach einer Drohung«, erwiderte Felix. Er hatte beschlossen, sich von seinem Schüler nicht einschüchtern zu lassen. Schließlich wusste er Montero und Ruiz in seinem Rücken, und das gab ihm ein Gefühl von Sicherheit.

Ferran zog ein weiteres Mal an seiner Zigarette. »Sehen Sie es, wie Sie wollen.«

Dann nahm er seine Beine hoch und legte sie auf dem Geländer ab, sodass seine nackten Füße beinahe Felix' Oberkörper berührten. Unbestreitbar ein Zeichen der Dominanz. Unmissverständlich wollte Ferran klarmachen, wer hier der Boss war.

»Sehen Sie, ich mag Sie«, sagte er schließlich.

Felix musste seinen Impuls unterdrücken, denn zum ersten Mal war er von einer Aussage seines Schülers tatsächlich überrascht.

»Sie scheinen ein cooler Typ zu sein.«

Als Zeichen des Dankes grinste Felix leicht.

»Nein, im Ernst. Für mich waren Deutsche bisher immer nur dickbäuchige, Sandalen tragende Guidis oder nervige Rentner.«

»Ich bin froh, dein Bild verändert zu haben.«

»Und weil Sie mir sympathisch sind, gebe ich Ihnen einen gut gemeinten Rat. Sie werden ihn nur ein einziges Mal von mir hören und danach nie wieder. Also überlegen Sie sich gut, ob Sie ihn befolgen wollen oder nicht.«

»Dann hau ihn mal raus, deinen Rat.«

Ferran starrte Felix in die Augen. Dabei führte er in kurzen Abständen mehrmals die Zigarette zu seinem Mund. »Hören Sie auf zu schnüffeln. Diese Sache ist zu groß für jemanden wie Sie.«

»Für jemanden wie mich?«, wiederholte Felix. Sein Schüler nickte stumm. »Das klingt ja spannend.« Er war selbst erstaunt darüber, wie lässig und unbeeindruckt er in diesem Augenblick wirkte. In seinem Innern fühlte es sich jedoch völlig anders an. »Das ist lieb von dir. Aber du musst dir keine Sorgen um mich machen. Ich habe Freunde, die auf mich aufpassen, weißt du? Freunde bei der Polizei, meine ich.«

Ferran zischte durch die Zähne. »*Freunde,* das war bisher Ihr bester Witz.« Da sich nun kein Zug mehr aus dem Stummel heraussaugen ließ, bückte er sich und griff nach dem gläsernen Aschenbecher. Er drückte die Zigarette aus und lehnte sich anschließend wieder in seinem Korbsessel zurück. »Die werden Sie nicht beschützen können.«

»Genauso wenig, wie dir das bei Sara gelungen ist?« Volltreffer, dachte Felix. Als hätte er Ferran genau an der richtigen Stelle erwischt, huschte für einen flüchtigen Moment ein entsetzter Ausdruck über dessen Gesicht. Bis er selbst bemerkte, dass er sich verwundbar gezeigt hatte, und deshalb wieder die Maske aufzog, hinter der er sich zu verstecken versuchte. Eines konnte er jedoch trotz allem nicht verbergen: Seine Augen wurden glasig. Er wandte seinen Blick ab, der daraufhin auf dem Beistelltisch haften blieb und sich auf ihm verlor.

»Ich habe sie geliebt«, flüsterte Ferran schließlich. Seine Stimme zitterte und klang brüchig. Als hätte sie sämtliche Kraft eingebüßt, vor der sie bis vor wenigen Sekunden noch so gestrotzt hatte.

»*Geliebt?*«, wiederholte Felix spöttisch. »Wenn ich das richtig sehe, hast du sie übel in die Scheiße geritten. Unter Liebe verstehe ich da etwas anderes.«

»Ich habe sie gewarnt«, erwiderte Ferran, »so wie Sie. Ich habe ihr gesagt, dass sie sich aus der Sache raushalten und sich ihre verrückte Idee aus dem Kopf schlagen soll. Dass er sich nicht erpressen lassen würde.«

»*Er?* Du meinst ... Lozano? Du arbeitest also für ihn?«

Ferran ging nicht darauf ein. Wie gefangen in seinen Gedanken floss die Wahrheit weiter aus ihm heraus. Felix beschloss, ihn einfach reden zu lassen.

»Sie hat auf niemanden gehört. Nicht mal auf ihre Mutter, und schon gar nicht auf mich«, setzte Ferran fort. »Alles, was sie wollte, war rauszukommen aus dieser Scheiße. Dafür hat sie alles riskiert.« Er schüttelte den Kopf. »Ich wollte ihr doch nur dabei helfen.«

Dann, als wäre wie auf Knopfdruck das Leben in ihn zurückgekehrt, drehte er plötzlich seinen Kopf zu Felix herum und sah ihm in die Augen. Er kämpfte mit aller Macht gegen seine Tränen an. Felix spürte es: Das hier war kein Schauspiel mehr. Ferran zeigte sich mit seiner ganzen Verletzlichkeit. Das überwältigte ihn so sehr, dass er kein Wort mehr herausbrachte.

»Haben Sie auch schon mal jemandem etwas erzählt und sich hinterher gewünscht, Sie hätten es nicht getan?«

Felix konnte nur nicken, und nun formten sich Ferrans Lippen zu einem zaghaften Lächeln, das jedoch nichts als Traurigkeit ausdrückte.

»Wenn mein Vater sich etwas notiert oder eine Rede verfasst, sagt er immer, dass nur Geschriebenes bleibt. Aber das stimmt nicht.« Er wandte seinen Blick ab und schaute wieder hinab auf den Pool und die Palmen. Als hoffte er darauf, dass das Wasser oder die Pflanzen ihm die richtigen Worte soufflieren würden. »Was wir gesagt haben, lässt sich nicht mehr zurücknehmen, sosehr wir es auch wollen«, erklärte er und klang dabei, als würde er zu sich selbst sprechen. »Ich wünschte, ich hätte diese Erfahrung bei einer anderen Person gemacht.«

46

»Sie haben was?« Vor lauter Entrüstung fiel ihr beinahe die Kaffeetasse aus der Hand. »Wiederholen Sie das!«

Faber sah sie irritiert an. Anscheinend hatte er eine andere Reaktion von ihr erwartet. Aber wenn es stimmte, was er sagte, hatte er einen verdammt großen Fehler gemacht. Dann mussten sie unverzüglich handeln.

»Ich habe ihn erkannt«, erklärte er. »Es war Ferran, der Sohn von Miguel Torres, dem Parteichef von RAZÓN. Daran besteht kein Zweifel.«

»Und woher wollen Sie das wissen?«

»Nun, er ... er ist mein Schüler.«

»Das ist nicht Ihr Ernst?«

»Doch. Er sitzt in einem meiner Deutschkurse. Deshalb kann ich es auch mit Gewissheit sagen: Er war einer dieser Männer neulich Nacht. Sie wissen schon, die mit den Waffen.«

Ana schloss die Augen. Sie kam sich vor wie in einem schlechten Film. War das etwa die Strafe dafür, dass sie selbst Informationen für sich behalten hatte? Dass sie statt Ruiz den jungen Deutschen für ihre Zwecke eingespannt hatte? Das konnte sie Kopf und Kragen kosten.

»Wieso erzählen Sie mir das erst jetzt?«, fragte sie wütend. »Und haben Sie zufällig eine Ahnung, wo Ferran sich gerade aufhält?«

»Er ist immer noch zu Hause, denke ich.«

»Wie kommen Sie darauf?«

»Nun, vor knapp zwei Stunden war er das noch. Da habe ich zuletzt mit ihm gesprochen.«

Ana entglitten alle Gesichtszüge. Sie konnte nicht fassen, was sich gerade in ihrem Büro abspielte. Hatte sie ihn richtig verstanden? Das wurde ja immer schlimmer. Um sich zu beruhigen, atmete sie langsam ein und aus.

»Bitte erzählen Sie mir nicht, dass Sie ihn eigenmächtig zur Rede gestellt haben«, sagte sie. »So leichtfertig können Sie doch gar nicht sein!«

Nervös rutschte Faber auf seinem Stuhl herum. »Aber er hat mir doch alles gestanden.« Er zuckte mit den Achseln. »Mehr oder weniger zumindest. Das ist doch gut, oder nicht? Jetzt können wir ihn verhaften, und mit seiner Aussage kriegen Sie womöglich sogar Lozano hinter Gitter.«

»Das ist alles andere als gut«, fauchte Ana zurück. »Was auch immer er Ihnen gesagt hat, solange er keine Aussage bei uns macht, bringt uns das einen Dreck!« Sie beugte sich vor und stützte ihren Kopf auf ihrer Hand ab. Das durfte alles nicht wahr sein. »Und mit ihrem Besuch haben Sie Lozano nur gewarnt.«

Faber legte seine Stirn in Falten. »Glauben Sie wirklich? Ich hatte nicht den Eindruck, dass Ferran scharf darauf war, ihm noch mal unter die Augen zu treten.«

»Und wie ich das glaube! Selbst wenn Ferran ihn nicht über Ihren Besuch informiert hat, ist er doch jetzt trotzdem längst über alle Berge. Den finden wir nie!« Ana griff hektisch zu ihrem Diensttelefon und wählte die Durchwahl von Ruiz.

»Was haben Sie vor?«, fragte Faber.

Sie antwortete nicht. Als ihr Kollege den Hörer abnahm, kam sie sofort zur Sache: »Hugo? Hör zu und stell keine

Fragen. Trommel sofort ein paar Jungs zusammen.« Sie
warf Felix einen kritischen Blick zu. »Wir müssen zur
Finca von Miguel Torres fahren!«

47

Montero preschte aus ihrem Büro. »¡Venga!«, rief sie ihm
über die Schulter zu. »Nun kommen Sie schon, wir haben
keine Zeit zu verlieren!«

Waren etwa alle spanischen Frauen so flott unterwegs?
Auch bei ihr fiel es Felix schwer, mitzuhalten.

Während sie nun über die Flure der Comisaría hetzten,
bedeutete die Inspectora ihm mehrmals, sich zu beeilen.
Vor dem Fahrstuhl wartete sie auf ihn und wippte als Zeichen ihrer Nervosität mit dem Fuß.

»Rennen ist nicht so Ihr Ding, was?«, frotzelte sie. Felix
war jedoch zu sehr außer Atem, um diese Äußerung zu
kommentieren. Stattdessen stellte er sich wortlos neben
Montero in die Kabine.

Sie fuhren hinunter in die Tiefgarage. Dort angekommen, eilte die Inspectora zu ihrem blauen BMW. Sie zückte
einen Schlüssel und öffnete den Wagen bereits aus eini-

gen Metern Entfernung. Um ihn herum standen zahlreiche verschiedene Dienstfahrzeuge, an denen Felix das Akronym der spanischen Polizei erkannte: *CNP. Cuerpo Nacional de Policía.* Darunter überwiegend Streifenwagen, aber auch Motorräder und kleinere Mannschaftsbusse und sogar gepanzerte Wasserwerfer und Räumfahrzeuge. Felix wusste, dass Letztere vor allem bei Demonstrationen zum Einsatz kamen, bei denen die Beamten ein höheres Gewaltpotenzial erwarteten. Hatte er sie bei der Kundgebung neulich auch gesehen? Er erinnerte sich nicht mehr genau daran.

»Sie fahren bei mir mit«, befahl Montero und zeigte auf ihren BMW.

»Was ist mit Ruiz?«, fragte Felix. Von dem Kollegen der Inspectora war noch nichts zu sehen.

»Auf den können wir nicht warten.« Sie öffnete die Tür und schwang sich auf den Fahrersitz. »Haben Sie die Adresse?« Felix nickte. »Estupendo. Dann geben wir sie ihm von unterwegs durch. Und jetzt los!«

Sie startete den Motor, und noch bevor Felix den Gurt angelegt hatte, trat sie aufs Gas. Mit quietschenden Reifen schossen sie aus der Parklücke. An der Schranke scannte die Inspectora ihren Dienstausweis, und kurz darauf gelangten sie auf der Rückseite der Comisaría zurück ans Tageslicht.

Während sie kurz danach auf die Avenida de la Unión Europea einbogen, zeigte Montero auf das Handschuhfach. »Da drin muss irgendwo ein Blaulicht sein. Stecken Sie das Stromkabel in den Zigarettenanzünder und stellen Sie die Lampe aufs Dach. Wir werden sie brauchen.«

Felix fand das Blaulicht hinter einer Chipstüte und schaltete es ein. Anschließend lehnte er sich aus dem Fenster und montierte es wie gewünscht auf dem Autodach. Mehrmals testete er, ob es auch tatsächlich fest genug saß und nicht wegrutschte. Dann ließ er sich wieder auf den Beifahrersitz sinken.

»Warum haben wir's eigentlich so eilig?«, fragte er. »Ich glaube, wie gesagt, dass Ferran immer noch zu Hause ist.«

»Intuition«, antwortete Montero knapp. Sie legte eine Hand auf ihren Bauch. »Der hier sagt mir, dass wir ihn schleunigst besuchen sollten.«

»Und wenn wir einfach anrufen?«

Sie schien kurz nachzudenken. Vor lauter Sorge, dass gerade etwas Großes im Gange war, hatte sie diese Möglichkeit offensichtlich nicht in Betracht gezogen. Und vielleicht ließ sich ja tatsächlich alles mit einem einzigen Anruf aufklären.

»Schnappen Sie sich mein Handy und rufen Sie Ruiz an«, forderte sie ihn nun auf. »Er soll die Nummer von Torres rausfinden und bei ihm anrufen. Bei der Gelegenheit können Sie ihm auch gleich die Adresse durchgeben.«

Irritiert zeigte Felix auf das Funkgerät, das in einer Halterung an der Mittelkonsole befestigt war. »Warum nicht damit?«

Die Inspectora schüttelte energisch den Kopf. »Da hören zu viele mit.«

Sie verriet ihm den PIN zum Entsperren ihres Diensthandys, und Felix scrollte durch die Liste der kürzlich getätigten Anrufe. Er wählte den Namen »Hugo Ruiz« aus und hielt sich das Smartphone ans Ohr.

Monteros Kollege nahm nach dem ersten Klingeln ab. »¿Díme?« Im Hintergrund waren weitere Männerstimmen und Motorengeräusche zu hören. Offensicht-

269

lich befanden sie sich immer noch in der Tiefgarage der Comisaría.

»Stellen Sie auf Lautsprecher«, befahl die Inspectora. Felix drückte auf das entsprechende Symbol. »Hugo? Seid ihr schon los?«

»Wir wissen nicht wohin, Ana.«

»Faber gibt dir gleich die Adresse durch.«

»Scheiße, sitzt der Deutsche etwa auch im Auto?« Ihr Schweigen war Antwort genug. »Ana, du weißt, dass uns das in Teufels –«

»Lass den Ehrenmann mal meine Sorge sein«, kapselte Montero ihn ab. »Vertrau mir einfach.«

»Du meinst, so wie neulich am Playa del Risco?«

Damit hatte Ruiz leider einen verdammt guten Punkt.

»Nur noch dieses eine Mal, Hugo. Ich bitte dich.«

Eisiges Schweigen drang durch die Leitung.

»De acuerdo«, willigte Ruiz schließlich ein. »Dann mal los, Faber, wo müssen wir hin?«

Nüchtern las Felix die Adresse vor, die er sich vor seiner Busfahrt nach Las Paredes auf einem Zettel notiert und in die Hosentasche gesteckt hatte. Ruiz nahm sie kommentarlos zur Kenntnis.

»Ach, Hugo?«, meldete sich wieder die Inspectora zu Wort. »Finde die Nummer von Torres raus und ruf ihn an.«

»Was soll das bringen?«

»Wer weiß, vielleicht ist sein Sohn ja zu Hause.«

»Und was erzähle ich ihm?«

»Keine Ahnung, denk dir was aus. Notfalls irgendetwas mit seinem Vater. Er soll einfach nicht das Haus verlassen.«

Dann legte Felix auf und deponierte Monteros Handy wieder in der dafür vorgesehenen Halterung.

»Sind Sie angeschnallt?«, erkundigte sich die Inspectora.

270

Felix warf ihr einen besorgten Blick zu. Was diese Frage wohl zu bedeuten hatte? Wollte sie damit etwa andeuten, dass sie ab jetzt noch schneller fahren würde? Er machte sich auf das Schlimmste gefasst und klammerte sich an den Türgriff. Um ein Haar hätte er sich bekreuzigt. Als hätte ihr sein Schweigen ein Startsignal gegeben, heizte Montero ihrem BMW nun richtig ein.

48

Kurz vor Las Paredes bedeutete sie Faber, das Blaulicht wieder auszuschalten. Bis hierher war es ihnen sehr nützlich gewesen, weil die anderen Autofahrer sofort Platz gemacht hatten. Doch ab jetzt war es zu riskant. Sie mussten alles vermeiden, das unnötig Aufmerksamkeit auf sie lenkte. Deshalb nahm Faber es vom Dach und zog das Stromkabel aus dem Zigarettenanzünder. Danach krallte er sich umgehend wieder an den Haltegriff, als würde ihm das etwas Sicherheit bringen. Ana schmunzelte und versuchte, sich ihre Erheiterung nicht anmerken zu lassen.

Wenig später erreichten sie die Finca. Ana lenkte den Wagen durch die Zufahrt und schließlich den Kiesweg hinauf. Während sie auf das Haus zufuhren, erkannte sie aus dem Augenwinkel, dass das Tor der angebauten Garage offen stand. In ihr parkte ein Auto. Ana steuerte direkt darauf zu und stellte ihren BMW seitlich davor ab, sodass niemand mit dem Fahrzeug fliehen konnte. Während Faber und sie ausstiegen, wandte sie sich ihm zu und fragte: »Also, wie kommen wir rein?«

Er antwortete nicht sofort. Stattdessen nahm sein Gesicht eine ungesunde Farbe an, und auf seiner Stirn glitzerte kalter Schweiß.

»Ich … ich habe geklopft«, antwortete er kurzatmig. Er zeigte auf einen auffälligen Türklopfer mit Löwenkopf. »Dann hat Ferran mir irgendwann aufgemacht.«

Ana nickte und schlug mit dem Ring mehrmals gegen die Tür. In Gedanken zählte sie bis zehn. Als danach immer noch niemand reagierte, wiederholte sie die Prozedur.

Nichts. Durchdringende Stille lag über dem Gelände.

Ana wurde skeptisch. Irgendetwas stimmte hier nicht. Irgendetwas sagte ihr, dass sie handeln musste, und zwar schnell. Und da ihr bisheriger Weg nicht zum Erfolg geführt hatte, mussten sie sich eben auf eine andere Art Zutritt zum Haus verschaffen. Sie drehte sich zu Faber herum und scheuchte ihn mit einem Handzeichen mehrere Schritte zurück. Griff an ihr Schulterholster, zog ihre Dienstwaffe und zielte auf die Stelle, an der sie das Türschloss vermutete.

»Montero!«, brüllte Faber entsetzt. »Sie wollen doch nicht etwa –«

Drei schnelle Schüsse, das Holz zersplitterte. Ana behielt die Pistole im Anschlag und trat gegen die Tür, die daraufhin etwas nachgab. Sie schob sie so weit auf, dass sie bequem ins Haus gelangte. Drinnen angekommen, sah sie sich erneut nach Faber um. Zu ihrer Überraschung stand der Deutsche dicht hinter ihr. Fassungslos starrte er sie an. Er brauchte nichts zu sagen. Ana verstand seinen Blick auch ohne Worte.

»Gefahr im Verzug«, erklärte sie und zwinkerte. Das war es, was sie Hidalgo sagen würde. Sie rechnete ohnehin damit, dass sie ihre Karriere aufs Spiel gesetzt hatte. Da spielte eine Sache mehr oder weniger keine Rolle mehr.

»¡Vamonos!«, befahl sie Faber. »Wer auch immer sich hier im Haus aufhält, dürfte unsere Ankunft nicht überhört haben.« Nach wie vor schien ihr Begleiter nicht zu glauben, was soeben passiert war. »Wo genau haben Sie mit Ferran gesprochen?«

»Ich … Wir waren …«, stotterte er.

»Kommen Sie schon! Wir haben keine Zeit zu verlieren! Wo, Faber?«

Er schloss die Augen. Offensichtlich, um sich zu sammeln und seine Gedanken zu sortieren. Dabei wirkte er so, als würde er gerade große Schmerzen durchleiden.

»Erster Stock, die letzte Tür auf der rechten Seite«, erinnerte er sich schließlich. »Da ist sein Zimmer.«

Ana setzte sich unverzüglich in Bewegung und sprintete die Wendeltreppe hinauf, immer zwei Stufen auf einmal. »Ferran?«, rief sie laut und deutlich.

Sie lauschte aufmerksam, während sie daraufhin vorsichtig über den Flur schlich. Aus den Türen zu beiden Seiten konnte jederzeit jemand herauskommen.

»Hier spricht Inspectora Montero von der Policía Nacional. Es gibt keinen Grund zur Sorge. Wir wollen uns nur mit dir unterhalten.«

Als sie vor der besagten Tür stand, nahm sie eine Hand von ihrer Dienstwaffe. Mit der anderen griff sie nach dem

Knauf. Aus dem Augenwinkel sah sie, dass auch Faber oben angekommen war. Mit einem Nicken bedeutete sie ihm, in sicherer Entfernung zu bleiben. Einen verletzten Zivilisten konnte sie nicht auch noch gebrauchen.

Ana versuchte, den Knauf so leise wie möglich zu bewegen. Er gab jedoch ein Quietschen von sich, das wegen der Stille im ganzen Haus zu hören sein musste. Trotzdem drehte Ana ihn langsam weiter. Es klackte, knarzte, und schon war die Tür einen Spaltbreit offen. Ein schmaler Lichtstreif drang durch ihn hindurch auf den Flur. Ana wartete, bis einige Sekunden ereignislos verstrichen waren.

Dann legte sie ihre zweite Hand zurück an die Waffe. Mit der Mündung drückte sie sachte gegen die Tür und schob sie vorsichtig auf.

Als würde die Welt dahinter sich ihr nur häppchenweise offenbaren, erkannte sie nun diverse Gegenstände auf dem Boden. Ein benutztes Handtuch, ein Paar schmutzige Turnschuhe, mehrere aufgeschlagene Zeitschriften und –

Eine dunkelrote Flüssigkeit gelangte in ihr Sichtfeld, und von jetzt auf gleich schlug ihr Herz dreißig Schläge schneller in der Minute.

»Faber, gehen Sie sofort nach draußen!«, rief sie dem Deutschen über den Flur entgegen. »Schnappen Sie sich mein Handy und rufen Sie einen Rettungswagen.«

»Warum? Was ist denn –«

»Machen Sie schon!«

Er folgte ihrer Anordnung. Ana hörte, wie er zuerst die Wendeltreppe hinunterging, sich daraufhin durch die zerborstene Haustür ins Freie kämpfte und schließlich auf dem Kiesweg zur Garage rannte.

Sie hingegen konzentrierte sich wieder auf die Tür. Sie musste es durchziehen, befahl sie sich. Das letzte Mal, dass sie an einer Aktion wie dieser beteiligt gewesen war, war schon einige Jahre her. Ana schob ihre Gedanken beiseite. Sie atmete ein paarmal ein und aus und beruhigte so ihren Puls.

Anschließend fasste sie ihren ganzen Mut zusammen. Wuchtig stieß sie die Tür nun komplett auf und stürmte in den Raum hinein. Dabei brüllte sie aus vollem Hals: »Keine Bewegung! Policía Nacional!« Hektisch überprüfte sie das Zimmer nach möglichen Gefahrenquellen.

Dann sah sie ihn. Er lag auf dem Bett. Ferran Torres machte einen friedlichen Eindruck, als hätte er es sich für eine Siesta gemütlich gemacht. Sein Körper wirkte wie erschlafft, als hätte er sämtliche Spannung verloren. Sein Blick war zur Decke gerichtet, doch seine Augen verrieten, dass jegliches Leben aus ihm gewichen war.

Ana ließ ihre Waffe sinken. Beim Anblick des jungen Mannes musste sie schlucken. Schwer vorstellbar, dass ein Mensch, der in einer so großen Lache seines eigenen Blutes schwamm, noch zu den Lebenden gehörte. Der Schnitt an seinem Handgelenk deutete darauf hin, dass er sich das Leben genommen hatte.

Faber, schoss es Ana durch den Kopf. Verdammte Scheiße.

Für den Deutschen würde es ab jetzt ungemütlich werden. Denn er war wohl der Letzte, der Ferran Torres lebend gesehen hatte.

Von draußen drang das Geräusch sich schnell nähernder Sirenen an ihr Ohr.

EPILOG

Felix stand vor dem Eingang des Cementerio El Pedrazo in Maspalomas. Durch die Stäbe eines Metallgitters in der Mauer, die den Eingang zum Friedhof umschloss, schaute er auf die blumengeschmückte Urnenwand.

Eigentlich war er hierhergekommen, um Miguel Torres sein Beileid auszusprechen. Doch die Trauerfeier war auf den engsten Familienkreis beschränkt und deshalb der komplette Friedhof gesperrt worden. Neben Torres selbst erkannte Felix daher nur wenige weitere Personen.

Außerdem schirmten muskelbepackte Sicherheitsmänner in dunklen Anzügen die Beisetzung ab. Felix vermutete, dass sie zu Torres' Schutz hier waren. Auch der Presse verwehrten die Gorillas den Zugang, und so warteten einige Journalisten vor dem Friedhof begierig darauf, dass Torres wieder nach draußen kam, während andere in der Hoffnung auf ein besseres Foto um das Gelände herumschlichen und nach einer Lücke in der Mauer suchten.

»Sohn von RAZÓN-Parteichef Miguel Torres schneidet sich die Pulsadern auf«. Nicht einmal für Ferrans Vornamen hatte es in den Schlagzeilen der Boulevardpresse gereicht. Überall war nur von Miguel Torres' Sohn zu lesen. Die Nachricht über seinen Suizid hatte ein nie dagewesenes öffentliches Echo ausgelöst.

Die Einzige, die an der Selbstmordthese zweifelte, war Inspectora Montero. Und das trotz des Abschiedsbriefs, der neben Ferran gelegen hatte. Sie hatte seinen Leichnam entdeckt, in einer Lache seines eigenen Blutes. Dieser Anblick hatte sofort Erinnerungen in ihr wachgerufen, denn auf ähnliche Weise war auch Sara Martís Leiche aufgefunden worden. Mit dem einzigen Unterschied, dass ihre Schnittwunde sich nicht am Handgelenk, sondern am Hals befunden hatte. Zufall, wie Monteros Kollegen behaupteten.

Für die Inspectora war es das nicht. Mit dieser Einschätzung stand sie jedoch allein da. Nicht einmal ihren Partner Ruiz konnte sie vom Gegenteil überzeugen. Was hauptsächlich daran lag, dass ihnen nun sogar die Tatwaffe in die Hände gefallen war: Die kriminalistische Untersuchung hatte ergeben, dass Sara mit demselben Messer getötet worden war, mit dem auch Ferran sein Leben beendet hatte. Außerdem waren es seine Fingerabdrücke, die Dr. Velasco neben denen von Bayu an der Leiche des jungen Mädchens gefunden hatte. Die Daktyloskopie hatte somit noch die letzten Zweifel ausgeräumt. Deshalb hatte der Polizeisprecher auf einer Pressekonferenz verkündet, dass der Fall abgeschlossen war.

Doch mit ihren Bedenken war die Inspectora nicht allein. Auch Felix zweifelte daran, dass es sich bei Ferran um den wahren Täter handelte. Zu echt und zu intensiv war die Liebe seines Schülers während ihres Gesprächs rübergekommen. Und ausgerechnet er sollte seine Freundin kaltblütig abgestochen haben? Klar, die Argumentation, es sei eine Beziehungstat gewesen, eine Handlung im Affekt, hörte sich im ersten Moment überzeugend an. Möglicherweise entsprach sie auch der Wahrheit. Aber irgendeine Stimme in seinem Inneren flüsterte Felix zu, dass die Polizei sich auf den Falschen gestürzt hatte.

Bei diesem Gedanken atmete er erleichtert aus. Zum Glück war es für ihn nur kurz gefährlich geworden. Die

Ermittlung des Todeszeitpunkts hatte ergeben, dass Ferran erst nach seinem Besuch in der Finca gestorben war. Zu einer Uhrzeit, zu der er sich nachweislich in der Comisaría aufgehalten hatte, nämlich im Büro der Inspectora. Deshalb war er von sämtlichen Vorwürfen freigesprochen worden.

Nicht jedoch von denen, die Montero ihm vorgehalten hatte. Immer wieder hatte sie ihn während der Vernehmung angeschrien, was zum Teufel er sich dabei gedacht habe, auf eigene Faust nach Las Paredes zu fahren und Ferran zur Rede zu stellen. Doch jemandem einen Besuch abzustatten, war nun mal nicht verboten, auch wenn es sich bei diesem Jemand um den Sohn eines hochrangigen Politikers handelte, und so gab es nichts, wofür sie ihn belangen konnte.

Ferrans Tod hatte jedoch auch zur Folge, dass alle Ermittlungen zu den Ereignissen am Playa del Risco eingestellt worden waren. Sie hatten bisher nicht den geringsten stichhaltigen Beweis geliefert, dass die Verschiffung von Geflüchteten tatsächlich so stattgefunden hatte, wie Montero und Felix es weiterhin behaupteten.

»Sie haben keine Vorstellung, wie viel Sie mir damit zerstört haben«, hatte die Inspectora in der Comisaría gesagt, als sie sich nach der Befragung von Felix verabschiedet hatte. »Und jetzt tun Sie mir und allen Canarios bitte einen Gefallen: Verschwinden Sie von dieser Insel.« Ohne ein weiteres Wort hatte sie sich umgedreht und war wieder in dem fast fensterlosen Bau verschwunden.

Plötzlich nahm Felix eine Bewegung war. Sie holte ihn wieder ins Hier und Jetzt, zurück auf den Friedhof. Er schüttelte sich, kniff seine Augen zusammen und riskierte einen weiteren Blick durch die Gitterstäbe auf die Beisetzung. Mit gesenktem Kopf ging Miguel Torres dicht an die Urnenwand heran. Seine Lippen fingen an sich zu bewegen, langsam und zittrig. Er schien gerade seine Abschiedsrede zu halten. Doch sosehr Felix sich auch konzentrierte, er verstand dennoch kein einziges Wort. Das laute Rauschen der vorbeifahrenden Autos in seinem Rücken machte das unmöglich.

Kurz darauf war Torres fertig. Er faltete den Zettel, den er in der Hand gehalten hatte, wieder zusammen und steckte ihn in die Innentasche seines Jacketts. Anschließend trat er zurück an seinen vorherigen Platz, wo er umgehend von den übrigen Trauergästen nacheinander in den Arm genommen wurde. Der Priester schloss das Urnenfach, es folgten Gebete und Bekreuzigungen.

»Ruhe in Frieden«, wünschte auch Felix dem Verstorbenen in Gedanken. »Es tut mir leid.« Dann wandte er sich von der Szenerie ab und drehte sich zur Straße.

Doch was war das? Aus dem Augenwinkel erkannte er auf der gegenüberliegenden Seite einen Mann mit Schnurrbart, der ihn mit seinem Blick fixierte. Er erweckte einen unheimlichen Eindruck bei ihm. War es seine Körperhaltung, die Felix einen Schauer über den Rücken jagte? Die verschränkten Arme und dieser breitbeinige, wippende Stand? Oder vielmehr der Ausdruck in seinen Augen? Als er sah, dass der Mann stumm die Worte »Muchas gracias« in seine Richtung sprach, ergriff Felix spontan die Flucht.

Schnurstracks marschierte er zur nahe gelegenen Bushaltestelle. Mehrmals schaute er dabei ängstlich über seine Schulter und vergewisserte sich, dass der Mann ihm nicht folgte. Was für eine unheimliche Begegnung!

Erst im Bus beruhigte er sich wieder. Er setzte sich ans Fenster, und als sie kurz darauf am Friedhof vorbeifuhren, wagte er einen Blick nach draußen. Der Mann stand immer noch an derselben Stelle, in derselben Haltung. Diesmal jedoch mit einem selbstbewussten Grinsen auf den Lippen, das Felix noch gespenstischer fand als alles zuvor.

Während der weiteren Fahrt gelang es ihm, diese Bilder zu verdrängen. Stattdessen beschäftigte er sich mit den Fragen über seine Zukunft, auf die er schon bald Antworten brauchte. Vor allem auf jene, was er denn nun zu tun gedachte. Würde er Monteros Bitte befolgen und Gran Canaria tatsächlich verlassen? Ein Teil von ihm stimmte diesem Plan zu. Obwohl er erst vor wenigen Wochen auf der Insel gelandet war, hatte er hier viel erlebt. Aufregendes. Belebendes. Aber auch Verstörendes.

Zu Hause in Deutschland würde er wahrscheinlich ein beschaulicheres Leben führen. Würde vermutlich bei einer Zeitung anheuern und Geld verdienen, schließlich irgendwann eine Familie gründen und seinen Eltern ein paar Enkel schenken, womit er sie überglücklich machen würde.

Ein anderer Teil von ihm wollte jedoch bleiben. Unbedingt sogar, und das trotz aller Schwierigkeiten, die er in der kurzen Zeit zu bewältigen gehabt hatte. Denn irgendetwas machte diese Insel mit ihm, das ließ sich nicht mehr leugnen. Nach anfänglichen Vorbehalten traf ihr besonderer Charme ihn mittlerweile mitten ins Herz. Einen beträchtlichen Anteil daran hatte Candela. Zweifellos, ohne sie würde Felix es vermutlich leichter fallen, wieder ins dunkle und verregnete Deutschland zurückzukehren. Doch so war es nicht. Er hatte sich Hals über Kopf in diese Frau verliebt, auf eine Art, wie er es bisher noch nie erlebt hatte. Sollte er das tatsächlich einfach vergessen?

Auch die Arbeit bei LA VIDA wollte er nicht leichtfertig aufgeben. Sicher, sein Start war alles andere als rosig verlaufen, da gab es kein Vertun. Aber grundsätzlich gefiel ihm fast alles an der Zeitung, mit Ausnahme seines etwas übermoralisch und vorschnell handelnden Chefs vielleicht. Außerdem besaß er mit Candela eine einflussreiche Fürsprecherin, und in seinen Augen stellte das einen nicht zu unterschätzenden Vorteil dar. Schließlich war sie es auch gewesen, die ihn während seiner Abwesenheit gedeckt hatte, damit er in der Schule arbeiten konnte.

Felix beschloss, keine voreiligen Entscheidungen zu treffen. Er würde es sich in Ruhe überlegen und sich dafür ein paar Tage Zeit nehmen. Manchmal reichte es eben nicht aus, nur eine Nacht darüber zu schlafen.

Zehn Minuten später verließ der Bus die Schnellstraße und setzte ihn in Playa del Águila ab. Felix stieg aus, kaufte sich in dem kleinen Supermarkt noch etwas fürs Abendessen und schlenderte anschließend nach Hause. Kurz bevor er in die Sackgasse bog, an dessen Ende sich die Bungalow-Anlage befand, blieb er stehen und schaute über das Küstendorf zu seinen Füßen. Ein Anblick von unbeschreiblicher Schönheit. Die freundlichen Farben der Apartmenthäuser. Dazwischen der kleine weiße Leuchtturm und hinter ihm der weite, offene Atlantik. In der Ferne einige Wolkenschwaden, die – wie Felix inzwischen wusste – jedoch zum Glück stets auf dem Meer festhingen und es nur selten bis an die Küste schafften. Das alles sollte er freiwillig aufgeben? Für ihn klang das immer mehr nach einer wahnwitzigen Idee.

Zurück in seinem Bungalow räumte Felix zunächst seine Einkäufe in den Kühlschrank und ging anschließend ins Bad. Eigentlich hätte er jetzt gern ausgiebig geduscht. Aber das Wasser stellte auf Gran Canaria ein knappes Gut dar, und so kam es nicht selten vor, dass es nur für wenige Minuten warm blieb und anschließend schnell kalt wurde. Trotzdem ging Felix das Risiko ein und brauste sich zumindest ein bisschen ab. Nach dem, was er heute am Friedhof erlebt hatte, fühlte sich das richtig an. Als würde er diese traurigen und mysteriösen Ereignisse des Tages von seinem Körper abwaschen. Selbst als das Wasser immer kälter wurde, ließ er es laufen.

Kurz darauf trat Felix wieder aus der Dusche und trocknete sich ab. Nur mit einem Handtuch um die Hüften schlenderte er pfeifend in die Küche und bereitete sich einen Cortado zu. Als dieser fertig war, goss er noch einen Schluck aufgeschäumte Milch hinzu und begab sich anschließend mit seiner Tasse in der Hand nach draußen.

Augenblicklich beschlich ihn ein merkwürdiges Gefühl. Irgendetwas war anders. Aber was? Hatte er die Terrasse tatsächlich so verlassen, wie er sie nun vorfand? Zumindest die Möbel standen an ihren üblichen Stellen. Tisch und Stühle waren also nicht verrückt worden.

Dann fiel sein Blick auf einen weißen Zettel auf dem Plastiktisch. Der hatte beim letzten Mal definitiv nicht dort gelegen. Was zum Teufel …?

Vorsichtig ging Felix näher heran. Er stellte seine Tasse ab und nahm den Zettel in die Hand. Er war so groß wie eine Visitenkarte und mit Maschinenschrift bedruckt.

Mit pochendem Herzen las Felix die einzige Zeile: »Ich beobachte dich. A. L.«

Felix wurde schwindlig. Er ließ den Zettel fallen und stützte sich mit beiden Händen ab. Das durfte doch nicht wahr sein!

Señor Teflón, kam es ihm in den Sinn. Etwas anderes konnte die Abkürzung nicht bedeuten. Wie war es ihm gelungen, diese Notiz zu hinterlegen? Ganz klar, dafür musste er im Bungalow gewesen sein. Was für eine gruselige Vorstellung. Auf keinen Fall konnte Felix länger hierbleiben. So schnell wie möglich brauchte er eine neue Bleibe, denn hier war er nicht mehr sicher. Bei diesem Gedanken erinnerte er sich wieder an den Mann am Friedhof. Hatte er womöglich etwas mit dieser Nachricht zu tun?

»Montero«, sagte Felix leise zu sich selbst, »ich muss sie sofort anrufen.«

Obwohl ihm immer noch schwindelig war, richtete er sich wieder auf und stolperte nach drinnen. Dort musste irgendwo sein Handy liegen.

Er fand es in der Küche. Mit seinem Fingerabdruck entsperrte er das Gerät, wählte anschließend Monteros Nummer aus den Kontakten und drückte auf den grünen Hörer. Es tutete. Felix wartete und trommelte dabei nervös mit seinen Fingern auf der Arbeitsplatte. Ganz sicher: Diese Neuigkeit würde die Inspectora genauso von den Socken hauen wie ihn.

Daniel Wehnhardt
Zorn der Lämmer
Kriminalroman
352 Seiten, 12 x 20 cm
Paperback
ISBN 978-3-8392-2871-5
€ 14,00[D] / € 14,40 [A]

Sommer 1945. Die Überlebenden des Holocaust haben alles verloren. Ihre Heimat, ihre Familien, ihre Freunde. Erfüllt von grenzenlosem Hass geben einige wenige von ihnen dem gesamten deutschen Volk die Schuld an dem schwersten Verbrechen der Menschheit – der Ermordung von sechs Millionen Juden. Die Geburtsstunde der Nakam, einer jüdischen Untergrundorganisation. Fünfzig Männer und Frauen, die sich nach Vergeltung sehnen. Ihr Ziel: sechs Millionen für sechs Millionen – Auge um Auge, Zahn um Zahn.

GMEINER SPANNUNG

WWW.GMEINER-VERLAG.DE
Wir machen's spannend